¡NOSOTROS!

Claudia Ulloa Donoso
Matei um cachorro na Romênia

TRADUÇÃO
Bruno Cobalchini Mattos

*mundaréu

@Editora Mundaréu, 2023 (esta edição e tradução)
@Claudia Ulloa Donoso, 2022

Publicada mediante acordo com VicLit Agencia Literaria

Título original
Yo maté a un perro en Rumanía

COORDENAÇÃO EDITORIAL E TEXTOS COMPLEMENTARES
Silvia Naschenveng

CAPA
Estúdio Pavio

DIAGRAMAÇÃO
Luís Otávio Ferreira

PREPARAÇÃO
Silvia Massimini Félix

REVISÃO
Vanessa Vascouto e Vinicius Barbosa

Edição conforme o Acordo Ortográfico da Língua Portuguesa (1990).

Dados Internacionais de Catalogação na Publicação (CIP)
Angelica Ilacqua CRB-8/7057

> Donoso, Claudia Ulloa
> Matei um cachorro na Romênia / Claudia Ulloa Donoso ; tradução de Bruno Cobalchini Mattos. — São Paulo : Mundaréu, 2023.
> 360 p. (Coleção Nosotros)
> ISBN 978-65-87955-18-6
> Título original: Yo maté a um perro en Rumanía
> 1. Ficção peruana I. Título II. Mattos, Bruno Cobalchini III. Série
> CDD P863   23-5741

Índices para catálogo sistemático:
1. Ficção peruana

2023
Todos os direitos desta edição reservados à
EDITORA MUNDARÉU LTDA.
São Paulo — SP

🌐 editoramundareu.com.br
✉ vendas@editoramundareu.com.br
📷 editoramundareu

Sumário

7   Apresentação

Matei um cachorro na Romênia

15   i. (cachorro morto)
29   ii. (matilha)
205   iii. (latidos)
343   iv. (mata-cachorros)

Apresentação

O que faz de um livro uma obra latino-americana? A história de uma professora para estrangeiros na Noruega que parte com seu ex-aluno romeno para uma viagem à aldeia natal dele é uma obra latino-americana? Seria mesmo a Romênia um enclave latino-americano no Leste Europeu? A razão pode ser mais prosaica: a autora é peruana; sua protagonista é latino-americana, há referências à sua origem e episódios que se passam durante sua infância em seu país não identificado, mas tropical e de fala hispânica.

Mas não apenas isso. Há a experiência da emigração e o sentimento de exílio – tão familiares a nós latino-americanos. Há a solidão, subproduto comum do desenraizamento decorrente da emigração, e o desequilíbrio na saúde mental, também esperado. Entregue à depressão, a professora pode contar com o cuidado e o apoio do ex-aluno e, quando ele tem de se ausentar para tratar de uma questão familiar, parece uma boa ideia que ela deixe a escura e gelada Noruega e vá com ele.

Com um verdadeiro *road book*, com direito a um Dacia verde, neon, avenidas monumentais e blocos residenciais do período soviético, Claudia Ulloa Donoso cria uma obra sobre saúde mental, exílios e raízes, caminhos, companheirismo, permanência e comunicação – seja em espanhol estrangeiro, italiano macarrônico, romeno telepático com sotaque moldavo ou na surpreendente linguagem canina. Apresenta uma Romênia que também é Moldávia, incrustada na Europa e onde, mesmo assim, é possível comprar remédios tarja preta sem receita, a burocracia prevaricadora resiste, a nostalgia pelos emigrados impera, os vira-latas ainda andam soltos em matilha e onde é melhor comer ocasionalmente um dente de alho. Trata da subjetividade de uma pessoa deprimida e dependente de remédios e de entorpecimento com toda a gravidade devida sem, no entanto, esquecer do mundo externo que continua a girar e muitas vezes não reserva nenhuma compaixão nem ocasião para uma tragédia. Explicita como a sensação de estar viva pode ser desestabilizadora e levar à busca pela prostração. Mostra a complexidade de anseios e questionamentos de um homem simplório. Transforma um *praznic*, um ritual mórbido, belo e ancestral, em uma celebração da vida, do pertencimento e em uma declaração de amor e contínua dedicação aos que se foram. Reveza as vozes e os pontos de vistas de seus dois protagonistas, que se estranham, mostram entendimentos claramente distintos do mundo e expectativas dissonantes em relação à vida, e são obrigados a se redescobrir e a reinventar seus papéis.

    Ainda em sua escuridão e entorpecida, mas em um ambiente estranho e admiravelmente familiar, a protagonista de Ulloa Donoso descobre novas formas de conexão e o apego a uma vida – a dele, o cachorro na Romênia (ou Moldávia).

São Paulo, setembro de 2023

*mundaréu

Matei um cachorro na Romênia
Yo maté a un perro en Rumanía

A Tom Danilov

Se falo, não cessa minha dor;
Se me calo, como ela desaparecerá?

Jó 16:6

Porque você morreu para sempre,
como todos os mortos da Terra,
como todos os mortos esquecidos
em um monte de cães abatidos.

Federico García Lorca

Eu tive um cão e uma professora
Que me ensinaram a esquecer
Inesperadamente fui feliz
Mas não consigo me lembrar

Instrução cívica, "Obediência devida"

1. (cachorro morto)

Durante a agonia, nós, cães, recuperamos a linguagem. Nós, cães, não falamos, mas entendemos as palavras da humanidade. As palavras, todas as palavras, nascem gravadas em nosso DNA. Estão ali desde que o primeiro lobo, não sei se por covardia ou hábito, teve a ideia de seguir os homens. Desde aquele dia, nós, cães, somos organismos cheios de palavras. Ninguém sabe disso, mas agora você sabe.

Digo nós, cães, e quero falar dos cães por motivos óbvios; embora deva dizer que não somos os únicos animais que recebem a linguagem durante a agonia. Na verdade, isso acontece com todos os animais; sim, todos nós, animais, absolutamente todos, recuperamos a linguagem no instante da morte: os gansos e as iguanas, as aranhas, os guaxinins, as hienas; todos, até os gatos, mas nosso desejo de nos expressarmos é individual e nada tem a ver com nossa espécie. Há lagartas que falam mais que os periquitos, e cachorros que preferem o silêncio, muito embora, como você há de compreender, ou como certamente já vinha intuindo, não seja este o meu caso.

Se passamos a vida rosnando, grunhindo ou latindo não é por não entendermos as palavras dos homens e das mulheres, mas porque nos mandaram assim para a Terra; com uma inteligência superior para a compreensão, mas com aparelhos fonadores que limitam nossas possibilidades de expressão.

Os humanos, por sua vez, desprendem-se da linguagem durante a agonia, da linguagem que conseguem expressar pela traqueia. Suas últimas lufadas de ar são as palavras que abandonam o corpo. Não soam como palavras, mas são. Palavras desvaídas, infectadas e doloridas que formam um discurso estranho. As pessoas ao redor do agonizante não as entendem, pensam que se trata de meros suspiros ou resfôlegos, mas são palavras que estão prestes a morrer e se decompor no organismo do indivíduo que as leva consigo.

Os humanos que morrem de repente não conseguem se desprender totalmente de suas palavras, ficam com elas presas dentro de si, com o coração inchado de sílabas em um infarto, enrijecidas na massa pulmonar em meio a muco e sangue, ou presas nas artérias antes do ataque. Os que morrem em um acidente, por exemplo, embora cheguem a libertar algumas de suas palavras, fazem isso de supetão. Uma membrana se rasga e as palavras líquidas saem libertas, como quando uma bexiga cheia d'água estoura. Muito embora haja padrões, esse jorro de orações quebradas e sílabas rechonchudas acaba reduzido a um balbucio de baba densa. Esse discurso caótico não se compara ao ritmo da linguagem possível em uma agonia por morte natural, a agonia propriamente dita, que pode durar horas ou dias.

Embora eu não deseje me aprofundar mais nas agonias nem nos variados discursos que podem emergir da carne humana antes que ela se torne cadáver, gostaria, sim, de acrescentar alguns detalhes sobre o assunto, pois o cinema causou um grande estrago com suas representações do ser humano agonizante: homens atravessados por balas ou doentes terminais articulando discursos, estruturados e definitivos, para solucionar alguma questão pontual da história retratada no filme. Quero ressaltar aqui que os discursos agonizantes não dizem nada, justamente porque não pretendem nem tentam dizer coisa alguma. Não têm mensagem. Por isso, antes de prosseguirmos, quero comentar o caso particular dos afogados e dos enforcados, pois suas breves e eufóricas agonias também me parecem peculiares.

O indivíduo prestes a se afogar respira debaixo d'água. Respira porque quer viver, mas esquece que é humano e talvez lembre que teve guelras e foi peixe. Inspira e expira instintivamente, sem compreender que a água que inspira se transforma em uma muralha líquida e bloqueia o trânsito de ar em seus alvéolos. Após um lapso de lucidez, tenta ajustar as respirações simpática e parassimpática com a respiração lógica e artificial. Leva a cabeça à superfície e inspira ar, mas é engolido pela água outra vez. Esse descompasso entre a respiração espontânea e programada se converte em uma dança malograda que acaba em morte. O discurso agônico do afogado se dilui na água. Nessa agonia subaquática, o desprendimento da linguagem é visível durante os segundos que duram as borbulhas de palavras.

O enforcado, indivíduo que morre pela constrição de seu aparato fonador, se engasga com palavras apertadas que provocam uma mudez dolorosa. A mudez do cadáver é uma obviedade, mas os cadáveres dos enforcados, como o dos afogados, soltam determinadas palavras após a morte, e esses casos são especiais porque o discurso emerge diretamente do corpo, da carne morta.

É fato conhecido que os cadáveres fazem barulho ao liberarem o ar preso neles, mas nesses casos as palavras não são articuladas na traqueia nem emitidas por nenhum orifício do corpo. As células da linguagem se mantêm vivas e presentes durante o processo de putrefação. Em geral, as células da linguagem morrem e desaparecem paulatinamente durante a agonia comum e corriqueira, mas, nesses casos, debaixo d'água ou na forca, essas células permanecem vivas no cadáver até se rasgarem e explodirem. As palavras que não saem durante a agonia acabam supuradas pelo organismo no processo de decomposição.

Enfim. Se os humanos tentam desesperadamente proferir palavras em sua agonia é porque, mais que medo de morrer, têm pavor de serem esquecidos e por sua vez esquecem que serão lembrados por suas ações, sobretudo por aquelas anteriores à doença ou à finitude, e não tanto pelo discurso da agonia. Ao mesmo tempo, a tentativa de enunciar uma frase nos últimos suspiros de vida também é uma ação; portanto, o agonizante acha que *essa* é a ação mais importante de sua vida: suas últimas palavras. Essa ação derradeira, a enunciação, será reforçada com o peso das palavras, caso elas sejam inteligíveis.

À diferença dos animais, os humanos que chegam deste lado após sua morte na Terra não conseguem dizer nenhuma palavra, pois já proferiram as últimas em sua agonia ou putrefação. Mas nem tudo é lodo, podridão e ausência de espírito: eles se transformam em seres, organismos, que compreendem e produzem palavras em silêncio. Espantam-se com nossa loquacidade e destreza com a linguagem. Embora não exista céu, inferno ou purgatório, quando os homens morrem e se reúnem aqui conosco só lhes resta entreter-se com as fofocas de todas as espécies animais.

Em sua maioria, os humanos chegam libertos de suas palavras. Já em paz, não sentem falta de falar e se tornam seres perfeitos que só escutam os animais e falam para dentro em círculos concêntricos. Muitos são eternamente felizes depois de se reencontrarem com seus animais de estimação e os escutarem falar. Nós, os animais, seres nobres e gratos por natureza, não nos esquecemos do cuidado e afeto com que nos brindaram na Terra.

Mas também chegam humanos tomados pela confusão. Quando se dão conta de que se tornaram organismos incapazes de falar, desesperam-se, se enchem de raiva e são dominados pela violência. Tentam nos matar por não aceitarem sua condição de morto-mudo, mas esse ímpeto dura pouco tempo porque, dentre tantos animais torturados na Terra, sempre surge algum que enfrenta esse humano violento para contê-lo.

Nós, os animais, não nos sujeitamos aos humanos nem a facas, rifles ou pedradas, nem a chutes, picadas ou mordidas. Nós nos defendemos através da lábia. Falamos até que se enfraqueçam e se desvaneçam. Não há maldade em nosso discurso. Alguns até recitam suas torturas para os próprios algozes, mas em seus relatos não há exagero, apenas verdade.

Por exemplo, existem alces que jamais falam de seu sofrimento e conversam de maneira casual com seus caçadores sobre a rapidez com que o mirtilo amadurece ou o Estado de bem-estar social dos países nórdicos; mas também há outros que desejam falar sobre a dor de sua passagem pela Terra, e a chegada de um humano violento, de um caçador morto-mudo, oferece a eles uma oportunidade para verbalizar esse sofrimento.

Quero deixar claro que de modo algum estou tentando dizer aqui que todos os seres humanos são vis e desprezíveis, a despeito das condições de vida que vivenciamos em nosso convívio com eles na Terra. Sou um cachorro, me chamam de melhor amigo do homem e defendo que há esperança para a humanidade. Aqui estou eu, um cão abandonado que viveu pouco e, apesar de minha breve existência na Terra, pude ver o suficiente. Fui feliz e morri feliz. Na Terra, tive a sorte de escutar duas línguas, porque, embora dominemos todas as línguas da Terra, só percebemos que temos esse talento quando nos deparamos com um humano falante: descobrimos que entendemos uma língua quando o humano pronuncia palavras na nossa frente.

Se eu tivesse viajado pelo mundo feito um cachorrinho grã-fino na bolsa de alguma celebridade, teria entendido todas as línguas dos lugares por onde houvesse passado; mas vivi pouco, cresci entre ignorantes acostumados a gritar, e por isso a maioria das palavras chegavam a mim pela televisão e pelo rádio. Desenvolvi assim meu vocabulário. Os humanos que viviam perto de mim só me apresentaram palavras sem brilho, ordens e queixas; suas conversas sobre futilidades.

Eu bem gostaria de contar minha história de outra maneira, pois quero deixar claro um aspecto central. Portanto, preste atenção: eu, o cachorro morto e romeno, sou o dono da história. Mas a história que você vai ler foi adornada com ficções, fantasias que não me pertencem, acontecimentos que não vivi, embora se baseiem em mim.

Você deve estar se perguntando como consegui escrever tudo isso e, sobretudo, como fiz para que meu relato chegasse à Terra, para ser escrito e lido. Porque você está me lendo agora mesmo, percebeu? Mas é simples: bastou alguém que pensasse em um cachorro morto e escrevesse. Imagine só: quanta gente é capaz de pensar em um cachorro morto e escrever? Poderia ter sido você, mas foi ela.

Decidiu escrever quando o terapeuta a acusou de ser "mata-cachorra". Foi esse o gatilho. Ela foi atropelada pela escolha do termo. O terapeuta apenas a repetiu, mas a palavra era dela. Quando chegou em casa após a sessão, abriu um arquivo em branco e começou. Foi disso que conversaram ela e seu terapeuta, e a partir daí surgiu toda a história, a minha e parte da dela:

— Andei pensando que em alguns lugares chamam estrada de "rota" o que aqui chamamos de "caminho". Uma "rota" convida a viajar, há um ponto de partida e um destino. "Caminho" me faz pensar numa "caminhada", num avanço lento, defasado, alguém com os pés cheios de bolhas puxando uma mula sem avançar muito.

— Sua história é uma rota ou um caminho? — perguntou o terapeuta.

— As duas coisas.

— Você tem uma mula que não sai do lugar, tem uma trilha. O que está faltando?
— Força. Também preciso de uma rotina.
— Força animal, disciplina de um amo, de um domador. Rotina e rota. Rotas, cargas, animais...
— Sim. Cavalos de força. Estou pensando em escrever sobre um cachorro; não consigo tirar da cabeça um cão ferido que vi com minha irmã na viagem que fizemos para o litoral. Já contei...
— Um cão sem dono, com dor, sem disciplina, perdido à beira do oceano Pacífico...
— Sim. Nós o limpamos e cuidamos dos seus ferimentos, ele não quis comer, mas bebeu um pouco de água de minha mão. O cachorrinho estava muito machucado. Quando conseguiu dar alguns passos não foi para se aproximar de nós, mas para se afastar mais e ir em direção ao mar.
— Para morrer.
— Talvez. Mas seria suicídio, e eles não fazem isso, não conseguem contrariar seu instinto. O cachorro devia estar caminhando até o mar para refrescar sua ferida ou sua febre...
— Ao mar só se vai para morrer. Os funerais vikings eram feitos em barcos que serviam de tumbas. O que você e sua irmã fizeram? Entraram no mar?
— Não. O cão também não chegou a entrar na água, ficou deitado perto da margem. Sabíamos que a maré ia subir. Nos afastamos da praia sem olhar para trás e não paramos mais de chorar. Choramos um montão naquela viagem...
— Uma viagem por terra...
— Sim...
— Voltaram para a terra, se afastaram do mar para viver. A vida começa e acaba na terra. A terra é o início e o fim.
— ...
— Então você vai escrever sobre um cachorro...
— Sim, e o cachorro vai morrer.

— Vai morrer. Vai morrer?
— Não sei, só pensei que ele precisa morrer ou eu quero que ele morra, mas também quero que fale.
— Uma fábula. As fábulas de Esopo. Era uma vez. Era uma vez... Quem?
— Eu?
— Sim.
— ...
— Você.
— ...
— Quando?
— Li essas fábulas quando criança, ficava encantada...
— E o que aconteceu quando você era criança?
— ...
— O que aconteceu quando você era criança?
— ...
— Você se encantou. Está encantada, e sabe que a fábula tem duas partes, a história e a moral. Sem moral não há fábula.
— Sim, mas só quero um cachorro falante porque isso vai me ajudar a escrever. Acho. Bem, não sei. Não quero acabar com uma moral. Não escrevo para dar lição de moral...
— Impossível. Em toda história há uma moral, uma lição...
— ...
— Qual é sua história?
— ...
— Quando começa sua história?
— ...
— Qual é a moral? O que você aprendeu? O que quer ensinar?
— Nada.
— ...
— Nada. Sei lá. Não quero ensinar nada, mas, pensando agora, todos os escritores dizem esta frase, "não dou lição de

moral quando escrevo", e eu também repito isso como um papagaio. Já repeti em entrevistas e estou repetindo agora.
— Então tem uma moral...
— ...
— Você é o papagaio da fábula?
— ...
— Qual é sua história e qual será a moral?
— Os papagaios falam muito, repetem coisas, como eu, e estou assim agora, falo com você e repito coisas, e nada além disso.
— Essa é sua moral, a repetição...
— Não! Não tem moral, não quero, não sei. Não tem história. Não tem nada. Antes preciso terminar a história.
— Sua história do cachorro que vai morrer...
— Sim, essa.
— Você já tem a moral. Falta a história.
— Não tenho nada!
— O cachorro morre, você já disse. É uma história e uma moral. É uma história e uma moral?
— Não sei.
— Ele morrerá. No final ou no início...
— Quando? Não sei. Não faço ideia. Ainda nem sei por onde começar.
— Morrer é um final, mas também um início, o início da outra vida, do além...
— ...
— A morte, a história e a moral, o fim ou o início.
— Se eu puser no final...
— A morte do cachorro e a moral. É a moral?
— Então, escrevo a morte no final?
— Escrever a morte, o início e o fim, a fábula e a moral, está tudo aí.
— Não tenho nada, estou dizendo que não consigo...
— Escrever a moral, um castigo, o ensinamento do destino.

— Escrever?
— Castigo ou destino?
— Bem, assim como é que eu vou...
— O destino é a ordem dos acontecimentos, o que não se pode mudar, um acontecimento implica outro, um passo depois do outro...
— ...
— Você tem o poder de mudar o destino, a ordem das coisas. O final é o início ou o início é o final...
— Quando tiver a história inteira, mas já disse que não tenho nada.
— A história inteira, o início e o fim. Já tem...
— Não, não tenho. Não existe, estou te dizendo isso já faz um tempo. Se eu tivesse a história inteira, poderia desmembrá-la...
— Desmembrar como se fosse um cadáver.
— ...
— Você morrerá com seu cão?
— Como a classe alta?
— Você é da classe alta?
— Acha isso mesmo?
— Você pertence a alguma classe.
— Bem, cresci num bairro cheio de cães soltos. Brincávamos com os cachorros no chão, nos montinhos de cimento e na areia das construções. As ruas eram esburacadas e os cães se aconchegavam nos buracos da via. Pobres cães, mas felizmente alguns tiveram sorte, os vizinhos lhes davam comida e deixavam que dormissem nas portas de suas casas, esses tinham nome, Paquera, Yiyo, Richi, Dominó, Preta, Urso, Chibola. Você queria que eu falasse de minha infância, não? Foi o que me disse da última vez.
— Sim, de seus cães.
— Não tive nenhum cachorro quando pequena.
— Me fale de sua raiva.

— ...
— De sua infância com raiva.
— ...
— De seu país com raiva.
— ...
— ...
— Em meu país, chamamos de "mata-cachorros" os meninos de rua, os revoltados, os problemáticos...
— Os raivosos.
— Sim.
— É isso, você tem raiva, você é uma mata-cachorro.
— Mata-cachorra.
— Vai matar um cão. Você é mata-cachorros, sua mata-cachorra.

II. (matilha)

*

A primeira foto que tirei na Romênia foi uma foto da escuridão.

O impulso surgiu em minhas pupilas. O que eu não conseguia ver era o que eu tinha de lembrar.

Uma certeza cega me impeliu a captar aquele espaço escuro. O pressentimento chegou com o lampejo, como a esperança da nitidez.

Soube que chegaria uma luz que me permitiria definir os contornos da lembrança e eu compreenderia toda a lembrança.

Discerniria os relevos do espaço e do tempo, a sequência de imagens que se perpetuaria em minhas pupilas.

Com a luz, chegaria a lucidez.

*

Na escuridão, a memória só é capaz de evocar borrões, buracos, manchas, vultos. Sei que era início de primavera quando Mihai apareceu em minha casa sem avisar. Lembro-me daqueles dias translúcidos. Tudo começava a se manchar de luz e a neve derretia sem pressa.

Mihai aparecia sempre que eu me abrigava na escuridão e no silêncio. Quase sempre aparecia uniformizado e trazia alguma coisa doce para comer. Dessa vez estava de uniforme, mas sem o casaco azul. Lembro-me de sua camisa branca como um lampejo.

Mihai se projetava pela janela de meu andar térreo porque sabia que eu não lhe abriria a porta de minha toca, coberta como estava por tudo o que havia deixado fora do lugar. Meu apartamento estava assim: fechado. Dia após dia eu ia largando minhas coisas por todos os cantos. Tudo ficava desordenado e eu me refugiava debaixo daquelas pilhas de roupas, livros e tralhas.

Ele manchava minha escuridão com sua luz.

Mihai me parecia tão branco: sua pele, seus dentes, suas vestimentas e até os presentes que trazia consigo. Naquela tarde, trouxe um litro de leite de baunilha, um pacote de pão doce e um caderno de desenho A5 com dois lápis de tons distintos.

Ergueu as persianas, arrancou-me de meu casulo sintético de edredom e me abraçou. Sua camisa branca me envolvia. Mihai era feito de luz, mas seu cheiro costumava ser escuro: cheirava a fumaça de cano de escapamento, a almíscar, à tinta das passagens de ônibus, à azáfama dos passageiros.

Abri os olhos e tentei reconhecer suas feições na cegueira de meu enclausuramento. Sempre discernia primeiro seus olhos: café sobre branco, e depois seu sorriso largo, seus dentes pequenos de réptil e ligeiramente amarelados nos interstícios.

Conduziu-me até a sala e serviu o leite em um copo, repartiu o pão doce e segurou-o nas mãos fazendo uma tigela de tendões, juntas e falanges. Peguei um pouco de pão e ambos começamos a comer.

O açúcar daquele lanche foi me tirando da letargia e comecei a discerni-lo com mais clareza. Seu olhar e a formalidade de sua roupa contrastavam com meu desalinho e a licença do trabalho, que o médico havia ampliado até o final do mês.

Vou para a Romênia, ele disse.

*

Depois daquela visita, fiquei sozinha e no escuro por vários dias. O leite que ficou fechado na própria garrafa azedou e coalhou. Tudo permaneceu imóvel e, todavia, no fundo das coisas e em minhas profundezas, agitava-se uma metamorfose invisível a meus próprios olhos.

Naquela época, eu realizava minha rotina às cegas, e isso aguçou meus demais sentidos. O vestígio de aroma de baunilha azeda me levou de volta à breve conversa que tivemos naquele dia.

Lembrei-me da sensação tátil de um lápis que usei para anotar o código de reserva do voo que Mihai havia ditado para mim. Pegou em seu telefone. Com o reflexo da luz da tela no rosto, ele parecia ainda mais iluminado, como um santo. Lembrei-me de sua voz firme ao ditar o número e do tom de sua breve e áspera despedida. Você não deveria ficar sozinha, disse. Seu sotaque romeno sempre adornava suas palavras em castelhano.

*

Mihai havia sido meu aluno de norueguês. Um dos mais brilhantes e ávidos por aprender o idioma. Levava consigo uma caderneta na qual anotava o vocabulário novo, e fazia isso em toda e qualquer situação. Eu o observava entregue a essa tarefa: escutava a palavra, pegava o lápis, anotava e depois olhava para cima. Parecia um ornitólogo avistando pássaros. Quando já não era mais sua professora, encontrei-o um dia dirigindo o ônibus que costumo pegar para ir aonde quer que seja. Seu caderninho de palavras estava no painel do veículo. Ele me convidou a sentar no assento do copiloto (ou das pessoas com deficiência), assento que quase nunca estava ocupado. Eu sempre preferia me sentar na parte de trás, mas naquele dia ele fez um gesto pelo espelho, então me instalei ali para contemplar o caminho pela vista panorâmica do para-brisa. A estrada era mais larga do que eu pensava. Dali em diante, toda vez que via Mihai dirigindo o ônibus, eu me sentava ao seu lado e me entretinha com seus relatos enquanto observava a via sinuosa e as tonalidades do asfalto, que variavam conforme a estação.

Com o tempo, fomos nos tornando mais próximos. Mihai começou a ser meu professor. Eu escutava com atenção seus relatos e, às vezes, seguia suas instruções. Quando descia do ônibus, ele sempre se despedia com um imperativo:

se agasalhe
relaxe
se distraia
me ligue
se cuide
divirta-se
esqueça isso
saia
fique bem
me avise
anime-se
venha

*

Na primeira página do caderninho que ele me dera de presente, Mihai tinha escrito:

se quiser desenhar, DESENHE!!

Era um caderninho barato, desses vendidos no supermercado. Não tinha capa dura, mas um papel craft amarelado encadernando suas páginas. No papel craft havia um desenho de um lápis com olhos e boca sorridente, informações sobre o tamanho do papel e o número de folhas. As páginas não haviam sido feitas para suportar aquarelas ou traços intensos de desenho com carvão. Era um papel sulfite de oitenta gramas.

Mihai e eu costumávamos falar de nossas carências em geral: de dinheiro, de documentos, de família, de afeto e de talento. Eu havia contado a ele que gostava de desenhar, mas não nascera com essa habilidade. Quantos desenhos você tem?, ele me perguntou uma vez. Alguns, mas fiz quando era muito jovem, respondi. Ou seja, não tem desenhado nada ultimamente?, repreendeu-me, e em seguida pegou seu celular. Olha só, agora tem tutorial pra tudo no YouTube, tá vendo? Nesse vídeo, ensinam a desenhar passo a passo. Olha só o número de visualizações: veja quanta gente quer aprender a desenhar, você não é a única, eles tentam, e você também devia tentar. Eu já te trouxe um caderninho e lápis, o resto agora é desculpa.

Li a dedicatória que ele fizera e pensei que sua simplicidade abrigava uma grande verdade: tudo se reduz ao desejo.

Era fácil despejar o desejo em algo tão simples e pouco solene quanto aquele caderninho de capa mole e papéis grampeados. Em um arroubo de ingenuidade e fantasia como o da criança que salta da cama crente de poder voar, senti vontade de desenhar. Rabisquei algumas linhas tentando esboçar um pinheiro. Não gostei, mas não apaguei. Olhei o restante das páginas em branco e soube que seria impossível preenchê-las com desenhos, mas queria preenchê-las com alguma coisa. Nos dias seguintes, usei o caderninho para estruturar um orçamento de viagem, anotei os miligramas de clonazepam que me restavam e dividi-os pelos dias que poderia passar fora de casa. Olhei o código da reserva que havia anotado no caderninho e desenhei uma fileira de formigas ao seu redor.

*

No dia em que Mihai foi até minha casa e me atraiu para fora de meu esconderijo com leite doce (como quem atrai um gato), ele me convidou a acompanhá-lo até a Romênia. Te faria bem mudar um pouco de ares, ele disse. Dei várias desculpas para não viajar, mas ele insistiu. Se você ficar aqui e continuar assim, pode piorar e não vai acabar bem, ele me disse. Mihai falava assim, com uma aliteração marcada em suas frases mais contundentes.

Com a licença médica e os dias que passei sem sair de casa para fazer compras, o dinheiro estava sobrando e o clonazepam, acabando. Para além de meu gosto por viagens ou da preocupação de meu amigo com meu estado de saúde, pensei que a Romênia poderia ser o lugar ideal para comprar calmantes sem receita médica. Eu havia escutado algumas histórias de pessoas que viajavam para os países do Leste a fim de comprar qualquer medicamento sem receita: antibióticos, Viagra, estimulantes, soníferos, anti-inflamatórios para pós-operatório e até analgésicos com codeína.

Durante um dos picos de adrenalina que eu experimentava após a letargia química, comecei a desenhar no caderninho. Depois de alguns rabiscos, verifiquei em um site de reservas o código que Mihai havia deixado para mim. Tracei listras, pontos e espirais enquanto procurava uma passagem para Bucareste que coincidisse com o itinerário dele. Quando encontrei, comprei na hora. Preparei uma mala de mão com quatro mudas de roupa, uma delas formal. Tive a impressão de que já me preparava para morrer e fui tomada por uma certeza. Uma espécie de satisfação estranha, quase festiva, mas ao mesmo tempo cinzenta e silenciosa, sem adorno ou cerimônia, como a tranquilidade que chega quando concluímos algo pessoal e conhecido, algo tedioso como um trabalho de anos, um ritual de passagem, o fim de uma tarefa, pôr um ponto final, um apagar as luzes e fechar a porta.

Queria desaparecer.

*

É muito fácil se preparar para morrer porque não há nada a se preparar, exceto a concepção da própria vida e do nascimento; mas disso se encarregam os outros, os dois estranhos que já existiam antes de nós, cada um com suas células, também elas engendradas por outros dois estranhos que existiam antes deles.

Talvez eu mergulhasse na letargia e no entorpecimento dos calmantes com a intenção ou o desejo de voltar ao útero escuro, silencioso e morno. Os sons chegavam difusos até mim. Era alimentada por alguém que eu não discernia. Nutria-me de fluidos e massas de coisas vivas e mortas que meu corpo absorvia, uma papinha de coloides suficientes para nos formar e nos manter vivos e boiando — sem saber que vivemos e boiamos — no saco amniótico. Ignoramos que estamos rodeados de membranas que nos protegem e nutrientes que nos fortalecem, não sabemos nada sobre força ou crescimento, tampouco desejamos saber, pois ainda não sabemos saber nem sabemos desejar. Estamos bem ali. Não sabemos nem desejamos nada. Talvez só conheçamos essa escuridão protetora e benigna, e talvez a reconheçamos ali, em meio à penumbra, às membranas e ao ruído da circulação, como parte de nós e de tudo.

Se, dentro do útero, tivéssemos consciência de sermos um organismo vivo, em formação para deixar o único espaço conhecido, que nos agasalha; e se soubéssemos que deixar esse lugar cálido e protetor implicaria nascer para o desconhecido, onde a única certeza é que tudo que nasce, morre; e se nos deixassem escolher entre ficar ou sair, independentemente de nossa opção, chegaríamos ao mesmo fim: a morte.

Mas tampouco saberíamos o que é morrer.

Ficar ou sair: isso sim, poderíamos escolher.

Mas não temos opções. Não escolhemos nada.

Se alguém escolhe, é nossa mãe. O processo orgânico do pensamento estipula outro processo orgânico: a gravidez.

Um processo orgânico determina outro.

Se chegar ao parto, a mãe se desmanchará de dor, pensará que está morrendo e, ao pensar isso, saberá que é uma possibilidade. Dessa possibilidade, surge a opção, e dela surge o desejo: algumas mães, diante da brutalidade da dor física, desejam morrer. Mas o processo do parto continua e, se nossa mãe não morre durante o parto, só o que lhe resta (e, talvez, também só o que deseja) é que nasçamos (e talvez não deseje necessariamente que vivamos).

E esse subjuntivo *nasçamos* é muito peculiar. Porque todos vamos nascer. Isso é inevitável. Mas podemos nascer vivos ou mortos. *Morreu no nascimento*, costumam dizer, pois a vida é a primeira coisa que se dá por certa a partir do movimento de um embrião visível no microscópio, do aspecto tangível de nossas primeiras células que aparentam se multiplicar, mas em realidade se dividem.

Somos feitos a partir de rupturas, divisões, separações, afastamentos, cismas, dispersões, excisões e diásporas de células. Somos uma escultura de células feitas em pedacinhos, um amálgama de caquinhos e farelos que formarão o emaranhado de órgãos e ossos necessário para a construção de um indivíduo (que seguirá se dividindo), um sujeito (desconjuntado) que acabará se decompondo.

Se precisamos fazer algo para morrer, é nos movimentarmos. Ficar no útero (e morrer antes de nascer) pode até passar uma sensação de imobilidade, de inércia, mas a inércia implica movimento constante. Portanto, mesmo que fiquemos no útero, sempre estaremos nos movimentando, resistimos às forças das contrações e nos movemos nelas (e não com elas). Se saímos do útero, por outro lado, nos movimentamos com as contrações. Não há desejo nem consciência, apenas leis físicas e processos orgânicos.

O movimento se aninha no núcleo de tudo e de todos. Intuímos o tremor e as trajetórias a partir de nossos pulsos e vibrações. Quando estamos aconchegados na escuridão do saco amniótico, nossas células se movem, nossa mãe caminha, os astros do calendário avançam e o universo se expande. Se desejamos repouso e quietude, desejamos o impossível, pois não existe repouso nem quietude. Nem no ventre nem na sepultura. No ventre, abrimos os olhos, temos o olhar envolvido por uma membrana, fixamos nossa vista nas entranhas brilhantes de nossa mãe. Esse brilho é nosso primeiro espelho e nossa primeira lembrança, da qual jamais nos lembraremos. Somos um tecido úmido e brilhante que é entregue à luz que nos revela a verdade da cinética e a realidade do movimento. O colo do útero se dilata como em um fototropismo doloroso e ritmado. A luz intrusa, de fora, não filtrada pelas membranas e pela carne, abre caminho entre as entranhas de nossa mãe e nos arranca do útero. Lá fora, essa luz lacerante se incrusta no topo macio de nossa cabeça, atravessa o couro cabeludo poroso com raízes capilares prestes a germinarem e se impregna em nosso corpo até nos iluminar por dentro. Luz envolta em carne e carne envolta em luz.

A parede de entranhas de nossa mãe ganha volume, forma e cor. Nebulosas de membranas, constelações de órgãos. Somos uma ampola de carne incandescente. Gases suspensos preenchendo cavidades e fendas de nosso organismo frágil e colorido, minas de células, carbono, pulmões de cristal de Murano, oxigênio, tireoides alógenas, iodo, esqueleto fluorescente, flúor. Filamentos de nervos, tendões e artérias emaranhados em trançados incandescentes e vivas que pulsam e irradiam calor.

Como se preparar para morrer trinta e cinco anos após deixar o útero? Adormecendo. Há muitas formas de adormecer, mas a mais fácil é química. Enrolar-se em cobertores e abafar os ruídos até não mais percebê-los. Buscar a quietude e o descanso. Nos desentendemos do idioma, das batidas do coração, do ar em nossos pulmões e nos aconchegamos no tênue zumbido das sinapses sedadas. O frio se propaga da ponta dos dedos ao resto do corpo. A pressão sanguínea desce pelas montanhas de nossos órgãos, rios de distensão fluem por nossos tendões e músculos. Jazemos inertes enquanto o núcleo químico do calmante copula em lassidão com cada célula de nosso corpo até conceber o repouso que tanto desejamos.

Embora saibamos que o repouso absoluto não existe.

*

A primeira luz da viagem chegou no avião. Eu tentava ler uma revista quando Mihai começou a falar comigo. Suas vogais quase sussurradas lembravam uma liturgia em latim. Foi então que me contou que seu nome era Ovidiu e pediu que eu não o chamasse de Mihai na frente de sua família. Eu o chamava de Mihai desde que nos conhecemos em sala de aula. Ele havia se registrado na lista de estudantes do curso como Mihai Albescu.

Não me assustou a possibilidade de viajar acompanhada de um homem que poderia ter mudado de identidade. De qualquer modo, o que queremos dizer com "identidade"? O que faz de mim uma coisa ou me distingue de outra?, perguntei-me. Deixei a revista de lado e tentei dormir com o ruído branco do motor das turbinas.

Tudo bem?, perguntou Mihai, me arrancando de um sono leve. Sim, por quê? O que houve?, respondi. Achei que você estava incomodada, ele disse. Ajeitei o cabelo e enrolei o cachecol no pescoço. Sonhei que tinha encontrado um cofre, eu disse. Fechado ou aberto?, ele perguntou. Fechado, mas acho que eu ia conseguir abrir, estava certa disso, eu disse. Não está incomodada com a história do meu nome?, perguntou. Não, eu disse. Também me chamo Mihai, só pra constar; não pense que sou outra pessoa. Tudo bem, eu disse. Veja meu passaporte, insistiu, largando o documento de viagem em minha coxa esquerda. Seu nome se iluminou: Ovidiu Mihai Albescu.

Tenho o nome de dois poetas, disse pouco antes de o avião quicar sobre o asfalto da pista de aterrissagem.

*

Não saberia dizer se Bucareste estava escura ou iluminada. Não é possível medir a intensidade da luz de algo que acabamos de conhecer. Embora tudo reluzisse e fizesse barulho, sei que era quase meia noite quando chegamos. Quando saímos do aeroporto, alguém gritou: Ovidiu! Esse grito marcou o momento em que tudo se converteu em uma intermitência entre minha capacidade de entendimento e meus limites de expressão; um distanciamento de meu próprio idioma e o choque com o idioma alheio, a saída de cena da linguagem comum entre Mihai e eu e a entrada do idioma estranho daquele Ovidiu novo e também estranho.

O sujeito que havia gritado o novo nome de meu companheiro era alto e robusto. Tinha cabelos fartos e escuros, olhos pequenos perdidos em um rosto rechonchudo embutido na circunferência de pelos que ia desde a barba até o início do couro cabeludo acima da testa. Seus olhos pareciam dois furúnculos enquistados em uma madeixa de pálpebras e sobrancelhas. Olhou-me atravessado a modo de cumprimento. Caminhava à nossa frente enquanto nos guiava até o estacionamento do aeroporto. Entregou uma chave e um celular para meu amigo e foi embora.

Ovidiu guardou o celular e apertou o botão da chave. A poucos metros de nós, o alarme de um carro foi ativado.

Parecia um carro cor bege ou cinza opaco, mas conforme fomos nos aproximando vimos que era um carro escuro coberto por uma grossa camada de lama e sujeira. Abrimos as portas e janelas. O porta-malas estava cheio de garrafas vazias e sacos de tralhas. No banco de trás havia jornais e panos espalhados. Nossas malas eram pequenas, e por isso conseguimos acomodá-las em cima de todo esse lixo. O interior do carro fedia a suor rançoso, tabaco e algo apodrecendo. Apesar do frio, começamos o percurso com as janelas abertas. O ar gelado ia substituindo o fedor. Não trocamos palavras durante um bom tempo. Não sei se por querermos evitar que o miasma entrasse por nossa boca ou pela situação incômoda de estarmos em meio ao cheiro ruim de um terceiro conhecido.

De vez em quando, eu olhava o velocímetro. Ovidiu era um bom motorista. Não sei quanto tempo havia se passado desde que deixáramos o estacionamento do aeroporto, mas já não se viam casas nem luzes. Percorríamos uma estrada escura. Tentei olhar o mapa com o navegador de meu telefone, mas não havia sinal. Bucareste já parecia muito distante e eu começava a me sentir aturdida. O efeito dos calmantes se esvaía, e eu passava da letargia à agitação da lucidez súbita.

O medidor de gasolina iluminava o peito de Ovidiu de vermelho. Sugeri pararmos em um posto de gasolina. Evidentemente, ele também havia visto a luz vermelha de advertência, mas já tínhamos passado por alguns postos de gasolina sem que ele demonstrasse a menor intenção de parar. Quero contar os quilômetros e a quantidade de gasolina que esse calhambeque consome, porque vou devolver assim mesmo, com a mesma quantidade de gasolina, nenhum litro a mais, disse.

Intuí que não estávamos mais em Bucareste. Antes de viajar, presumi que este seria nosso destino, pois era o único lugar da Romênia de que ouvira falar, mas na verdade jamais perguntei ao meu amigo se ele era da capital ou não, pois para mim não fazia diferença.

Alguns letreiros em néon mudaram a paisagem. Ovidiu reduziu a velocidade, e nos deslocamos em direção às luzes coloridas.

*

O carro parecia ainda mais sujo sob as luzes do posto de gasolina. Sugeri lavarmos o veículo, mas Mihai se recusou. Achava injusto devolver limpo um carro que haviam lhe entregado sujo. Perguntei se tinha arranjado o carro em uma locadora e ele respondeu que não. O amigo de um primo distante o alugara.

Ovidiu saiu do carro. Protestava em romeno e em espanhol. Essas malditas locadoras não devolvem o depósito. *La naiba!* São uma máfia nacional. Têm redes em todo o país e sempre sabem onde você tá, por isso agem em conluio com hotéis e companhias aéreas; as pessoas são roubadas no mesmo lugar em que fazem o aluguel. Você reserva um quarto ou compra uma passagem e logo em seguida te oferecem o aluguel de um carro, já sabendo tudo a seu respeito. Pela internet ou pessoalmente, tanto faz, sempre te seguem, sabem onde você estaciona, e eles mesmos riscam o carro ou rasgam os pneus pra arrancar mais dinheiro, ainda mais se você for romeno e trabalhar em outro país, porque aí, além da vontade de tirar até seu último centavo, eles sentem inveja, pura inveja.

Nunca tinha escutado Mihai praguejar. Presumi que, assim como a alternância de idiomas, esse era um hábito do novo Ovidiu que eu estava conhecendo. Embora seja preocupada por essência, não dei importância àquela história de máfias e assaltos. Preocupava-me mais a sujeira do carro. Propus que o lavássemos e limpássemos, mas ele resistiu.

Posso pagar a lavagem do carro, sugeri. Não é que eu seja pão-duro, só não quero lavar o carro desse filho da mãe. Olha só o estado em que me entregou! *La naiba!* Olha! E pagando quase o mesmo que pagaria numa locadora, disse Ovidiu. Vai ver ele não teve tempo, eu disse. Como não teve tempo pra passar um pano com água e sabão? Não tá vendo que ele quer que eu lave do meu bolso?, ele disse. Então você é um pouco pão-duro, sim, eu disse. Melhor não falar do que você não sabe, ele disse. Vou falar, sim, porque sei que não temos condições de viajar em meio a tanta imundície, eu disse.

Abri o porta-malas e comecei a tirar o lixo e as quinquilharias. A irritação dele não durou muito. Pegou o aspirador do posto de gasolina e se encarregou dos assentos e dos tapetes. No banco de trás, encontrei um saco de roupas sujas e um par de sapatos fétidos. Joguei tudo fora sem nem perguntar. Do carro saíram restos de comida, jornais, garrafas, latas, bitucas de cigarro e algumas camisinhas usadas.

Podemos devolver igualzinho, disse Ovidiu enquanto chutava para longe as camisinhas e bitucas espalhadas pelo chão. Ele sorriu com os olhos e os dentes e eu me escondi atrás da nuvem de felpa e poeira que se formou quando sacudi o tapete do porta-malas.

*

Ovidiu tinha sete anos a menos que eu. Quando foi meu aluno, houve uma atração mútua em sala de aula que administrei sem dificuldade. Sempre preferi manter distância. Para além da ética profissional, não queria começar nenhuma relação de nenhum tipo com quem quer que fosse, muito menos com um aluno. Comecei a me aproximar dele quando não era mais sua professora, e nos encontrávamos no ônibus. Ovidiu trabalhava como motorista em tempo integral e já havia concluído as horas de norueguês exigidas por seu empregador. Deixei de ser sua professora para me tornar sua passageira. Eu apreciava sua companhia, e era mais gostoso me sentar ao seu lado sem a tensão física de antes.

 Toda vez que eu saía da sala de aula e não precisava mais permanecer diante de um grupo de pessoas que esperavam aprender algo comigo, minha tristeza voltava. De certo modo, eu me tornava inválida para muitas coisas, dentre as quais o sexo. Embora sentisse desejo, não sabia o que fazer com ele. O desejo se tornava incerteza, uma angústia a mais. Eu tinha dificuldade para separar o desejo de minha necessidade de afeto. Minha vulnerabilidade me irritava, e eu preferia entorpecer essa confusão com álcool e comprimidos. Esse coquetel, somado à tensão de conhecer alguém, atenuou aos poucos a tensão sexual. Foi assim que Ovidiu e eu nos aproximamos. Deixamos de representar a fantasia sexual de aluno-professora presos em uma sala de aula para sermos apenas dois estrangeiros em um país escuro e gelado. Passamos a nos ajudar mutuamente. Eu resolvia seus empecilhos com a burocracia, cuidava dos papéis e das palavras exigidos pela secretaria de imigração, pela polícia e pelo sistema trabalhista norueguês; ele me ajudava a restabelecer um cotidiano estável, consertava minha máquina de lavar, limpava a neve da entrada de minha casa ou me trazia doces quando eu perdia a vontade de cozinhar e comer. Deixamos de ser uma fantasia de filme erótico para nos transformarmos em uma fábula com moral: éramos o conto do coxo que ajuda o cego.

Depois que o carro já estava limpo por dentro, fui depressa até a loja de conveniência do posto de gasolina. Comprei algumas latas de cerveja e refrigerante, batatas fritas e pães doces para o caminho. Fui ao banheiro e tomei uma dose de clonazepam. Quando saí, Ovidiu me esperava com café em um copo de papel. Tinha os olhos serenos e não estava mais sorrindo.

Não vou lavar o carro desse filho da mãe, ele já deveria me agradecer por ter limpado e jogado suas tralhas no lixo, disse. Não custa nada lavar, eu disse. Custa, sim, claro que custa, replicou. Eu não quis insistir em pagar a lavagem, não queria voltar para a mesma discussão. Mas como vamos viajar num carro se não sabemos nem a cor dele?, eu disse. Não precisa lavar ele pra isso, disse, e passou o dedo sobre a camada de sujeira que encobria a carroceria. Uma camada de barro seco estava incrustrada sobre o carro. E também dá pra descobrir no documento do veículo, acrescentou.

Não sei se eu queria um carro limpo, mas estava com vontade de tirar aquela camada opaca e ressecada do carro. Era questão de curiosidade, desejo ou prazer, como a vontade de arrancar uma casquinha da pele.

Peguei um dos panos velhos que havíamos encontrado no porta-malas e umedeci com um pouco do líquido do para-brisa. Comecei a esfregar o pano em diferentes partes do carro, sem nenhum método. Pouco a pouco, descobri a transparência dos faróis, a placa, a marca e um pedaço da cor brilhante da carroceria. Era um Dacia Logan, placa SI 13 KPA, verde-escuro.

Lavar o carro me deixaria feliz, eu disse.

A palavra feliz chiou em meus ouvidos como um termo de língua desconhecida ou mal pronunciada.

Atravessamos juntos o túnel de lavagem automática.

Abri uma lata de cerveja enquanto observava pelo para-brisa como a sujeira ia aderindo às fibras das imensas escovas ensaboadas. Pouco a pouco, a água se tornava mais clara e a espuma do sabão se diluía.

A primeira cerveja havia terminado. O carro estava pronto, verde e brilhante.

Vamos dar um passeio, disse Ovidiu. Onde, se aqui não tem nada e já entendi que não vamos a Bucareste?, eu disse. Escutei certo cansaço no tom de minha própria voz. Nunca ouvi você dizer que alguma coisa te fazia feliz antes, mas durou pouco. Olha, só pra você saber, caso queira ver Bucareste, a gente vai ter que voltar pra lá de qualquer jeito pra devolver o carro no aeroporto. A gente pode passar uns dias lá, mas antes preciso fazer algumas coisas, disse Ovidiu. Não perguntei o que ele precisava fazer, nem onde, nem que história era aquela, mas ele continuou falando. Só preciso cumprir algumas obrigações, fazer algumas coisas pela minha família, tá bem?

Eu não conhecia Mihai, e muito menos Ovidiu, o suficiente para saber se o que ele faria seria conveniente ou não, legal ou ilegal. Mas o que ele poderia fazer de tão inconveniente ou ilegal assim?, pensei. Quando ele disse "família", imaginei que devia ter mulheres e filhos e não me importei muito com isso. Decidi não perguntar. Afora minha curiosidade em relação à cor do carro, naquele momento eu não desejava saber mais nada.

*

Durante o caminho lhe ofereci um refrigerante e ele aceitou. O calmante começava a fazer efeito em mim. Eu via as linhas da estrada passando uma após a outra até se transformarem em uma esteira de giz branco. Estava entrando na fase profunda do sono quando Ovidiu me despertou apertando minha coxa.

    Liga o celular, porfa. A senha é minha data de aniversário, disse. Fiquei em silêncio com o telefone no colo. O que foi, não lembra meu aniversário? Eu me lembro do seu, ele disse. Se não lembra, vai ficar sem internet, sem GPS, sem nada, sentenciou, como se falasse com uma criança. Liguei o celular e Ovidiu continuou falando. O que você achava, que eu era um rapaz de Bucareste?, perguntou. Não, não pensei nada. Para mim a Romênia era uma coisa só, você é romeno e só, eu disse. Se pensou que eu era de Bucareste, não sabe de nada, ele disse. Ajeitei-me no assento cruzando as pernas. Você pode até ser professora, mas parece que tem muita coisa que você não sabe, ele disse.

    Havia incômodo em sua voz. Eu não me importava nem entendia o significado de ele ser ou não um rapaz de Bucareste, tampouco compreendia por que ele precisava me acordar quando podia ativar o telefone sozinho enquanto dirigia. Tampouco entendi sua reprimenda por eu não lembrar a data de seu aniversário, dado que, no ano anterior, eu lhe dera de presente um blusão de lã vermelho. Era um blusão fino, de outono. Comprei o presente depois de sair da aula. Um novo semestre havia começado e ele não era mais meu aluno. Entrei em uma loja de roupas do centro. Lembro-me muito bem do sujeito que me atendeu: era um rapaz muito simpático, ruivo e alto, de olhos intensamente dourados. Parecia uma criatura outonal. Lembrei que isso foi em setembro.

Seu aniversário é em setembro, lembra que eu te dei um blusão no ano passado?, perguntei. Sim, claro que lembro. Agora você sabe que é em setembro porque lembra o presente, mas não sabe a data, ele disse. Bem, desculpe, esqueci, eu disse. Eu nunca esqueço o seu, ele disse. Obrigada, mas quer que eu faça o quê? Não lembro da data, e se quiser ajuda com o telefone, você precisa me dar a senha de uma vez, eu disse. Pense nas Torres Gêmeas, insistiu. Seu aniversário não é em onze de setembro, né?, perguntei. Eu disse pra pensar nas Torres Gêmeas, não disse que essa é a data. Pense outra vez, ele disse. Então lembrei da data do seu aniversário. Dez de setembro, eu disse. Isso mesmo, correto, nove e dez, setembro nove, dia dez, disse. Bem, e visto que essa parece ser uma questão de vida ou morte para você, agora diga a data do meu aniversário, eu disse. É fácil, um, dois, três, janeiro vinte e três, janeiro um, dia vinte e três, respondeu sem errar.

Abri o celular. O mapa não me dizia muita coisa. Estávamos percorrendo a estrada E81, em Județul Călărași.

Peguei o caderninho que Ovidiu me dera de presente quando ainda não era Ovidiu, mas Mihai, e desenhei uma estrada. Gastei toda a ponta do lápis mais escuro rabiscando a folha inteira. Fico feliz de ver você usando o caderninho que te dei. Mesmo que sejam só manchas, rabiscos, qualquer coisa é boa pra começar, nem tudo tem que ser perfeito, o importante é tocar o barco, se empenhar no que você gosta e deixar de desculpas, ele disse.

Larguei o caderninho, acomodei-me outra vez no assento e tentei dormir.

*

Você dorme o tempo todo. Vai ter tempo pra dormir depois de morrer, disse Mihai. Sua voz me fez abrir os olhos. Senti-me culpada por não ser uma boa copilota. Quando já estava totalmente desperta, olhei o navegador do telefone e entendi que éramos o ponto azul luminoso que avançava pelo mapa. Segundo um satélite, aquele ponto se deslocava em direção ao litoral, e isso me alegrou.

    Desculpe, eu disse. Por mim, pode dormir o quanto quiser, tanto faz, ele disse. Bem, não posso mais dormir porque você me acordou, eu disse. Que inveja, eu ia adorar conseguir dormir como você, porque estou muito cansado e preciso dirigir, ele disse. Por que não paramos para tirar uma soneca?, sugeri. É perigoso, não vale a pena, a gente ia perder tempo, ele disse. Quer dormir ou não quer?, perguntei. Não, acho melhor você me contar alguma história, fale comigo, ele disse. O que você quer que eu conte?, perguntei. Não sei, qualquer coisa, só fale comigo pra eu ficar mais desperto, ele disse. Poderíamos fazer uma parada, assim você descansa, eu disse. Não. Fale comigo, insistiu. Bem, vou te contar sobre um filme que vi faz pouco tempo, eu disse e abri para ele um refrigerante. Beleza, disse Mihai. O filme se chamava *45 anos*. É sobre um casal que vai comemorar seus quarenta e cinco anos de casados. Quarenta e cinco anos, e não cinquenta ou quarenta?, disse ele, é melhor um número redondo, interrompeu. É que o marido estava doente e não pôde comemorar antes, eu disse. Comemoram porque ele vai morrer?, perguntou. Não, não vai morrer, quer que eu conte ou não?, perguntei. Sim, disse Mihai. Bem, uns dias antes da festa, o senhor, o esposo, recebe uma carta da Suíça. Avisam que uma montanha, lá na região dos Alpes, um pico nevado tinha descongelado por causa do aquecimento global e assim encontraram diversos cadáveres de montanhistas que tinham percorrido aquela montanha muitos anos antes e caído numa fenda, e dentre esses cadáveres estava o da namorada desse senhor, uma namorada de juventude, porque antes de se casar com essa senhora, com a protagonista do filme, ele era muito apaixonado por uma moça com quem havia visitado os Alpes, eu disse. E a esposa leu a carta?, perguntou ele. Sim, o marido conta a ela sobre a carta, os dois leem juntos, eu disse. E a esposa sabia dessa moça?, perguntou. Sim, sabia, porque o marido tinha contado a história dessa viagem e do acidente, eu disse. E o que aconteceu?, perguntou Mihai. Bem, o senhor, o marido, obviamente fica muito tocado com a notícia e sente vontade de ir à Suíça; comenta isso com a esposa, mas ela não gosta muito da ideia, eu disse. Pô, óbvio que não, e como é que ia gostar?, disse Mihai. Bem, quando ele diz a ela, a princípio a reação não parece ser de ciúmes, mas de preocupação, porque o marido é idoso e também porque estavam em meio aos preparativos para a festa, ela cuidava disso mais que ele, eu disse. E o sujeito vai para os Alpes ou não?, perguntou. Não vai, não, mas começa a falar da namorada morta o tempo todo, isso nos dias anteriores à comemoração, eu disse. Porra, então eles não comemoram, ou comemoram?, perguntou. Bem, não vou te contar o final porque você parece interessado no filme, depois pode assistir, eu disse. Não, não, não, ora, vamos, não vou assistir nunca porque acho que é um dramalhão feito pra deixar a gente deprimido, e além disso eu não tenho tempo pra nada, muito menos pra assistir um drama, ora, vamos lá, me conte, ele disse. Bem, o mais interessante é como o sujeito se comporta antes da celebração, e quando conta à esposa detalhes sobre a moça, é quando nos damos conta de que ele sempre pensou na namorada morta e, claro, a esposa se sente traída, eu disse. Mas não teve traição nenhuma porque a outra estava morta, e o marido contou tudo, não foi?, ele perguntou. Sim, o marido contou, eu disse. E contou tudo logo que conheceu a mulher, antes de se casarem, não?, ou ela só descobre os detalhes pela carta?, perguntou ele. Sim, ela sabia tudo, a carta não tinha nenhuma informação nova, mas como você se sentiria se descobrisse que a mulher com quem está casado faz muitos anos passou o tempo todo pensando em outra pessoa?, eu disse. Mas que diferença faz? A outra está morta, ele disse. Mas você não acha que se ele lembra dela esse tempo todo é como se estivesse viva?, perguntei. Não, claro que não, eu também me lembro dos mortos e nem por isso eles ressuscitam, e não posso fazer nada com eles porque estão mortos, como vai trair a mulher com uma morta?, ele disse. Bebi um pouco de seu refrigerante. E no fim eles fazem a festa ou não?, ele perguntou. Sim, fazem sim, eu disse. Ah, final feliz, disse Mihai. Nem tanto, mas aí eu precisaria contar mais detalhes, eu disse. Porra, você podia ter me falado de um filme mais alegre, ele disse. Bem, é que foi esse que me veio à cabeça porque vi faz pouco tempo, eu disse. Porra, mas então, já que estamos falando desse, tem uma coisa que não ficou clara pra mim, por que esse sujeito recebe a carta depois de tantos anos se ele era só namorado dela, a moça não tinha família?, perguntou. Bem, a esposa faz essa mesma pergunta quando a carta chega na casa deles, e então o homem confessa que estava registrado como parente mais próximo da moça porque na época eles eram quase casados, eu disse. Como assim, *quase* casados?, perguntou. Bem, o marido diz a ela que, como usavam alianças e moravam juntos, todos pensavam que eram casados, eu disse. Mas não se casaram, né, não tinha documento, ou tinha?, ele disse.

Não, em teoria não estavam casados, mas estavam apaixonados e moravam juntos, então, o que faltava, não acha que isso é o mesmo que estar casado? Por isso mesmo a esposa pergunta ao marido: "Se essa moça estivesse viva, você ia ter se casado com ela?", eu disse. E imagino que o sujeito disse que não, se não acabariam não comemorando..., ele disse. Bem, não; quando a esposa pergunta ele diz que sim, que teria casado com ela se estivesse viva, eu disse. Porra, mas que otário, pra que dizer isso depois de tantos anos, sabe, se o sujeito levantou do chão e sacudiu a poeira, construiu uma vida nova que não devia estar tão ruim assim com a esposa; em primeiro lugar, porque era uma mulher viva e constituiu família com ela, no mínimo devia estar contente, senão não estariam comemorando porcaria nenhuma, e além disso, se essa carta não tivesse chegado, todo mundo estaria contente, não é?, inclusive ele, disse Mihai. Bem, e você, o que você faria?, perguntei. O que eu faria em relação a quê?, disse Mihai. Assim, se a mulher por quem você se apaixonou e que amou na juventude morresse ou desaparecesse, e encontrassem seu cadáver décadas depois, e você recebesse essa carta, o que você faria?, perguntei. Vejamos, não teria muito o que fazer, perguntaria o que mais tinham pra me avisar, procuraria os parentes dela, talvez os pais já tivessem morrido, mas tivesse algum tio, primo, sei lá, ele disse. E se ela não tivesse família?, perguntei. Sempre tem algum parente, vai, mas enfim, se não restasse ninguém, o que seria estranho, eu ia me encarregar do funeral, mais por respeito, porque depois de quarenta e cinco anos ou mais desde sua morte, já estando casado com outra mulher, com filhos e netos, morando em outro país, acho que teria esquecido ela, respondeu. Bem, eles não tinham filhos, eu disse. O quê?! Quarenta e cinco anos de casado, sem filhos e com saudades da namorada morta! Aí é foda... tem gente que gosta de sofrer, disse Mihai.

Ficamos em silêncio por vários quilômetros.

*

Na Romênia, todas as estradas são serpentes negras à noite. Em certas regiões é possível ver as cidades com suas luzes alaranjadas, fracas e bruxuleantes, como uma aglomeração de círios em uma vigília ortodoxa.

    Quando o efeito dos calmantes passa, retornam a lucidez e o pulso de energia. Você distingue a vertigem luminosa dos faróis dos carros vindo no sentido contrário. O tráfego é impiedoso. O medo volta à boca do estômago e é melhor não olhar para a estrada. Para cada cinco quilômetros percorridos há uma média de três ou quatro animais atropelados. Não saberia dizer com precisão de que espécie eram os animais que vi esmagados na estrada, mas havia pelagens e penas grudadas no asfalto, em uma crosta de carne triturada rodeada de sangue seco, mas também fresco.

    Estávamos entrando em Constança quando abri a última cerveja. Você pretende chegar bêbada na casa da minha família?, questionou Ovidiu. Bebi metade da lata e joguei o resto pela janela. Comi uma fatia de pão doce e em seguida enchi a boca de chicletes de menta. Não sabia ao certo quem nos receberia na casa dele. Ovidiu não falava muito de sua família e só se referia a ela como uma entidade única: família. Eu tampouco havia contado muita coisa sobre a minha, embora, verdade seja dita, nós dois já tivéssemos falado sobre nossas mães.

Alguns de nossos encontros foram interrompidos por ligações de nossas mães. Nossas conversas eram muito parecidas: alguns monossílabos, risadas, silêncios, e antes de desligar sempre dizíamos que estava tudo bem.

A mãe de Ovidiu morava na Itália havia muitos anos. Ele também tinha morado na Itália, e antes de ir para a Noruega passou um tempo na Espanha. Era só o que eu sabia sobre sua família. Talvez sua mãe tivesse voltado à Romênia na Semana Santa para receber o filho. Talvez seu pai fosse abrir a porta para nós, embora Ovidiu jamais houvesse me falado qualquer coisa sobre o pai. Eu também não falava de meu pai. Por experiência própria, eu havia concluído que quem não fala de seu pai tem um pai insignificante, caído em desgraça ou morto. Ou tudo ao mesmo tempo.

Agora entendo que o que senti então foi curiosidade, mas na hora pensei que fosse medo. Estava em um lugar desconhecido, viajando por estradas escuríssimas salpicadas de animais mortos, entorpecida e incomunicável. Só uma amiga próxima sabia que eu ia à Romênia, e ela me aconselhara a pensar bem antes de ir, pois talvez não fosse boa ideia viajar, sobretudo em meu estado de saúde. Ressaltou "estado de saúde". Depois me falou das coisas que havia visto no noticiário sobre as máfias romenas, os homens que extorquiam mendigos, as drogas, a prostituição e a violência. Preconceitos. Eu confiava em Mihai. Mas, apesar disso, uma vertigem percorreu meu corpo. O medo e a curiosidade são animais de hábitos semelhantes que se aninham nas mesmas cavidades de nosso corpo: a boca do estômago, as fossas nasais, o túnel de nossa medula.

Não podia começar um interrogatório àquela altura do caminho. De qualquer forma, o que poderia fazer caso descobrisse que Ovidiu fora até ali para matar alguém sob encomenda ou distribuir presentes entre seus familiares? Eu não sabia o que queria saber, mas tinha certeza de que havia algo a ser descoberto. Atrevi-me a fazer uma pergunta, qualquer uma, para me distrair da curiosidade que se apresentava como medo. Como se diz obrigada em romeno?, perguntei. *Mulțumesc*, ele disse. O romeno é parecido com o espanhol, você vai ver, ele disse como se fizesse uma promessa.

As luzes da cidade iam se aproximando mais de nós. Estávamos chegando em Mangalia. Eu soube que o mar estava muito perto. Não conseguia vê-lo, mas o ar estava úmido e tinha um cheiro salgado e intenso. Lembrei-me da imagem do mar Negro desenhada em meus livros de geografia do ensino médio: a forma do litoral lembrava um osso ilíaco sentado com o quadril em Sebastopol.

*

Ovidiu estacionou o carro em uma rua deserta. Diversos blocos de edifícios de concreto cinza claro se alinhavam dos dois lados da rua e se destacavam na escuridão. Eram edifícios de cinco andares com um pequeno jardim nas laterais e arbustos de romã densos serviam de cerca. Entramos em um deles. Em seu interior, o aspecto do cimento era menos luminoso e mais violento. As lajotas estavam soltas e quebradas. Os corrimãos de metal que resguardavam as escadas estavam retorcidos e enferrujados. O caminho até os andares superiores era composto por uma série de degraus gastos e desiguais. Tudo me lembrava um acidente, uma explosão ou um naufrágio. Se olhasse para o teto, dava para ver figuras nas manchas de umidade e nas variações de tom da pintura descascada. À exceção das portas dos apartamentos, tudo parecia em ruínas.

Quase todas as portas eram muito bem polidas e adornadas com relevos e entalhes em madeira, vitrais coloridos, grades finas de ferro trabalhado e aplicações de mosaicos cerâmicos. A decoração de algumas era chamativa ao ponto do exagero. Era o caso da porta que se abriu para nos receber, a porta de Viorica.

*

Viorica era tia de Ovidiu, irmã de sua mãe. A porta de sua casa era como seu sorriso e seus modos. A mulher tinha chapas de ouro nos dentes incisivos, olhos verdes intensos como um vitral, bochechas carnosas e rosadas e lábios finos pintados de vermelho. Sua linguagem corporal era expansiva e repleta de frufrus: abriu os braços mexendo as dobrinhas que escondia debaixo das axilas, abriu também os janelões de seus olhos e o portal de sua boca para nos dar as boas-vindas. Nossos nomes, que tinham todas as vogais, induziam em seus músculos faciais um exercício rítmico cada vez que nos invocava.

    Tiramos o casaco, atravessamos o umbral e adentramos a sala. O apartamento estava limpo e arrumado, mas a decoração exagerada conferia ao ambiente um ar de desordem. Conforme avançávamos pela casa, as paredes iam mudando de cor a cada cômodo. A sala era alaranjada e a antessala que deixáramos para trás era roxa. Eu não conseguia entender o discurso de Viorica em romeno, de modo que me concentrei nos tons altos e baixos de sua voz. Falava entre o grito e o sussurro. Quando me olhava, quase sempre erguia a voz, mas sussurrava quando se dirigia ao meu amigo. Busquei com o olhar alguma fotografia de família, mas só encontrei uma imagem da Virgem Maria iluminada por uma chama que flutuava em azeite fervente. No fim, descobri que havia mais alguém em casa: quando Viorica parou de falar, escutei alguns roncos profundos.

A mulher nos conduziu até um quarto de uma cama só. Viorica nos entregou duas toalhas e dois pijamas de conjunto de calça e moletom. O pequeno era lilás e o outro, azul-marinho. Eu costumava dormir de roupa íntima e sem camiseta, mas presumi que os pijamas indicavam certo código, regras da casa. Observei a roupa de cama e vi que também havia dois edredons com o mesmo estampado. Pareceu-me muito abrupto ter de compartilhar a cama com Ovidiu. Embora uma parte de mim desejasse isso com todas as forças, a outra tinha muitas ressalvas, e também se incomodava com detalhes como o banho, a depilação, o creme noturno no rosto, os cheiros e os ruídos do corpo.

Onde fica o banheiro?, perguntei. Ovidiu me levou até o banheiro situado ao final de um corredor.

Comecei pela ducha. Levei a toalha e o pijama designados até o banheiro e me preparei para dormir. Entre carro e avião, nossa viagem durara mais de quinze horas. Cheirávamos mal. Cheirávamos a cabine de avião, a ar seco, a migalhas de pão, a espuma de cerveja e baba de refrigerante, fedíamos como o interior do carro verde. Quando voltei para o quarto, Ovidiu havia saído. Os dois edredons estavam estendidos um sobre o outro. Não sabia se meu amigo voltaria para dormir debaixo de um dos edredons ou se tinha ido dormir em outro lugar. Me enfiei debaixo das duas cobertas e senti frio. Fiquei decepcionada por ter que dormir sozinha, mas no fim das contas eu estava acostumada. Tampouco me surpreendeu que ele não estivesse naquela cama. Eu me esquivara de todas as tentativas de flerte com meu companheiro durante a viagem. Estava ciente de ignorá-lo de propósito algumas vezes ou tratá-lo com a condescendência que dirigimos às crianças.

Enquanto me ajeitava nas cobertas, ocorreu-me a possibilidade de que Ovidiu estivesse em algum relacionamento ou apaixonado por alguém, apaixonado a ponto de vestir um pijama de senhor idoso e dormir em uma cama separada.

Apaixonado como no século passado, com flores, lenços bordados e promessas de fidelidade na saúde e na doença. Eu não o vira nas semanas anteriores à viagem. Todo o acúmulo de dias sem sair de casa se resumia a uma mancha de baba, comprimidos para dormir e garrafas vazias.

Por que presumir que aquela atração surgida tantos meses atrás, no curso de norueguês, manteria vivo seu desejo por mim? Não estávamos mais em sala de aula. Eu não tinha mais nada a ensinar. Era mais velha que ele e tinha o nariz grande, a pele seca, os peitos murchos e os braços flácidos. A tristeza havia limitado os movimentos de meu corpo e me despojado da graça das línguas e palavras. Não era nada mais que um ser lento, lúgubre e fanfarrão.

Espichei o braço, tirei um calmante da bolsa e enfiei-o debaixo da língua. Me revirei na cama, enterrei o rosto no travesseiro e me enrolei nos edredons até ficar imobilizada. Um formigamento percorreu todo o meu corpo e me arrastou para o sono.

*

Naquela primeira manhã na Romênia, tive dificuldade para acordar. A não ser por piscar os olhos, não conseguia me mexer. O vapor de minha respiração na roupa de cama sintética me informava que eu ainda estava viva. A devolução de minha própria umidade contra a pele, as etapas do ciclo d'água e meu próprio suor transformavam a cama em incubadora.

Dormir era o único prazer que me restava. Eu gostava de dormir e não me importava se o fazia por cansaço ou pelo efeito dos comprimidos. Às vezes, eu sentia que ensaiava minha morte a cada sono profundo. A morte devia ser plácida, como diz o clichê: "o sono eterno". Não estaria mais sozinha. Não haveria mais dor. Tampouco haveria alegria. Nem amor nem desamor. Nada. O silêncio de nossa constelação cerebral e a escuridão de nosso interior. Nós em espiral voltados para dentro e envolvidos pelo que somos, enroscados, do avesso, percorrendo o caminho inverso do que fomos.

O caderninho amanheceu ao meu lado.

"Não quis te acordar. Volto para comer."

Ao lado de suas palavras, Ovidiu havia desenhado um prato, uma estrela e um gato dormindo. Ovidiu invadia meu caderninho. Lembrei-me de quando era meu aluno e eu corrigia suas tarefas. Deixei sua caligrafia ali. Na primeira página também figurava sua caligrafia, na dedicatória, motivando-me a desenhar.

Saí da cama e me vi sozinha na casa.

Ponderei que haviam me deixado sozinha para me testar. Meu teste consistia em percorrer a casa sem deixar nenhum rastro de minha presença. Entretive-me com a ideia naquela manhã, como se estivesse em um *reality show* e as câmeras no alto acompanhassem meus movimentos. Entrei nos quartos, futriquei os armários e gavetas. Liguei e desliguei televisões, secadores de cabelo e eletrodomésticos de cozinha. Estudei as estantes, observei porta-retratos, cheirei perfumes, li rótulos de medicamentos, avaliei a textura de tecidos de roupa de cama e superfícies de diferentes materiais: madeira, vinil, cerâmica; distraí-me vendo a água correr da torneira ao ralo. Voltei para meu quarto sentindo uma excitação no corpo, com a adrenalina do ingênuo que acredita ter passado na prova e espera ter ganhado alguma coisa.

Após esse pico de energia, sofri uma baixa. Ninguém me pusera à prova. Eu não tinha ganhado nada. Estava sozinha e me entediava.

Deitei na cama. Debaixo dos cobertores, fui tomada por uma sensação de abandono.

*

Não sei por quanto tempo consegui dormir, mas quando acordei a luz natural já não era tão intensa e Viorica estava de pé ao lado de minha cama.

Café, café, disse.

Entregou-me as pantufas bege de pelúcia sintética que ela mesma havia deixado aos pés da cama. Antes de sair, repetiu "café" e agitou a mão direita como um gato que arranha o ar. Seu gesto de chamada deixava à mostra a palma de sua mão e era diferente do dos escandinavos. Os noruegueses mantêm as palmas viradas para dentro enquanto agitam a mão na altura da orelha, em um movimento semelhante ao de abanar-se, de ajeitar o cabelo para trás ou de sinalizar para um motorista inábil que tenta estacionar de ré.

Levantei-me e a segui até a cozinha.

A mesa estava posta. Quatro xícaras. Duas travessas com pães doces e salgados. Queijo fresco, sardinha, rabanetes, pepinos e um pote de geleia de frutas vermelhas. Uma chaleira com água fervendo. Um prato com vários envelopinhos de infusões.

Manggia, disse Viorica.

A tia de meu amigo também havia morado muitos anos na Itália. Expliquei que tinha noções básicas de italiano e nossa conversa ficou mais fluida. Entendi que ela havia voltado à

Romênia depois de muitos anos trabalhando como cuidadora de idosos na Itália e tinha dois filhos: Sorin e Bogdan.

Bogdan era o mais velho, o filhinho da mamãe, o que nunca saiu de casa. Sorin era o caçula, o que nunca estava em casa porque trabalhava em alto-mar, o que sempre cuidou de tudo após sua mudança para a Itália. Ela me explicou tudo isso com gestos e palavras falhas em italiano. No telefone, só havia fotos de Sorin. Quando perguntei de Bogdan, me disse que logo eu o veria com meus próprios olhos.

O café devolvia minha lucidez. Entre um gole e outro, soltei algumas palavras em italiano. *Café, buono, grazie.* Eu dava um jeito de cobrir a boca com a xícara e enchê-la de comida para evitar pronunciar qualquer palavra. Viorica, pelo contrário, não parava de falar comigo. *Ti piace? Café italiano. Non e rumeno*, disse.

A comida foi me despertando e o apetite não demorou a chegar. Perceber que um desejo tão básico quanto a vontade de comer retornava pareceu-me uma descoberta. Senti minhas mandíbulas se atiçarem. O som que saía de meus dentes mastigando me devolveu o instinto de sobrevivência. Lembrei-me dos esqueletos das presas que triturei em minha bocarra milhões de anos atrás, quando fui animal. O paladar e as papilas trouxeram de volta a imagem da caça. A necessidade de alimento afiou meu olhar para as texturas e cores dos alimentos.

Affamata, brava. Adesso tu contenta, ma ieri tu triste. Viorica me observava e eu me esquivava de seu olhar enterrando meus olhos na comida posta à mesa. *Non triste, io stanca, viaggio*, respondi. *Lo so, lo so, viaggio, lo so. Anche triste ieri. Tuoi occhi*, ela disse.

Não iria contradizê-la nem esconder minha tristeza, não valia a pena mentir. Estava vestindo um pijama dela, comendo à sua mesa, calçando suas pantufas. Tinha usado seu banheiro e dormido em sua cama. Viorica tinha razão. Ontem eu estava triste, e certamente dava para notar em meus olhos.

Ovidiu non dorme con te, perché?, perguntou. Sorri e em seguida enchi a boca de comida. Continuei comendo enquanto Viorica me fitava, atenta. Ovidiu é meu amigo, *solo amici, friends*, eu disse, e cobri a boca com a xícara de café. Ela arqueou uma sobrancelha. Fui intercalando sorrisos e bocados de comida.

Comecei a sentir certa cumplicidade com aquela mulher que acabara de conhecer. Como explicar a ela, com meu precário vocabulário italiano, tudo o que tinha vivido com Mihai, que agora se chamava Ovidiu? Queria contar que agora, cada vez que o via, eu tinha a impressão de estar diante de duas pessoas diferentes. Não sabia se ela conhecia Mihai, o melhor aluno da turma, que dirigia o ônibus trajando um uniforme impecável e enchia caderninhos de palavras. Não sabia explicar por que ele havia decidido dormir em outro lugar, porque eu também não sabia e, no fundo, também queria saber.

Ma perché?, perguntou outra vez Viorica. Parei de comer e fiz um gesto que aprendi com os italianos: abri ligeiramente os braços, virei as palmas das mãos para cima e as ergui lentamente, como se erguesse dois pesos leves e invisíveis. Arqueei as sobrancelhas e disse: *non lo so*.

Giovani, qualcosa crisi di copia, ela disse, e encheu minha xícara com mais café.

*

Sorin era um homem de quase trinta anos. Tinha cabelo curto escuro e olhos grandes e esverdeados enterrados sob uma testa ampla. Sua pele era dourada e impecável. Não reparei se era muito alto, mas tinha um porte atlético. A roupa sempre marcava os contornos firmes de seus braços, pernas, abdômen e peito. Embora não o tivesse visto em carne e osso, eu tinha uma representação sensorial dele. Partia de seu sorriso para adivinhar a textura, o cheiro e o timbre da voz. Em todas as fotos, Sorin estava sorrindo. Posava tocando no que estivesse ao seu lado: um carro, uma árvore, uma estátua, uma trave de futebol, uma garota. Eu havia passado a noite no quarto de Sorin, segundo disse Viorica. Lembro que a cama tinha um cheiro agradável, uma mescla de cravo-da-índia, madeira recém-cortada e suor fresco.

Bogdan era o exato oposto do irmão, como já havia me dito sua mãe. Bogdan não era uma foto, como Sorin, mas um homem de carne e osso que vi com meus próprios olhos. Tinha quase minha idade, embora por seus modos parecesse muito mais jovem. Não era como a mãe, que atravessava cada ambiente da casa a passos ligeiros, sempre falando ou sorrindo. Bogdan era silencioso e lento.

Apareceu na cozinha e ficou nos olhando sem mover nenhum músculo do rosto. Viorica disse alguma coisa, e então

Bogdan se apresentou. Estendeu-me a mão, murmurou as palavras "bem-vinda" e ergueu os músculos da face em um exercício de halterofilia: sorriu.

Bogdan era corpulento e alto. Tinha o cabelo quase loiro e olhos azul-claros. A pele visível nas mangas e no decote de sua roupa era de tons distintos: algumas partes eram rosadas e outras pálidas, quase amarelentas. A mãe lhe falava em romeno e, embora eu não entendesse a conversa, percebia com clareza uma reprovação constante no tom de sua voz. Bogdan respondia com monossílabos e de vez em quando bufava. Suas mandíbulas eram ágeis, mastigava e bebia depressa. O saleiro estava do meu lado da mesa e Bogdan tentou se espichar, mas poupei-o do esforço e o passei para ele. Também lhe entreguei os pepinos e o queijo fresco. A mãe colocou ao lado dele um porta-comprimidos que tirou de um armário.

Vi que Bogdan se medicava três vezes ao dia. Tomava a maioria dos remédios pela manhã. Os comprimidos matinais eram mais coloridos e variados em forma, tamanho e quantidade, enquanto os vespertinos e noturnos eram brancos: dois à tarde e um à noite. Bogdan terminou de comer e tomou os dois comprimidos da tarde. Agradeceu à sua mãe em romeno e então se dirigiu a mim.

Tudo bem?, perguntou.

Explicou que sabia um pouco de castelhano e tinha morado com Ovidiu na Espanha.

Trabalhei com meu primo, pouco tempo, mas assim aprendi um pouco da língua, disse. Você fala muito bem, respondi. Com licença, disse, e foi fumar na sacada.

Tentei ajudar Viorica a recolher e lavar os pratos. Ela me segurou pelos braços, obrigando-me a deixar as coisas na mesa, e sorriu enquanto me empurrava de volta para meu lugar. Ofereci resistência. Tivemos uma luta breve, como uma brincadeira de cães em meio aos pratos, copos e talheres sujos. Se não me deixar lavar, *io triste*, eu disse. Aceitou.

Eu esfregava a louça e ela ia secando com um pano de prato. Agora Viorica falava comigo aos sussurros. Contava que Bogdan estava deprimido, sofria de ansiedade, era insone, comia quantias desmedidas e era viciado em tabaco. Disse que se sentia culpada por tê-lo abandonado e ido para a Itália, seu filho ficou deprimido pelo sofrimento do abandono, e tudo piorou depois que a noiva o deixou.

Abbandonato prima per la mamma e doppo fidanzata, adesso arrabbiato, solo, malinconico, poverino!, disse.

*

Eu também já tive um porta-comprimidos. O porta-comprimidos amortecia minha ira e meu abandono, apaziguava qualquer irrupção de ânimo ou emoções.

Como poderia dizer a Viorica para não se sentir culpada por ter partido, quando no fim ela provavelmente tinha culpa mesmo. O abandono não entende motivos e intenções; só dói e enfurece. Se nos abandonam, seja em meio ao amor ou ao desamor, o resultado é sempre destrutivo. Tanto faz deixar uma casa nova ou em ruínas, o que dói sempre é o fato de não haver mais ninguém nos habitando.

O cheiro de tabaco se misturava ao bafo do forno. Respirávamos alcatrão e pão recém-assado. Os pratos estavam limpos. Viorica e eu nos sentamos à mesa para esperar Ovidiu. Não tínhamos nada a dizer. Sem idioma comum e nenhuma outra tarefa a realizar, entendi que nós duas tínhamos a mesma dificuldade para encontrar algo que prolongasse nossa vontade de estar ali, presentes, ou melhor, vivas.

*

Viorica não ficou muito tempo nesse estado de silêncio. Levantou-se da mesa e abriu o armário da cozinha. De uma caixa de biscoitos, tirou um frasquinho de vidro. Era clonazepam em gotas. Não consegui dissimular meu espanto ao ver que a substância que me mantinha vivendo sob uma nuvem de tranquilidade química fazia o mesmo por aquela família. Além disso, me chamou a atenção descobrir que a droga existia também em estado líquido. Quantas gotas equivaleriam a uma de minhas pastilhas? Quantas pastilhas havia naquele líquido? Peguei o frasquinho nas mãos e li com atenção o conteúdo e a composição. Distraí-me com cálculos mentais de gotas e comprimidos enquanto Viorica enchia dois copos com refresco de limão. Acrescentou em ambos umas gotas de clonazepam. Me deu um dos copos. *Dai, para Bogdan, dai, parla con Bogdan*, disse.

Fui até a sacada e entreguei o copo com refresco e calmante para Bogdan. Tive a impressão de que estava o envenenando. Expliquei que sua mãe havia acrescentado algumas gotas. Sorriu. Torci para que não tomasse e desse o copo para mim. Bogdan era tão viciado em tabaco quanto eu era em benzodiazepínicos. Acendia um cigarro atrás do outro. Suas bochechas empalideciam ao tragar o cigarro e voltavam a se avermelhar quando ele soprava a fumaça, parecia um camaleão que sabia fumar. Estive a ponto de pegar seu copo e virar todo o conteúdo, mas ele se adiantou, tomou três goles e o esvaziou.

Fingi não saber o que ele estava tomando e perguntei se estava ruim do estômago. Ele riu. Não, minha mãe acha que estou doente, mas eu estou bem, disse. O que são essas gotas?, perguntei. Coisa de minha mãe, para os nervos. No meu caso, ajudam a fumar menos.

Senti vontade de perguntar se todo o conteúdo do porta-comprimidos também era para fumar menos, mas não quis ser intrometida. Parei de falar e esperei que ele dissesse algo, mas Bogdan continuou tragando o cigarro e soprando fumaça. Permanecemos um bom tempo em silêncio e foi agradável. Não tínhamos pressa para dizer nada, não precisávamos encontrar nenhuma atividade para justificar nossa presença ali. Não nos custou nada existir nesse tempo.

*

Você já esteve na Romênia antes?, perguntou Bogdan. Soprava palavras envoltas em fumaça. Seu sotaque era pronunciado. Nunca, é a primeira vez, eu disse. Faz muito tempo que você e meu primo namoram? Acendeu um cigarro. Não sou namorada, sou professora dele, disse. Bogdan deu uma gargalhada. Puxou a brasa no cigarro e então gritou alguma coisa em romeno. Viorica apareceu na sacada e me abraçou. Estava muito sorridente.

É sério, somos só amigos, mas já fui professora dele mesmo, isso é verdade, expliquei. Por isso ele não dorme contigo?, perguntou. Eu não soube mais o que dizer e ri. Queria um pouco de refresco com calmante, ou quem sabe um pouco de álcool, qualquer coisa que me entorpecesse. Aquela circunstância tão incômoda me devolvia a sensação de estar viva. Estar viva era um incômodo que me desestabilizava.

Mamma mia, professoressa e anche fidanzata, disse Viorica me olhando nos olhos e acariciando meu cabelo. A mulher sentou-se conosco na sacada, afastou os cinzeiros e os esvaziou de má vontade em uma floreira sem plantas. Disse alguma coisa para o filho e depois sorriu para mim.

Minha mãe quer que você conte como o romance começou, disse Bogdan. Que romance? Não tem romance. Olhei para Viorica. *Amici, amici, friends, è vero,* Ovidiu é meu amigo, eu disse. Viorica foi até a cozinha e voltou com uma garrafa de Grasa de Cotnari, um vinho romeno semelhante ao moscatel. Serviu-o nos copos de plástico com restos do coquetel de refresco e calmante. Para mim, entregou uma taça de cristal trabalhado. *Noroc!*, disseram erguendo os copos, e eu ergui minha taça.

O vinho enrubescia mãe e filho. Bogdan se tornava mais falador e se mimetizava com sua mãe em cores, sons e movimentos. Enquanto bebíamos, pude apreciar a semelhança entre os dois, além de descobrir o sorriso dele. Bogdan sorria esticando um par de lábios vermelhos e grossos que ocultava os dentes desiguais, amarelos e pontiagudos. Não tinha o sorriso perfeito do irmão Sorin, mas seu sorriso estava ali, diante de mim, e não em uma foto. Essa realidade o tornava atraente.

O ar cheirava a sal. Mangalia era úmida. A umidade fria de abril grudava em nossa roupa. Ficamos na sacada refugiando-nos no vinho. Quando a garrafa já havia acabado, Ovidiu apareceu e cumprimentou cada um de nós com um beijo. Já bêbados assim tão cedo, disse. Deixamos a sacada e retornamos à mesa da cozinha. Viorica serviu o jantar para o sobrinho e eu fiquei observando. Ovidiu comia devagar, movia os talheres com delicadeza e quase não emitia ruídos quando o aço da colher ou do garfo encontrava a porcelana dos pratos.

Bogdan permaneceu calado. Pegou o telefone e ficou hipnotizado pela tela. De vez em quando, erguia a cabeça e me fulminava com seu olhar. O azul de seus olhos era intenso, tinha a cor compacta de uma pedra inquebrável. Só tia e sobrinho conversavam. Eu me entretinha olhando o cabelo emaranhado de Bogdan cada vez que ele baixava o rosto e seu olhar se perdia na tela do celular. Quando me entediava com o cabelo de Bogdan, observava Ovidiu conversando com Viorica. Mexiam as mãos e franziam o cenho de modo intermitente, suspiravam, erguiam e baixavam o tom de voz e intercalavam suas palavras com estampidos da língua friccionada contra o palato.

*

Bogdan disse alguma coisa em romeno e saiu de casa. Viorica suspirou e repousou o olhar nas flores da toalha de mesa. Ovidiu tinha olhado para mim diversas vezes enquanto comia. E você, o que fez o dia inteiro além de beber?, disse. Viorica se levantou da mesa e nos deu as costas. Voltou-se para o balcão e começou a remover as coisas que guardava nas gavetas e nos armários da cozinha. Dormi, conversei com sua tia e seu primo e conheci Sorin por foto. Teria sido bom ter você aqui como tradutor, eu disse. Não me surpreende nada você ter ficado dormindo, mas me surpreende você ter sentido minha falta, disse Ovidiu, e apertou minha coxa esquerda com a mão direita.

    Esse gesto de apertar uma de minhas coxas, quase sempre a esquerda, havia se tornado hábito para ele.

    A primeira vez que fez isso foi depois de eu acompanhá-lo como copilota no ônibus. Naquela ocasião, permaneci no veículo até a última parada. Quando ele deixou o cubículo de motorista, nós dois nos acomodamos nos assentos de passageiros. Conversamos um bom tempo. Que alegria ver você!, disse, e em seguida sua mão direita pressionou minha coxa esquerda. Embora tenha me surpreendido, o gesto não me incomodou. Desde aquele dia, ele começou a pressionar minha coxa para chamar minha atenção, para demonstrar sua alegria ou sua concordância ou discordância em alguma discussão. Aprendi a diferenciar a pressão de suas mãos conforme o caso.

Viorica continuava de costas. *Amici, amici*, disse. Quando se virou para nós, deu um beijo na testa de cada um e nos deixou sozinhos na cozinha. Quer dividir uma cerveja?, perguntei. Não, vamos sair, disse e se levantou. Vá se aprontar. E se quiser uma cerveja, experimente a que servem nos bares e tem gosto de limão, é típica daqui. Apesar dos imperativos, seu tom de voz era doce. Senti vontade de abraçá-lo por trás e interromper sua caminhada até o quarto, mas me contive. Queria que ele me abraçasse de volta, mas não tinha certeza de que faria isso. Tive a impressão de que aquele Ovidiu da Romênia não gostava de gestos afetuosos, não me abraçaria como Mihai me abraçava.

Ponha um agasalho, está frio, ele disse.

*

Ovidiu e eu caminhamos em meio aos blocos de edifícios de Mangalia. Percorremos diversas quadras da rua Oituz. Durante o trajeto, Ovidiu tentou me explicar onde moravam seus familiares e amigos, mas a escuridão não me permitia distinguir os edifícios e resumia tudo a um único bloco cinzento. Atravessávamos uma paisagem de asfalto com vultos de cimento de ambos os lados da rua. A não ser pelas carrocerias dos carros e as luzes acesas das janelas nos ambientes habitados, nada brilhava. De vez em quando, eu me distraía de seu relato e tentava intuir a localização do mar.

Contou-me que tinha morado em Mangalia durante alguns anos quando sua mãe decidiu emigrar. Morou com Viorica e engordou muito. Precisava me ver, era um rapazote gordo, quase como o Bogdan. Ele gostava de brigas, mas eu não estava acostumado a brigar como os rapazes do litoral, disse. Quando a mãe de Ovidiu voltava da Itália, mãe e filho passavam temporadas na Moldávia, seu local de nascimento. Por acaso não é um país?, perguntei. É um país, mas também é uma região da Romênia. Antes era um principado, agora foi dividido em duas partes, explicou-me como um professor. Esqueci o mar e imaginei a Moldávia tal como Ovidiu a descrevia: verde, com montanhas, rios transparentes e campos cheios de flores na primavera. A Moldávia cheirava a pão recém-saído do forno, a crina de cavalo e a terra molhada.

Caminhamos muito. Ficamos em silêncio um bom tempo até que Ovidiu pegou o telefone e ligou para alguém. O Bogdan vem vindo, disse. Enquanto esperávamos por ele, perguntei a Ovidiu onde estivera o dia inteiro. Como sempre, correndo atrás de papéis, e você vai ter que me ajudar porque eu preciso traduzir alguns, ele disse. Não perguntei mais nada e observei as ruas desertas. De vez em quando, alguns carros passavam alastrando o barulho de seus aparelhos de som. Seus motores reverberavam sobre o asfalto. Bogdan chegou justamente em um desses carros espalhafatosos.

*

Bogdan dirigia um Honda Accord prata. O carro deslizava envolto em uma bolha luminosa. Tanto em seu interior como na parte baixa da carroceria brilhava uma luz néon azulada. A música tocava a todo volume, fazendo vibrar a estrutura do veículo. Ovidiu ocupou o assento da frente e trocou algumas palavras com seu primo aos berros. O volume da música e a vibração despertaram meu ânimo.

Bogdan estava escutando pop-rock romeno, e uma canção capturou meu interesse. A vocalista gritava e sussurrava. O que diz essa música?, gritei eu também. Bogdan baixou o volume. Gostei da música, o que diz a letra?, voltei a perguntar. Sim, mamãe, estou bêbada, respondeu Bogdan. Bebo para esquecer, acrescentou Ovidiu. Na tela do aparelho de som desfilavam algumas palavras em luz alaranjada: Delia — *Da mama (sunt beata) mp3*. Deduzi que "beata" não era "devota", mas "bêbada" em romeno.

Contei os cigarros que Bogdan havia fumado e calculei que fumava um cigarro por quilômetro. Percorremos uns cinco quilômetros com a música a todo volume. Das ruas escuras com vultos cinzentos, passamos a uma zona iluminada pelo néon de bares, discotecas e cassinos enfileirados nos dois lados da rua. Bogdan estacionou o carro ao lado de um desses tantos locais iluminados.

*

O lugar parecia ser muitas coisas. À primeira vista, dava a impressão de ser um restaurante, pois uma parte dele lembrava um refeitório. Era um espaço iluminado com lâmpadas brancas fluorescentes no qual havia diversas famílias. Eu não tinha noção do horário, mas a julgar pela escuridão das ruas, as vibrações da música e o cheiro de álcool e tabaco, só podia ser tarde; surpreendeu-me ver crianças pequenas no local. Crianças despertas que comiam pizza e gastavam moedas tentando capturar um bichinho de pelúcia nas máquinas em forma de vitrine com luzes coloridas, sons e braços mecânicos.

Os adultos vigiavam as crianças que corriam pelo salão. Intercalavam goles de bebida e gritos, alguns de boca cheia. Aves guinchavam para os filhotes. Ao lado de algumas mesas havia carrinhos de bebê, que as mulheres balançavam com o pé enquanto comiam, bebiam e fumavam.

Os adultos estavam concentrados em um lado do refeitório e compartilhavam os mesmos gestos e movimentos. Riam ou franziam o cenho e seguiam com cuidado o ritmo da coreografia de seus braços, que se erguiam para levar à boca fatias de pizza, cigarros ou copos de cerveja. As crianças, por outro lado, deslocavam-se sem nenhuma coordenação e estavam espalhadas por todos os cantos. As poucas que estavam quietas se reuniam em torno da máquina de bichinhos, espremiam bocas e narizes contra o vidro. As demais corriam por todos os cantos, e algumas saltavam para dentro do que talvez tivesse sido uma piscina de bolinhas. Sem as bolinhas coloridas, as crianças pareciam uma manada de animais enjaulados lutando sobre um piso de borracha gasta.

Continuamos andando até chegarmos a outro ambiente menos iluminado. As mesas eram as mesmas, mas estavam dispostas com cuidado sobre um piso de carpete manchado e sujo. Os clientes não eram famílias com crianças, mas casais de diversas idades, embora também houvesse alguns homens e mulheres avulsos. Ninguém estava comendo. Todos bebiam e fumavam. Ao fundo, via-se um balcão iluminado por néon vermelho e violeta e um mezanino escuro que fazia as vezes de pista de dança. Vinha dali a música que ressoava em todo o local. Naquela escuridão, era possível discernir algumas silhuetas dispersas que se moviam sem nenhuma coordenação.

Meu lugar não era nem no refeitório para famílias nem na pista de dança. Não tive dificuldade para imaginar Ovidiu acompanhado de uma mulher muito maquiada, embalando um carrinho de bebê com seu sapato de salto. Olhei para Bogdan: ele tampouco parecia pertencer a qualquer um dos espaços. Onde quer sentar?, perguntou-me Ovidiu. Bogdan se adiantou. Vimos que ele juntava duas mesas com quatro cadeiras e fazia o mesmo gesto de sua mãe pedindo que nos aproximássemos: agitou diversas vezes um braço no ar como um gato da sorte japonês movendo suas garras.

Um garçom veio do refeitório e nos entregou o cardápio de bebidas. Era um papel A4 plastificado com algumas fotos de coquetéis, garrafas de licores e rótulos de cerveja. Os preços e os nomes das bebidas estavam escritos em fonte Comic Sans, e isso conferia um aspecto inofensivo a todos os drinques de elevado teor alcoólico. Você trouxe dinheiro, certo?, perguntou-me Ovidiu. Sim, trouxe, respondi. Então você paga?, perguntou quase em um sussurro, e eu assenti. Bogdan, como sempre, tornava-se invisível detrás da fumaça de seus cigarros.

*

Ovidiu e seu primo beberam e conversaram no idioma deles por um bom tempo, talvez horas. Eu me entretive observando as famílias que iam embora. O refeitório se transformou na continuação do ambiente onde estávamos, as luzes brancas fluorescentes se apagaram e somente as máquinas de bichinhos de pelúcia iluminavam o local. Além do garçom que nos atendeu quando chegamos, apareceu uma moça. Estava de vestido curto e tingido de verde-escuro que deixava à mostra metade de suas coxas, enquanto os peitos se avolumavam sob um decote redondo. Caminhava com sapatos de salto altíssimo e se deslocava entre as mesas segurando bandejas de bebida. Por um momento, pensei ter visto seus pés balançando alguns dos carrinhos de bebê no refeitório.

A moça desempenhava o mesmo trabalho do garçom, mas sorria e dobrava o torso feito um sino para servir as mesas. Ao entregar o cardápio de bebidas, executava sempre o mesmo movimento: deixava-os sobre a mesa e em seguida apoiava sobre eles os dedos de unhas compridas e perfeitamente pintadas, esperava alguns segundos e então deslizava os papéis plastificados como se estes fossem imensas cartas de baralho.

O álcool começava a baixar minha pressão, causando formigamento em meus pés. Comecei a suar frio. Onde fica o banheiro?, perguntei. Bogdan espichou o braço e indicou uma porta ao fundo do recinto. Tem outro lá em cima, disse Ovidiu se referindo ao mezanino.

Eu estava nauseada e de estômago embrulhado. Posicionei-me diante do vaso e tentei vomitar, mas não consegui. Precisei baixar as calças imediatamente, porque uma avalanche de merda líquida, desesperada para sair, oprimia minhas tripas. Já sentada e de calça arriada, observei o maço de cédulas romanas que escapava de um de meus bolsos. Tive medo de perdê-las no piso molhado de sujeira e urina. Depois de me limpar, ergui as calças e enfiei as notas no fundo do bolso. Saí do banheiro, lavei as mãos e senti certo alívio no estômago, embora minha cabeça ainda estivesse lenta.

Voltei para a mesa e, ao andar esses poucos passos, senti-me ágil e pensei estar sóbria. Ovidiu apertou minha coxa, me convidando para a conversa. Ergui a mão e a garota se aproximou. Inclinou-se para anotar o pedido. Sua cabeleira emanava um cheiro de lavanda e tabaco que se impregnou em minha respiração agitada, e isso fez com que eu me soltasse. Apontei a foto de um gim-tônica e indiquei com os dedos que queria a oferta de dose dupla.

Bogdan ergueu a mão e o garçom se aproximou. Pediu a ele algo em romeno e *apă minerală*, disse Ovidiu. Quando o garçom saiu, atrevi-me a tirar do bolso o maço de dinheiro. Isso basta?, perguntei. Bogdan olhou as notas e soltou uma gargalhada. Ovidiu pegou o dinheiro e guardou em seu bolso. Basta e sobra para pagar a bebida amanhã também se você quiser, disse Bogdan. Amanhã vamos sair de novo?, perguntei. Professora, por que você veio à Romênia, afinal, pra ficar rezando com a Viorica?, disse Bogdan. Não, na realidade vim me drogar, eu disse. Bogdan e eu rimos, mas Ovidiu permaneceu em silêncio. Sua mão quieta repousava em minha coxa como um animal de estimação quentinho.

A moça de vestido verde chegou com os dois gins-tônicas e, pouco depois, o garçom trouxe o pedido de Bogdan: uma garrafa de água mineral, três copos e dois *shots* de uma aguardente de cor acobreada. Ovidiu se apressou em servir água para todos, mas seu primo o deteve. *Noroc*, professora! Erguemos nossos copos e bebemos o licor de um gole só. Enquanto eu tentava disfarçar a náusea, Bogdan segurou minha mão. A dele estava quente e empapada de suor. Essa bebida, que você não sabe o que é, é por minha conta. Quer outra?, perguntou. Não, obrigada, estou bem assim, eu disse. Vamos, professora, aceite mais uma dose, não estamos na escola, disse Bogdan. Mas ainda temos o gim-tônica, eu disse. Sim, mas isso é praticamente água mineral com limão e gelo, disse Bogdan, e pediu mais uma rodada. Quer que eu te conte que licor é esse? Você não vai acreditar, professora, mas é o licor do Drácula, ele disse. Os *shots* chegaram. O licor do Drácula devia ser vermelho, eu disse, e joguei o *shot* para dentro de um gole só. Pensei que você não queria, disse Bogdan. Me deu vontade, agora que você me disse que é do Drácula, eu disse. Típico das mulheres, dizem sim quando é não e não quando é sim, disse Bogdan. Me servi um pouco de água e ele continuou falando. Vai dormir com meu primo, professora? Se você disser sim é não e se você disser não é sim, disse Bogdan. Por que não me pergunta se vou dormir com você?, eu disse. Você quer?, ele perguntou. Vou pensar, eu disse. Vamos, durma com ele e faça minha tia feliz, disse Ovidiu.

Ovidiu ergueu a mão e fez um gesto pedindo a conta.

A moça retornou com uma conta longa. Ovidiu contou as bebidas e pegou algumas notas. Bogdan e eu balbuciávamos alguma conversa absurda, eu insistia para que ele bebesse um pouco de água mineral. Quando a moça se aproximou para pegar o dinheiro, Ovidiu lhe disse alguma coisa e apontou a conta. Não vimos mais a moça. O garçom voltou com o troco e agradeceu. Ovidiu recolheu todo o dinheiro. Não vai deixar gorjeta?, perguntei. Não merecem, disse Ovidiu. Os primos começaram a falar em romeno. Bogdan atirou as chaves do carro para o primo. Quer ir no banco do carona, professora?, perguntou Bogdan. Estava lerda por causa do álcool e não conseguia decidir. Bogdan me empurrou para o banco do carona e fechou minha porta, depois se deixou cair no banco de trás. Professora, você reparou que a garçonete tentou passar a perna na gente? Essa vadia queria cobrar bebidas que não pedimos. Viu ou não viu? *Welcome to Romania*, disse.

    As luzes néon do caminho se tornaram líquidas. A rua era uma mancha preta. Bogdan, não durma, vou pôr uma música, eu disse. *Da*, professora. Ovidiu ligou o rádio e procurei a canção de Delia. *Da, mama, sunt beata*, é isso que você vai dizer à minha mãe, professora.

    A canção parecia infinita e eu me perdia entre o cansaço e a náusea. *Da, mama*. Onde estaria minha mãe agora? Sim, mãe, estou bêbada. O caminho ia se tornando instável. Bogdan estava esparramado no banco de trás. Avistei sua barriga pálida e o umbigo recheado de pelos escuros, rodeado por um véu castanho. Ovidiu dirigia sem se distrair. Estudei seu perfil afilado e a barba espessa. No carro, experimentei uma mescla de impressões, senti que voltava às festas do colégio, à desproteção das colegiais nos carros e pistas de homens adultos, ao mesmo tempo em que me sentia prima daqueles primos, protegida e em família.

*

Acordei vestindo a mesma roupa do bar na noite anterior e com cheiro de cigarro impregnado no corpo inteiro. A náusea entrecortava minha respiração, e logo veio a ânsia. Tentei conter o vômito. Fiquei de pé e empreendi uma tentativa de chegar até o banheiro, mas não consegui. Vomitei ali mesmo, no quarto de Sorin. Por reflexo, ainda consegui pegar uma sacola que eu tinha deixado ao lado da cama, evitando espalhar o vômito pelo chão. Era meu saco de roupa suja. Uma blusa, um par de meias e um cachecol ficaram empapados de meu vômito escuro e viscoso. Vomitar me aliviou, mas logo veio o pânico pela vergonha de ter feito isso no quarto do filho preferido de Viorica. Apesar do frio, abri as janelas e saí do quarto.

Percorri a casa para confirmar que estava sozinha. A casa estava vazia. Tirei apressada a sacola cheia de vômito do quarto e me tranquei no banheiro. Esvaziei toda aquela massa tíbia na privada. Enxaguei as peças de roupas embebidas de suco gástrico, bile e álcool com a água da descarga do vaso. Esperei o tanque encher e despejei água sobre minhas roupas até não restar mais nenhum pedaço de comida. Tirei a roupa e atirei tudo no chuveiro. Deixei a água quente correr enquanto tentava decifrar o funcionamento da máquina de lavar.

Era uma máquina de lavar estranha, um bloco de lata branco com instruções em romeno. Não tinha o escafandro que a maioria das máquinas tem na parte frontal. Lembrava mais um congelador do que uma máquina de lavar. Ergui a tampa e encontrei o tambor de aço. Estava fechado e não tinha nenhuma abertura visível a meus olhos ainda bêbados.

    Entrei no chuveiro e tomei um banho demorado. Debaixo d'água, fiquei pensando como faria para abrir o tambor da máquina de lavar. Tomei a ducha com as roupas empapadas de vômito aos meus pés. Tentei desviar a espuma do sabonete líquido e do xampu para que caísse sobre elas enquanto as pisoteava. Era assim que se lavava roupa em rios, pisoteando?, pensei.

    Voltei à máquina de lavar, mexi em todas as alavancas e apertei todos os botões, mas não houve reação. Tive a ideia de girar o tambor e observar com cuidado cada recanto do alumínio, e assim consegui descobrir a abertura, uma fenda em uma estrutura de aço que lembrava uma colmeia. Depositei minhas roupas ali dentro com uma boa quantia de detergente e pus o aparelho para funcionar em temperatura máxima. O exercício de compreender aquele eletrodoméstico me deixou esgotada.

    Tinha esquecido de levar toalha. Saí pingando água por todo o banheiro e pelo corredor no caminho até o quarto. Por onde eu passava, tudo se transformava em desastre. Precisei secar o piso com uma de minhas camisetas porque não encontrei nenhum pano. Consegui me vestir, me pentear e passar perfume. Deitei-me na cama e tentei acalmar a ansiedade da ressaca, mas essa tentativa de calma foi interrompida quando lembrei que tinha deixado a sacola suja de vômito no banheiro. Tudo cheirava a vômito. Voltei ao banheiro, coloquei um pouco de detergente na água do vaso e molhei a sacola. Tirei a sacola daquela água ensaboada usando a escova do vaso. Com a sacola já limpa, dei a descarga diversas vezes, enrolei-a e enfiei-a no meio do papel higiênico sujo da lixeira. Lavei as mãos com detergente e minha pele ficou irritada.

A comichão provocada pelo detergente exacerbava minha ansiedade da ressaca. Fui até o armário da cozinha em busca do frasco de clonazepam líquido. Cheguei a abrir, mas não me atrevi a tomar nenhuma gota. Talvez eles contassem as gotas, pensei. Pareceu-me um abuso roubar medicamento de quem havia me acolhido em sua casa e oferecido o pijama que eu estava usando. Eu tinha vomitado no quarto do filho predileto de Viorica, molhado seu parquê e desperdiçado seu detergente.

Suportei a ansiedade como um castigo. Caminhei por toda a casa e o fedor de álcool azedo, fumaça de cigarro e vômito me perseguia. Parei diante da imagem da Virgem iluminada por aquela chama eterna que boiava no azeite. Apaguei a chama com uma colher e borrifei uma boa dose de meu perfume sobre o azeite. Quando tentei acender de novo a lâmpada de azeite, ergueu-se uma chama que envolveu a imagem e parte de minha pele já irritada pelo detergente. Fiquei com medo de ter queimado a imagem da Virgem, mas estudei-a com cuidado e estava intacta. A pele de minha mão, por outro lado, ficou enrugada, cheia de pelezinhas soltas. Depois de algumas horas, uma grande bolha se formaria no dorso de minha mão.

A casa se impregnou do cheiro de *Ange ou démon* que começou a brotar daquela pequena chama, como a fragrância do hálito da própria virgem de Givenchy.

Dois milagres aconteceram naquela manhã:

1. Apesar da chama, o ícone da Virgem não queimou.
2. Resisti à tentação do clonazepam líquido.

*

Ovidiu foi o primeiro a chegar em casa. O ruído de seus passos sempre era sucedido pelo som de água correndo na torneira. Tinha o hábito de lavar as mãos imediatamente depois de chegar da rua. Sentei-me na cama e fiquei esperando que ele entrasse no quarto, mas escutei seus passos se perderem no corredor. Presumi que estava irritado comigo, por ter me embebedado com seu primo, e talvez também por ter sentido vestígios do cheiro de vômito no ar.

Aproximei-me de seu quarto e encostei o ouvido na porta. Ovidiu falava em romeno, com um tom de voz opaco e muito baixo. Talvez estivesse sendo terno, mas ao mesmo tempo soava triste. Faltava-lhe alguma coisa. Pareceu-me peculiar o som que vibrava em suas cordas vocais, em nada parecido com o som de sua voz durante a viagem de Bucareste a Mangalia.

Quando parou de falar, bati na porta e Ovidiu me deixou entrar. Seu semblante tinha sombras e rugas do cansaço.

Onde está todo mundo?, perguntei. Bogdan está trabalhando e minha tia foi a Constança bem cedinho. Achei que Bogdan não trabalhava, foi isso que entendi do que Viorica falou, eu disse. Claro que trabalha, mas minha tia acha que atendente de lan house não é trabalho, respondeu. Meu primo passa a maior parte do tempo jogando nos computadores, sim, mas também atende os clientes, ajuda as pessoas a escrever no computador, a imprimir, a usar a internet... Bogdan também conserta celulares e computadores. É um cara esperto, mas não se nota, pelo jeito dele. Também atua como vigilante no trabalho, porque aqui as lan houses são os lugares mais assaltados. Precisou até aprender a usar um revólver, ele disse. Seu primo anda armado?, perguntei. Não, não mais. O dono da lan house tirou o revólver dele depois que Bogdan começou a se medicar, porque não sei quem disse pra ele que os comprimidos dão uma vontade de se matar ou de matar outra pessoa, sabe, esses comprimidos são piores que o revólver, você também sabe disso, não sabe?

Vou tirar um cochilo, disse e saí do quarto.

*

Bogdan e Viorica chegaram juntos. Acordei com suas vozes e batidas de porta. Embora não tivesse vontade de sair da cama, fiz um esforço e me levantei.

    Mãe e filho tinham ido fazer compras. Os dois se moviam entre os armários da cozinha e a geladeira como se fossem um casal feliz. Sobre a mesa estavam esparramados alguns alimentos, sacolas de roupas novas e alguns produtos cosméticos. Viorica fez questão de me mostrar tudo o que tinha comprado: um vestido, um batom vermelho intenso, uma calça cinza felpuda, creme de barbear, uma gravata e diversas camisas brancas. Continuou tirando outras coisas da sacola: uma camiseta de usar por baixo, vários pacotes de meias esportivas e algumas meias de náilon pretas.

    Ma tu sei triste ancora, disse Viorica. *Pianto?*, me perguntou. Eu não conhecia essa palavra e pedi para Bogdan traduzir, mas ele respondeu apenas com a mesma careta que fazia para a mãe: revirou os olhos, apertou os lábios e então cravou o olhar nela. Disse-lhe algo em romeno e Viorica franziu a testa antes de chamar seu sobrinho aos gritos. Ovidiu apareceu na cozinha. Enquanto desembrulhavam as compras, os três começaram a conversar em romeno. Tentei buscar o olhar de meu amigo, mas ele me evitava. Ovidiu não me convidou a participar da conversa. Fiquei fora de suas palavras, flutuando naquela distância existente entre nossas línguas.

O que há em Constança?, interrompi. *Mare nero, casino, porto*, apressou-se em responder Viorica. Amanhã eu te levo até Constança pra passarmos a noite, ou depois de amanhã, cedo, podemos ir à Moldávia... E da Moldávia a gente volta pra Bucareste, disse Ovidiu. Eu não queria continuar viajando. Estava muito cansada e me sentia à vontade na casa de Viorica. Queria ficar naquela cama alheia que pouco a pouco perdia o cheiro do dono e se impregnava do meu.

Viorica tirou uma garrafa de refrigerante da geladeira e dispôs quatro copos sobre a mesa. Abriu o armário da cozinha e pegou o porta-comprimidos do filho e o calmante em gotas. Pôs cinco gotas em dois copos. *Vuoi?*, me perguntou. Aproximei meu copo e ela serviu três gotas. Ovidiu bufou e sua tia lhe disse alguma coisa no ouvido. Bogdan e eu bebemos o refrigerante com sedativo.

Os homens saíram da cozinha e Viorica começou a preparar a comida. Era o dia de jejum que antecede a Páscoa ortodoxa. Ofereci ajuda e ela aceitou. Nós duas começamos a cortar a cabeça de várias sardinhas antes de empaná-las. Tentei me desculpar pelo excesso de álcool de ontem e pelo barulho ao chegar, mas Viorica disse que tinha dormido como uma pedra. Estava contente pelo filho ter saído de casa ao invés de virar a noite trancado no quarto diante do computador: *un miracolo*. Tive o impulso de contar a ela que o ícone da Virgem era milagroso porque resistiu ao fogo, mas me contive.

Apontei para ela a garrafinha com calmante líquido próxima de nós duas e perguntei por que havia me oferecido o remédio. *Tuoi occhi*, disse outra vez. Depois que todas as sardinhas já haviam sido decapitadas e empanadas, ela confessou: *anche io bere na Italia; isolata, solitaria non parlava, lavorato duramente e figli qui. Anche tu sei sola, senza figli.* O som das sardinhas fritando foi oportuno. Quando o azeite parou de chiar, ela disse: *pregare la Madonna per figli*.

Recostei-me na geladeira e ela prosseguiu: *non ha bisogno di lavoro, tu sei professora. Quando io ero come te, duo figli e non lavoro. He pregato la Madonna e adesso benedetta, duo figli stanno lavorando.* Viorica apontou para a fotografia de seus dois filhos quando crianças. *Tuo Sorin lontano*, eu disse. *Vero, lui lontano ma niente e perfetto*, disse e colocou algumas fatias de pão em um cesto.

Todos nos sentamos para comer. O gosto das sardinhas me fez pensar na fé, nos jejuns de Sexta-Feira Santa e na multiplicação dos peixes enquanto o cesto de pão passava de um lado ao outro da mesa. Talvez essa viagem fosse um ato de fé, mas naquele momento eu não soube definir qual seria minha crença fervorosa e que milagre me seria concedido.

Quando terminamos de comer, Viorica recolheu os pratos e deixou-os na pia. Os dois primos conversavam em romeno. Levantei-me para lavar a louça. Eu não havia nem aberto a torneira quando Viorica retornou à cozinha com o ícone da Virgem e um crucifixo de madeira que acomodou sobre a mesa. Convidou-me para sentar e nos demos as mãos. Ela permaneceu de olhos fechados enquanto rezava em romeno. Só Ovidiu repetia a oração com o olho fixo nas imagens religiosas, enquanto Bogdan e eu permanecemos em silêncio, observando a cena e trocando olhares com a liberdade que os hereges têm nas pupilas.

*

Não sei se foi o som das orações, a letargia dos calmantes ou os resquícios de álcool em meu sangue que fizeram daquela uma tarde tranquila. À noite, tivemos uma refeição doce e breve. A fumaça dos cigarros de Bogdan conferiu ao ambiente caseiro um aspecto sagrado. Viorica e o sobrinho se recolheram cada um para seu quarto. *Noapte bună!*, disseram antes de deixar a cozinha. Eu fiquei na sacada com Bogdan.

Me diverti muito na noite passada, eu disse. Eu também, respondeu, e pegou o telefone. Você trabalha numa lan house?, perguntei. Sim, ele disse tragando fumaça. Quem te contou, meu primo ou minha mãe?, perguntou. Tive vontade de perguntar se ele já tinha usado o revólver. Seu primo. Me disse que é um trabalho perigoso porque tem muito assalto, eu disse. Sim, ele disse. Você foi assaltado alguma vez? Sim, disse de novo, e mergulhou em um silêncio profundo. O que mais ele te contou sobre meu trabalho?, perguntou. Não muito, eu disse. Achei que minhas perguntas o incomodavam. Estive a ponto de dizer boa noite e ir para meu quarto, mas após uma tragada de fumaça ele desatou a falar. O dono estava lá no episódio do roubo e assumiu o controle, levaram só um pouco de dinheiro e alguns celulares que estavam no balcão, celulares usados, mas recém-consertados; e nem tudo foi obra dos assaltantes, alguns clientes que tinham se escondido por causa do assalto aproveitaram a oportunidade pra roubar um celular novo, ele disse. Você não tem medo? E se acontecer de novo?, perguntei. Não, medo eu não tenho, os ladrões já me conhecem, e não, não vai acontecer de novo, ele disse.

    Peguei o celular e perguntei a ele a senha do wi-fi. Espere, ele disse, e saiu da sacada. Dei uma tragada em seu cigarro, e quando voltou ele me flagrou soltando a fumaça. Pode continuar, mas me passe o celular, ele disse. Entreguei o celular e ele abriu. Não o detive e dei outra tragada no cigarro. Reparei na destreza de seus dedos grossos e rosados enquanto manuseava o aparelho. Ele inseriu um novo chip. Me diga sua senha, ele disse. Desbloqueou o aparelho e configurou a senha do wi-fi. Só pega aqui na sacada, é o wi-fi do vizinho. Coloquei um chip pra você ter internet na viagem. Basta digitar o código, é 1234. O caminho até a Moldávia é muito tedioso, assim como a Moldávia, nada, tudo muito tedioso. Agradeci. Te devo alguma coisa?, perguntei. Não, nada, mas se quiser pode me mandar uns memes, disse e me ofereceu um cigarro. Aceitei. Memes?, perguntei. Sim, memes, sabe o que é um meme, não sabe?, respondeu. Sim, sei sim, eu disse. Na metade do cigarro, perguntei: você já usou um revólver alguma vez?, perguntei. Sim, várias, respondeu.

    Tentei fitá-lo nos olhos, mas a fumaça que saía de nossa boca nos cegava. Só consegui discernir seus lábios se contraindo no final de um breve sorriso.

*

Meu interesse no desenho se baseia em uma ilusão. Ilusão de ter um talento que não me foi concedido, ilusão de poder apreender a realidade sabendo que qualquer esforço nesse sentido é em vão, ilusão de que terei a liberdade experimentada pelo desenhista em cada traço, mas a liberdade na arte também é ela própria uma ilusão. No desenho existem proporções, espessuras de papel e tipos de material que limitam o ato de desenhar, mas o artista, ingênuo, idealista, vaidoso, sempre prefere acreditar que não existem limites, apenas possibilidades.

A última noite que passei em Mangalia se transformou em uma sequência de ilusões. Comecei com a fantasia de que era desenhista e acreditava nisso. Peguei meu caderninho e desenhei o bar e a moça que havia nos atendido. Embora só tenha conseguido criar algumas figuras deformadas e desproporcionais, fiquei satisfeita.

A noite estava fria. Viorica bateu na porta, entrou no quarto e me encontrou enrolada nas cobertas de seu filho. *Freddo? Frio?*, perguntou. *Va bene*, respondi. Ela disse algo e apontou para a estufa de terracota. Não entendi o que ela queria dizer, mas imaginei que falava para eu acompanhá-la ao mercado no dia seguinte. Saiu do quarto e de imediato escutei alguns ruídos do outro lado da parede. Passado um tempo, o quarto esquentou.

Viorica voltou trazendo a roupa úmida que eu tinha deixado no banheiro. Foi colocando as peças perto da estufa. Não me importei ao ver alguém manusear minhas roupas que, na manhã do mesmo dia, estavam empapadas de meu vômito. Deixei que cuidasse de mim e aumentasse a quimera, pois estava com saudades de minha mãe. Levantei-me da cama e tirei da mala o único presente que havia trazido comigo: uma caixa de chocolates. Entreguei a ela. Espero que goste, eu disse. Não me dei ao esforço de buscar palavras em italiano para que me entendesse. Viorica me agradeceu e falou comigo em romeno.

Viorica olhou as fotos do filho ausente e acrescentou: *Sorin non mi parla. Arrabbiato?*, perguntei. *Quando Sorin non mi parla, sicuramente stanco, malato, triste.* Seus olhos se encheram de lágrimas. *No, no, aspetta,* eu disse. *Sorin occupato. Quando io occupata non parlo con la mia mamma,* eu disse, e tentei distraí-la com as fotos de minha mãe e minha família que havia em meu celular. Brincávamos com nossos laços de sangue e trocávamos mães e filhos. Antes de deixar o quarto, Viorica me deu um beijo na testa. Fomos dormir, ela achando que eu era sua filha e eu, que ela era minha mãe.

Naquela noite, o sono custou a chegar. Enviei uma mensagem de texto para minha mãe e ela respondeu na mesma hora. Confessei que havia decidido viajar na Semana Santa. Para onde?, escreveu. Já te conto, estou bem, mas imagine que estou em alto-mar, respondi. Cuide-se bem e não deixe de dar notícias, escreveu. Pensei em mandar uma foto deitada na cama de Sorin ou da estufa de terracota, mas desisti e enviei dois emojis: uma rosa e um coração.

*

Com a noite já avançada, Ovidiu se enfiou em minha cama. Não consigo dormir porque meu quarto está frio e meu primo ronca, sussurrou enquanto grudava seu corpo no meu. A pulsão sexual me despertou por completo. Meus sentidos se aguçaram. Seu corpo era um bloco de carne gelada e eu estava fervendo. Virei-me para ele e, apesar da escuridão, pude ver seu olhar como dois projéteis de aço brilhante. Está bem, eu disse. Você vai gostar de Constança, ele disse, passando a mão em meu cabelo. Não queria te acordar, ele disse. Está bem, repeti, e precisei acrescentar alguma coisa para não soar como um gravador. E o que vamos fazer na Moldávia?, perguntei. Se não quiser ir, pode ficar aqui, ele disse, e se aproximou ainda mais de meu corpo, sua voz se perdendo em meus cabelos. Não, claro que vou, quero ir, sim, mas por que me diz isso, quer que eu fique?, perguntei. Ele parou de acariciar meu cabelo e espichou o braço para acender a luz de cabeceira, e vi o cansaço em seu semblante.

É que, olha só, não sei se você vai gostar do meu vilarejo na Moldávia, ele disse. Meu primo já te contou que é muito tedioso. Ele me deu de presente um chip com um pacote de dados para me ajudar a sobreviver, eu disse. Tem razão, vai ser questão de sobrevivência, mas preciso te contar uma coisa. Endireitei-me e apoiei as costas contra a parede. Um calafrio rígido atravessou meu corpo. Achei que seria uma confissão dolorosa. Naqueles segundos antes de sua frase, escolhi a quimera de ser sua irmã. Sempre que pressinto que ouvirei uma má notícia, finjo ser outra coisa: um animal, outra pessoa, um móvel. São várias coisas, ele disse, e suspirou. Vamos ver, em primeiro lugar, antes da Moldávia, precisamos passar por Bucareste, preciso achar um cartório e pegar um envelope. Deve ser rápido, mas não sei se vai dar tempo de conhecer Bucareste agora ou na volta da Moldávia. Quero que você conheça Bucareste, mas também quero me livrar de todas as coisas que preciso resolver no vilarejo, disse.

Eu continuava preparada para receber um golpe. Fiquei de boca fechada. No avesso de meus ouvidos vibravam meus batimentos de pássaro. Olha, se quiser você pode ficar aqui, mas eu preciso ir para organizar o funeral do meu pai, ele disse.

Seu pai morreu e você só me diz agora?, eu disse. Em meu papel de irmã, não pude conter as lágrimas diante da notícia de que meu próprio pai estava morto.

Não, não chore, espere, escute, disse e continuou seu discurso. Meu pai morreu faz sete anos, mas aqui a gente faz um *praznic*. É uma espécie de funeral após sete anos da morte. Vamos até a tumba e desenterramos o morto. Tem uma missa e depois é preciso servir comida aos convidados, e vão ser muitos. Minha mãe já disse que não vem, então preciso fazer tudo sozinho. É isso, não sei se você vai querer me acompanhar nessa função.

Claro que vou. Eu vou, te acompanho, eu disse.

O desejo e o interesse por ele não haviam se dissipado, e essa descoberta foi tão prazerosa quanto dolorosa. Havia passado tanto tempo adormecida diante dele, e agora estávamos na mesma cama. Sua aproximação tinha sido tímida. Ovidiu chegara à minha cama desprotegido, tremendo de frio e exausto feito um cachorro. Não usava mais imperativos para falar comigo, não me mostrava mais o caminho, não era mais

Mihai de uniforme. Tive vontade de despi-lo daquele estado vulnerável que estranhamente me excitava. Saber-me mais forte que ele me devolvia à fantasia de aluno e professora, ou de mãe e filho.

O fortalecimento repentino de meu ânimo, o desejo e a excitação me levaram a uma cavalgada de sangue e emoções contraditórias: não conseguia parar de fantasiar com a ideia da morte e o funeral romeno e sentir uma vertigem de emoção e curiosidade. Esse vigor súbito me distraiu de meus pensamentos de morte. Antes da viagem, nos momentos de lucidez em meio àqueles dias escuros, a única coisa que eu conseguia arquitetar de forma lógica e fluida era um plano para desaparecer. Quando soube da possibilidade de me ver às voltas com a morte de outra pessoa, fui tomada pelo entusiasmo, o entusiasmo de contemplar uma morte que não era a minha. A ideia de despir Ovidiu se confundia com as imagens da exumação de um cadáver, de uma festa, de partes desmembradas de nossos corpos, seus braços, minhas costas, sua boca, minhas coxas. A descoberta dessa fantasia perversa despertou em mim um desejo transbordante.

A partir daquele momento eu decidi não me entorpecer mais, ou ao menos tentar fazê-lo com menos frequência. Queria estar sóbria como um cirurgião antes de uma operação, preparada para distinguir os contornos precisos das coisas e, assim, poder dissecar a experiência. Meus sentidos se atiçaram a partir do momento em que Ovidiu se aconchegou debaixo dos cobertores comigo. Algo havia ressuscitado em mim. Curiosidade, morbidez, desejo, entusiasmo, perversão. Queria saber mais de suas origens e da destruição, estava curiosa para ouvir suas palavras e ao mesmo tempo pensava na mudez dos cadáveres. A ideia de desenterrar alguma coisa me levava ao intenso desejo de querer despojá-lo de tudo que o formou. Dissecá-lo camada por camada desde sua infância até o que precisou usar de disfarce quando se tornou outra pessoa em um país estrangeiro. Desmembrá-lo, decompô-lo; queria isso. Queria chegar ao fundo dele, ao ponto ou parte onde se originava seu ser. Desnudá-lo e deixá-lo desprotegido como um recém-nascido. Percorrer seu caminho na contramão sob a violência do desejo, como o edifício que tomba quando as fundações explodem. Queria decompô-lo para depois concebê-lo, formá-lo, pari-lo, desejá-lo e presenciar sua morte.

Já não me excitava com o clichê proibido de aluno e professora: o que desejei fervorosamente a partir dali foi a destruição, não só minha, mas sim a decomposição de ambos.

Precisamos dormir porque amanhã sairemos cedo, ele disse e apagou a luz. Ovidiu me deu as costas e se aconchegou no edredom. Permaneci desperta o resto da noite. Meus ouvidos captaram os níveis de sua respiração e, apesar da escuridão, meus olhos divisaram cada movimento de seu corpo durante o sono.

*

Constança era uma cidade bruta a julgar por seus edifícios, estradas e quebra-mares; uma rocha porosa que emitia ruídos e fulgores de carros, trens e embarcações. A ondulação do mar Negro não atuava como erosão, mas como carícia. A espuma do mar sob o sol branco de abril dava às rochas um aspecto prateado. A essa hora da manhã, o sol era de um só matiz de azul.

Ovidiu e eu caminhamos um pouco pela orla quase vazia. De vez em quando, nos apoiávamos no corrimão de metal banhado de esmalte branco e ficávamos em silêncio olhando o mar. Lembrei-me de Sorin. É aqui que Sorin embarca?, perguntei. Sim, uma vez vim com minha tia deixá-lo, depois passeamos um pouquinho. Viorica chorou enquanto a gente percorria toda a orla. Chorava e olhava as ondas. Hoje você não está chorando. Parece feliz. Que esquisito, brincou Ovidiu. Já chorei ontem à noite quando você me falou do seu pai, eu disse. Você não passa um dia sem chorar, ele disse, mas não vá chorar aqui na rua; senão, vão pensar que estou te fazendo mal.

Continuamos percorrendo a orla. De vez em quando trocávamos algumas frases. Sabia que a canção do Danúbio foi composta por um romeno?, perguntou Ovidiu. "Danúbio azul", a valsa?, perguntei. Sim, a valsa, isso, a música foi feita por um romeno, ele disse. Devia ser um romeno da Áustria, eu disse. Não, um romeno que diziam que era sérvio, mas é romeno, e a canção não se chama "Danúbio azul", mas "As ondas do Danúbio", se quiser procure no Google agora que Bogdan te deu internet de presente, ele disse. Não, acredito em você, eu disse. Continuamos avançando pela orla. E na verdade o mar Negro é negro porque tem muitos polvos, ele disse. É um dado científico, insistiu, e sorriu.

Vários metros adiante, paramos em frente a um edifício de estilo art noveau em ruínas em meio ao calçadão da beira-mar. Ovidiu explicou que era um cassino. Ali os reis da Rússia jogaram pôquer, ele disse. Sentamo-nos em um banco para olhar o edifício. Imaginei-o em seus anos de esplendor, coberto de tapetes vermelhos para ressaltar o brilho dourado das marquises. Vi seus espelhos resplandecentes ampliando a luminosidade do mármore impecável de suas escadas. Acendi os lustres de cristal e os clarões se confundiam nos vitrais com o brilho do próprio mar. A mão de Ovidiu pressionando minha coxa me trouxe de volta à realidade. Está cheio de pombas e gatos. Imagine quanta merda de bicho foi acumulando ali dentro, ele disse. Coloquei a mão ao lado da dele, que não havia deixado minha coxa, e observei as diferenças entre sua pele e a minha. Suas mãos eram ásperas como mãos de pedreiro, sujas até as células e ligeiramente disformes, brancas e opacas como o gesso, embora sua pele ainda fosse jovem. As minhas eram finas e mais escuras, percebiam-se os anos pela finura de minha pele ainda irritada pelo detergente e pela queimadura que revelava minhas veias esverdeadas.

Os cafés e bares começavam a abrir. A orla ia se enchendo de gente, em sua maioria turistas. As pessoas que trabalham não vêm aqui, disse Ovidiu. Entramos em um café e pedimos dois cafés da manhã simples. Ovidiu folheou um jornal. Era a primeira vez que eu o via ler um. Não sabia que você ligava para notícias, eu disse. Claro que ligo. Aqui sim tem notícia, na Noruega não acontece muita coisa. Veja, disse enquanto virava as páginas. Aqui tem corrupção, acidente, escândalos de famosos, tem de tudo, ora.

O cheiro no ar de tinta do papel-jornal, do café e do sal me deram uma sensação agradável de tranquilidade cotidiana. Eu não queria me mover dali, encontrei uma estranha felicidade no cheiro de mar, no café servido à mesa e na imagem de Ovidiu sujando as mãos com tinta fresca de palavras impressas em romeno.

Vou pedir outro café. Não dormi bem ontem à noite, eu disse. Por quê? Ficou com medo de dormir comigo?, perguntou, colocando o jornal de lado. Não, por que teria medo?, retruquei. Pensou que eu ia te fazer alguma coisa?, perguntou. Peguei o jornal e comecei a folhear as fotos da frente. O que você poderia me fazer?, questionei virando as páginas com rapidez. Me diga o que quer que eu faça, ele disse, e eu continuei com os olhos fixos no jornal. Agora você lê em romeno?, voltou a perguntar com o mesmo tom sorridente. *Da, dragostea*. Onde você aprendeu essa palavra? Minha tia te ensinou?, perguntou. Não, é da canção do Eurovision, eu disse. Ovidiu riu com muita força. *Vrei să pleci dar nu mă, nu mă iei*, é isso que você quer me dizer?, perguntou. Sim. Isso, exatamente, eu disse.

Saímos do café. O riso ficou vibrando em nossos corpos. Deixamos para trás o boulevard, os restaurantes e o mar. Avançamos em direção ao asfalto. O que essa canção diz?, perguntei. Que canção, perguntou Ovidiu. A canção do *numa yei*, eu disse. Seu riso voltou com força. Diz algo do tipo "você quer ir embora, mas não quer me levar contigo", respondeu.

*

A carroceria do Dacia brilhava à luz daquela manhã como uma esmeralda suja. Depois de dirigirmos por alguns minutos, chegamos a um parque com um lago esverdeado de aparência pantanosa. Ovidiu estacionou o carro e caminhamos pelos arredores do parque. O lugar era uma das atrações turísticas de Constança. Em um espaço próximo ao lago havia várias jaulas com diversos tipos de animais: galinhas, cabras, gansos, ovelhas, alguns cavalos e um par de burricos. Era um jardim zoológico no qual não havia macacos nem leões. Ovidiu me deixou em frente ao cercado do pavão e pediu que eu o esperasse ali.

Observei o macho se movendo por todo o curral, enquanto a fêmea se mantinha em um canto, bicando alguns restos de semente espalhados pelo chão. De vez em quando apareciam grupos de pessoas para observar as aves. Todos queríamos ver o pavão abrir a cauda. Algumas crianças atiravam pedrinhas, mas não conseguiam acertá-lo. As aves não se empoleiravam. Permaneciam com seu andar sereno, sabendo-se donas de seu enclausuramento.

Ovidiu voltou. É esse o lugar que você disse que eu ia gostar?, perguntei. Não gostou? Ia te levar no tanque dos golfinhos, mas me informei e só abre à tarde, não vai dar tempo de ver os golfinhos, mas pelo visto você não gosta de animais, ele disse. Me dá um pouco de pena vê-los trancados, eu disse. Mas esses animais são bem cuidados, são todos domésticos. Sabem viver presos, então por que sentir pena?, questionou.

Deixamos o pântano e os currais e voltamos para o carro. Nunca vi golfinhos num tanque, acho que no mar sim, embora muito de longe, eu disse. Você devia ter mais pena dos que vivem no mar, porque acabam virando atum em lata; mas os do tanque são bem cuidados, sabem até falar com o adestrador, ele disse. Todos os animais falam, eu disse. Como assim?!, riu Ovidiu. Claro que falam; se a gente não sabe entender, aí já é outra coisa, eu disse. Você certamente entende disso, porque é professora de idiomas e vem do continente dos papagaios que falam, ele disse.

Voltamos para o carro e percorremos Constança uma última vez. Perto do lago, os edifícios desapareciam para dar lugar a casas antigas com telhados ocre. Nunca pensei que veria o fim do Danúbio ou o mar Negro, eu disse. Obrigada por me trazer nessa viagem, acrescentei. Antes de acessar a estrada, Ovidiu parou o carro em uma via secundária muito próxima do mar. Vá, o mar Negro está ali à sua espera. Vá e toque, ele disse. Vá!, insistiu. Me acompanhe, eu disse. Por um instante, inquietou-me a ideia de que tudo fosse um truque e Ovidiu não tivesse a intenção de me levar ao mar, que na verdade Ovidiu queria me abandonar.

Saímos do carro. Ovidiu ficou na areia e eu avancei até o mar. Arregacei a bainha da calça e tirei os sapatos. A água do mar Negro estava gelada e a cadência de suas ondas era leve. Inclinei-me. Enfiei as mãos na água e deixei-as ali até que o frio adormeceu minhas extremidades e o calor se amotinou no centro do corpo, em algum lugar entre o ventre e o peito. Empertiguei-me e passei as mãos úmidas no cabelo.

Saí do mar e fui descalça para o carro. Ovidiu caminhava à minha frente levando meus sapatos. Você não tirou nenhuma foto, então tirei algumas suas, veja, disse Ovidiu, e ergueu o telefone até a altura de meus olhos e ali estava eu, de quatro, com as mãos e os pés enfiados no mar, enrolada em meu casaco de tecido cinza escuro e de cabeleira solta, como um animal estranho. Depois de calçar os sapatos, acomodei-me no banco do carona e fechei a porta do carro. Ovidiu ligou o motor e seguimos viagem.

*

Por uma estrada mal asfaltada, chegamos a um conjunto de casas parecidas com todas as casas que eu tinha visto na beira do caminho. Venha comigo, disse Ovidiu. Saímos do carro e caminhamos alguns metros até uma rua que era uma listra de asfalto, sujeira e grama seca. Mais adiante a grama se tornava verde, e ao longe brotavam os blocos de edifícios que se emaranhavam em outros aglomerados de casas, idênticas às que nos rodeavam. Estávamos na periferia de Bucareste.

Um homem surgiu na paisagem e se aproximou de nós. Era o mesmo que havia nos recebido dias antes no aeroporto. À luz do meio-dia, a mata de seus cílios se tornara translúcida, e finalmente eu pude ver a cor de seus olhos: eram verdes como o Dacia que tinha nos alugado. O homem se chamava Andrei. Cumprimentou-nos com um aperto de mãos. Seus modos e seus gestos eram simpáticos, diferentes da lembrança que eu tinha de um homem introvertido nos entregando as chaves e um telefone no estacionamento do aeroporto.

Voltamos para o carro, e Ovidiu fez um gesto indicando que eu me sentasse no banco de trás. Obedeci. Andrei sentou-se ao volante e Ovidiu se acomodou no banco do carona.

Passamos por diversas avenidas que pareciam todas a mesma: blocos de edifícios cinza entremeados por casas de dois andares, telhados em tom de argila ou zinco enferrujado, montes de carros estacionados e abandonados, fábricas vazias, terrenos habitados, ervas daninhas, árvores sem folhas, arbustos altos como cercas e um ou outro estabelecimento comercial.

    Avançamos em meio ao ruído dos motores, e Bucareste foi se transformando em uma torrente de asfalto que fluía entre passagens de nível, pontes e trevos. A cidade supurava umidade e contaminação. O ar que se embrenhava pela pequena abertura da janela golpeava minha pele, e em meus pulmões se aninhavam partículas de pó e metal. Passaram diante de meus olhos centros comerciais imensos e disformes e dezenas de outdoors descoloridos. Os blocos de edifícios se erguiam de ambos os lados da via com o aspecto de uma muralha. Mais adiante, após os conjuntos de concreto e das praças soviéticas, as ruas foram se estreitando. Hordas de pedestres transbordavam do formigueiro de asfalto, carros engarrafados entre os semáforos de luzes perpétuas e buzinas raivosas de Bucareste.

*

Foi em uma dessas luzes vermelhas de semáforo que Ovidiu saiu do carro. Para mim, ele não disse nada. Soltou umas quantas palavras para Andrei e fez alguns movimentos com os braços sugerindo que desse uma volta no quarteirão. Permaneci no banco de trás até o próximo sinal vermelho. Andrei gesticulou indicando que eu passasse para o banco do carona. Saí do carro na hora e me sentei ao lado dele. Não sei quanto tempo levei para sair do carro, fechar a porta de trás, abrir a da frente e me sentar, mas enquanto realizava todas essas ações temi que Andrei ligasse o carro e me abandonasse no meio da rua. Esse medo desencadeou uma dor que alfinetava a boca de meu estômago e deu origem a outros medos.

 Assustava-me a dureza súbita da cidade, o agito da multidão, e também me inquietava a presença daquele estranho, Andrei; tinha medo de seu corpo imenso naquele espaço pequeno que precisávamos compartilhar. Seu cabelo abundante e seus pelos densos davam-lhe o aspecto de um lobo. Eu estava sentada ao lado de um animal. Bucareste foi se transformando em uma mancha leitosa. Eu não conseguia mais discernir nem os contornos de suas construções nem as texturas de seus transeuntes. Percorremos diversas ruas até estacionarmos o carro ao lado de um edifício velho que em outra época devia ter sido suntuoso. Da janela do Dacia, espichei o olhar até o portão. O piso da entrada era de mármore cinzento e ainda conservava o brilho. O motor continuou ligado, e as luzes do pisca-alerta me lembravam a passagem dos segundos naquele carro.

Andrei percorria meu corpo com os olhos e demorava-se em minhas coxas. Quando se cansou, aninhou as mãos nos bolsos de sua jaqueta e fincou os olhos no para-brisa. As mãos faziam sua barriga parecer maior, deixando-o ainda mais corpulento. Andrei era um tijolo de carne proveniente da arquitetura disforme dos corpos de Bucareste. Mexia as mãos dentro das roupas e o material sintético chiava, exalando odor de umidade. Tirava uma mão e coçava a orelha. Depois a escondia nos bolsos outra vez e repetia o movimento de punhos que, por baixo do couro falso, eram como animais presos em uma sacola.

Libertou as duas mãos dos bolsos e descansou-as no volante. *Plimbare*, disse em tom de pergunta. Voltou a olhar para mim e fez um gesto de dirigir com as mãos no volante. Não, *mulţumesc*, respondi. Ele não disse nada. Ovidiu?, perguntei. Andrei apontou com o indicador o relógio do painel do carro. Abriu e fechou a mão direita três vezes. Precisávamos esperar, e isso envolvia o número quinze: esperar quinze minutos, esperar até meio dia e quinze ou, na pior das hipóteses, até as quinze horas. O relógio do carro marcava onze e cinquenta e três.

O ar dentro do carro escasseava com os espasmos dos quatro pulmões que respiravam. Eu quis sair do carro, mas Andrei me segurou pela coxa com os mesmos modos de Ovidiu. Fiquei quieta no banco. Abriu e fechou a mão duas vezes. Sua pele grossa e seca fazia barulho quando suas palmas se enrugavam. Agarrei-me à porta e Andrei levantou as duas mãos no ar como se eu o estivesse assaltando. *Zece*, disse. Estava dizendo "dez". Vi a cifra na postura de suas mãos no alto porque, aos meus ouvidos, sua voz havia dito "gente". Peguei o celular e fingi que ia ler alguma coisa.

Andrei começou a tirar a jaqueta. Desvestia-se com diferentes ruídos. Cada poro de sua pele suarenta abria um focinho felpudo que uivava ao se desprender da pelagem sintética da jaqueta. Uma nuvem de vapor de gordura e asfalto morno saía de seu corpo. Andrei atirou a jaqueta no banco de trás e ficou com uma camisa azul-clara que grudava em seu corpo como uma hipoderme úmida e brilhante. Se eu me concentrava apenas na camisa, esquecia toda a pelugem densa que recobria seu corpo, e ele passava de mamífero peludo a anfíbio resvaladiço.

As luzes intermitentes me indicavam os milhares de segundos passados dentro daquele carro. Apoiei-me na borda da janela e fixei o olhar na altura das cadeiras e pernas dos transeuntes.

*

Entretive-me observando o caminhar dos romenos da capital até que Andrei tocou meu ombro.

    Ele não se impacientava. Havia tirado de algum lugar um saco de balas coloridas que brilhavam como pedras preciosas dentro da embalagem. O saco de balas era vermelho e estampava diversas frutas sorridentes. A mais feliz era o morango. Ele segurou o saco com uma mão e agitou-o no ar. Eu era seu bichinho de estimação e ele ia me dar um prêmio. Tive vontade de derrubar o saco com uma pancada, mas apenas sorri. Ele abriu o pacote de guloseimas e aproximou-o de mim na altura do peito. Fiz menção de enfiar a mão ali dentro para pegar um punhado de balas, mas ele segurou meu pulso antes que meus dedos se perdessem no açúcar perolado que recobria os doces. Disse algo em romeno e me soltou. Virou algumas das balas na palma de uma de suas mãos. Os grãos de açúcar se acomodavam entre as linhas da mão como orvalho melado. Pensei que ia me oferecer os doces na bandeja de sua pele grossa para que comesse com a mesma confiança que os animais de estimação têm em seus donos.

    Andrei soltou uma gargalhada que sufocou de imediato, enfiando o punhado de caramelos na boca. Sua mão voltou a segurar meu pulso e aproximou-o de si. Meu braço cedeu como se fosse um chiclete que Andrei torceu e acomodou de tal forma que eu pudesse receber o punhado de doces que ele derramava em uma de minhas mãos. Por que um homem tão robusto e gordurento demonstrava tanto escrúpulo na hora de pôr a mão no saquinho? *Mulțumesc*, eu disse.

    Segurei as balas na palma da mão e comecei a comê-las uma por uma. Para cada bala que saboreava, Andrei soltava uma palavra. Ia ruminando as cores dos doces. Os sons que saíam da boca de Andrei davam o sabor em romeno de cada fruta. Minhas papilas entenderam uma língua estrangeira. Um glossário se armazenou em meu paladar. Andrei pronunciou a palavra "ananas", o sabor do amarelo. *Ananas*, repeti. Ele esvaziou outro punhado de doces na palma da mão, mas não enfiou na boca com muita pressa. Arqueou as sobrancelhas e olhou para as guloseimas antes de levá-las à boca uma por uma. Comecei a recitar as frutas em castelhano para ele. *Fresa, mora, naranja, manzana*. Andrei mastigava minhas palavras em castelhano. Saboreou o glossário e guardou a bala amarela para o final. Ergueu a bala contra a luz e olhou para ela com os olhos de um joalheiro olhando para o âmbar. *Ananas!*, dissemos ao mesmo tempo.

    Ovidiu nos surpreendeu comendo balas e recitando os nomes das frutas. O aroma artificial que saía de nossa boca se unia aos cheiros emanados por nossas glândulas, ao vapor de gasolina e asfalto úmido que Budapeste exalava.

    Voltei para o banco de trás e Ovidiu entrou no carro. A testa de Andrei se refletia no espelho retrovisor. Quantos anos teria aquele homem? A pelugem que cobria sua pele não revelava nenhum indicativo de idade. Sobre suas sobrancelhas havia algumas rugas horizontais, dessas que sinalizam as pessoas que duvidam ou desconfiam, mas também aquelas que conservam a capacidade de espanto das crianças. As rugas cortavam o meio de sua testa com dois sulcos verticais que abriam sua carne em duas vias profundas: a da ira e a da dor.

    Andrei podia ter a idade de meu pai. Sua presença estranha e imensa me devolveu à infância.

*

A última vez que vi meu pai foi na rua. Eu ainda não tinha começado o ensino fundamental. Minha mãe me conduzia pela mão por um dos maiores parques do centro de minha cidade. Meus passos eram curtos e lentos por causa de meus poucos anos de experiência em ficar de pé, pela imensidão do parque, pelo pressentimento da estranheza e pelo peso do jaleco de brim sobre meu corpo.

 Meu pai nos esperava sentado em um banco. O sol batia contra seu rosto. Minha mãe e eu nos aproximávamos dele. Ali está seu pai, vá lá e sente ao lado dele; vou esperar aqui, disse minha mãe. Obedeci. Subi com dificuldade no banco e me acomodei ao lado daquele homem. Olhamos nos olhos um do outro e algo cintilou. Então ficamos ali sentados com o olhar perdido no horizonte. Nos movemos pelo espaço como um motorista e seu copiloto percorrendo galáxias.

 Precisávamos ir a algum lugar.

 Viajamos em um veículo invisível que conduzíamos com nossas pupilas. Percorremos todos os bancos, árvores, pombas, gerânios, balanços, pais, mães, filhos. Navegamos entre todas as coisas que se propagavam ao nosso redor, até que ele se virou para mim e me abraçou. Fiquei quieta e não desviei o olhar de minha mãe, que permanecia de pé a poucos metros de nós. Ela tampouco deixara de olhar para mim. Parecia supervisionar a prova de direção que nos permitiria dirigir por nossos laços de pai e filha. Minha mãe sorriu de leve para mim e moveu a cabeça ligeiramente para o lado. Obedeci ao gesto de aprovação. Espichei-me no banco até ficar muito perto daquele homem, que tocou meus cabelos e disse coisas que não entendi.

    Enquanto ele segurava meu corpo naquele abraço, reparei que era alto. Sua voz era cavernosa. Por muitos anos, a lembrança de meu pai cheirava a papel queimado, até que meu septo nasal adolescente entendeu que aquele homem cheirava a tabaco. Ele tirou do bolso do abrigo uma caixinha de chocolates envoltos em papel de seda colorido e um cachorrinho de pelúcia rosa. Atrevi-me a aceitar os presentes que ele segurava em suas mãos com cheiro de incêndio. Libertou de seu peito algumas palavras que ressoaram em todo o parque. Seu olhar era verde. Dê um beijo no papai, ele disse com voz de gigante. Meu corpo tremia. Os presentes que tinha ganhado se transformaram em peças de chumbo que eu segurava com dificuldade. Soube em cada célula de meu corpo que meu pai estava me subornando, embora meus tímpanos ainda não conhecessem essa palavra. Não queria beijá-lo nem abraçá-lo, e não conseguia me mover para devolver os presentes.

    Olhei para minha mãe. O peso daqueles objetos era insuportável, de modo que os deixei sobre o banco. Entramos outra vez em nosso veículo invisível e nos perdemos entre galáxias desconhecidas, até que meu pai se aferrou a meu braço com desespero, extraviado, pois desconhecia o caminho para chegar até mim; sua paternidade não tinha mapa. A essa altura, eu mesma dirigia a nave de nossos laços, e interrompi a viagem ao perceber que meu pai estava chorando. Suas lágrimas eram transparentes, e não esverdeadas. Quando criança, eu achava que a cor das lágrimas correspondia à cor dos olhos. Isso porque tinha visto minha mãe chorar lágrimas pretas.

Os homens não choravam, sempre me disseram isso. Tentei me libertar de sua mão, mas seu pranto cresceu. Minha mãe se aproximou para nos auxiliar naquela viagem acidentada e maltrapilha. Os dois trocaram algumas palavras. A voz de minha mãe tinha o tom que ela usava para me mandar escovar os dentes e dormir. O tom de voz do meu pai ainda era o de um gigante: distante e estrondoso. Uma buzina de navio em vários tempos, um motor preso no trânsito.

Minha mãe disse para eu me despedir dele e fiz isso da única forma que sabia naquela idade tão tenra: dei-lhe um beijo na bochecha. O sal de uma de suas lágrimas ficou preso nas comissuras de minha boca.

A lembrança de meu pai pesa tanto quanto os presentes de chumbo. Sua voz se aninha nos motores e buzinas do caos de minha vida. Sua imagem se adere à minha diante dos espelhos. Não sei se meu pai ainda existe, mas sua existência é peluda e estranha como Andrei, como o cachorrinho rosa, como as palavras que saíram batendo asas de seu peito e escaparam por sua boca, uma revoada de estorninhos me deixando uma mensagem que chilra e voa em ondas, uma mensagem com penas escuras que até hoje não consigo decifrar.

*

Antes de nos lançarmos ao trânsito de Bucareste, Ovidiu e Andrei trocaram algumas frases e examinaram diversos papéis com números, selos e assinaturas que Ovidiu havia tirado de um envelope. Erguiam os papéis contra a luz e tentavam decifrar alguma mensagem na marca d'água ou nas letras pequeníssimas dos textos nas margens. Pelos formatos e estruturas dos parágrafos, deduzi que eram cartas comerciais, faturas e um ou outro certificado oficial em romeno. Ovidiu ficou com os papéis e guardou-os no envelope outra vez.

 Andrei lhe entregou um maço de dinheiro que Ovidiu dobrou antes de passar o dedo polegar direito sobre eles. Enquanto contava o dinheiro, os rostos de personagens célebres da Romênia passavam diante de meus olhos como em um desenho animado. A cédula mais abundante trazia a imagem de um homem de óculos. Cem *lei*. Um homem de gravata-borboleta. Duzentos *lei*. Um homem de cabelo comprido. Quinhentos *lei*. Os desenhos animados das células duraram o bastante para que o cheiro do dinheiro apaziguasse o aroma das balas de fruta. Dinheiro cheira a mofo, a restos de papel, a suor e pano velho; o mesmo cheiro em todos os lugares. Ao final da contagem, Ovidiu repartiu o maço de dinheiro em três partes. Guardou duas partes nos bolsos internos da jaqueta e o restante no bolso da calça.

Andrei deu a partida. Ovidiu se virou para o banco de trás e sorriu. Que tal? Gostou de chupar as balas do Andrei?, perguntou. Não falei nada. Andrei disse algo em romeno. Quer ficar em Bucareste, ou prefere ver a capital no fim da viagem?, perguntou. Não sei, eu disse. O Andrei também vai até o vilarejo?, perguntei. Se quiser eu peço pra ele ir, disse Ovidiu, e em seguida soltou algumas frases em romeno. Andrei riu. Apesar de seus olhos peludos, consegui vislumbrar em suas pupilas um clarão que ricocheteou no retrovisor, um feixe de luz esverdeada. Seu olhar de vidro de garrafa rasgou meu rosto. Avançamos alguns quilômetros e Ovidiu insistiu: então, vamos ficar em Bucareste? Sim ou não? Não sei; por mim ficamos, mas se tem muitas coisas para fazer, decida você, eu disse.

Andrei dirigiu até o estacionamento de um centro comercial. Os dois desceram do carro. Ovidiu deu umas batidinhas na janela: Andrei está indo, ele disse. Saí com a jaqueta de Andrei e entreguei-a a ele. Estendi a mão em despedida e ele a apertou com força. O grude de nossas palmas serviu para transferir e conservar em açúcar alguns pedacinhos de nossa pele entre os sulcos das linhas de nossas mãos.

Andrei vestiu a jaqueta sintética, disse alguma coisa para Ovidiu e o abraçou. O abraço de courino imobilizou meu amigo. Ovidiu tinha o corpo de um garotinho da pré-escola que recebe o abraço constritivo de um réptil imenso. Me vi refletida nos olhos de meu amigo, segurando os presentes pesados de meu pai. Reconheci o garoto temeroso de que aquela troca de dinheiro, papéis, apertos de mão e abraços pudesse significar uma chantagem de pelúcia, uma manipulação em forma de caixinha de bombons.

Andrei desapareceu em meio aos carros estacionados. Seu corpo enorme projetava uma sombra esbelta.

*

Onde vamos passar a noite?, perguntei. Não precisamos passar a noite aqui, disse Ovidiu. Você não vai descansar? Precisa dirigir até o vilarejo, eu disse. Não deve levar mais que cinco horas; de noite tem menos trânsito. Vou estacionar no centro para darmos um passeio por Bucareste, ele disse. Olha só, estava pensando, se a estrada para a Moldávia é tão escura quanto a de Constança, é melhor partirmos enquanto ainda tem luz, eu disse. Mas não tem problema, se quiser ver a capital, podemos fazer isso; deixe eu telefonar pro Andrei e perguntar se podemos ficar na casa dele: claro, só se você quiser passar a noite em Bucareste, ele disse.

Certamente a casa de Andrei devia ter o cheiro dele. A cozinha devia ser melecada como o açúcar úmido que ficou em suas mãos. Seus pelos e cabelos deviam estar espalhados pelo boxe e pelo chão. Sua roupa de cama devia estar impregnada de suor e gordura. Os demais espaços dessa casa imaginária deviam reluzir como o interior de seu Dacia.

Não quero ficar na casa do Andrei, eu disse. Então, o que você quer?, perguntou. Digo isso porque a casa dele fica na periferia, perderemos tempo com o deslocamento e não veremos nada, protestei. E o que você quer ver?, perguntou. Não sei, um museu, as praças, o centro da cidade, mas não a periferia. Por que não ficamos num hotel do centro?, sugeri. Não pretendo pagar por um quarto em Bucareste, é caríssimo, disse Ovidiu. Mas por que se preocupar com isso se você está com o bolso cheio de dinheiro e ainda tem um cartão de banco, sem falar nas notas que nunca me devolveu depois dos drinques no bar em Constança?, eu disse. Posso devolver agora mesmo, disse Ovidiu. Não é essa a questão, eu disse, só não quero discutir. Faça o que quiser, mas vai jogar dinheiro fora só pelo capricho de algumas horas de hotel. Amanhã temos que partir bem cedo; lembre que não estou de férias como você e tenho coisas pra fazer, replicou Ovidiu. Então por que perguntou se quero ver Bucareste, se está tão ocupado assim?, perguntei.

Ovidiu parou o carro em uma rua sem saída e fez uma ligação. Consegui escutar do outro lado do telefone uma voz de mulher com quem entabulou uma conversa breve. E em que hotel vamos ficar?, perguntou. Me empreste seu telefone, eu disse. Não vou te dar meu telefone!, gritou. Não se exalte! Só quero procurar um hotel, eu disse. Mas você não fala romeno! Não sabe nem onde a gente tá! Como vai fazer uma reserva? Como vai entender os preços? Mulher, você não sabe de nada! Preciso fazer eu mesmo!, gritou.

Ovidiu saiu do carro e se apoiou no para-choque. Fiquei sentada no banco do carona. Escute, Mihai, eu disse pondo a cabeça para fora da janela. Se estivesse com meu telefone, não pediria o seu. Meu celular está sem bateria. Só quero tirar um cochilo, desanuviar um pouco e olhar a cidade com você. Só isso. Entendeu? Passear com você, e não discutir com você.

Meu amigo tirou o aparelho do bolso e o entregou a mim, com o navegador de internet aberto.

*

Na recepção do Hotel Capitol só havia gente branca. Homens engravatados de terno e camisas abotoadas até o pescoço e mulheres trajando vestidos distintos, curtos e ajustados. Todas usavam sapatos de salto exageradamente altos, e seus passos revelavam a habilidade adquirida pelo hábito de caminhar desde o nascimento sobre mármore de Carrara. Chamávamos a atenção da maioria desses olhos claros e opacos. Éramos um par de seres estranhos, escuros e brilhantes. Nossos passos em tênis casuais não faziam barulho. Flutuávamos feito dois jovens corvos entre as esculturas de um museu. Sob nossos pés, o mármore branquíssimo se transformava no ônix mais precioso.

A recepcionista não conseguiu ver o ônix sobre o qual estávamos pousados. Olhou para nós como quem olha para dois mendigos em busca de abrigo. Enquanto atendia o telefone, pediu com gestos nossa carteira de identidade. Interrompeu a conversa e desligou quando leu que ambos morávamos na Escandinávia. Soltou um elogio em romeno e depois repetiu meus sobrenomes em voz alta. *Your surnames could be music*, disse. Tratou-nos por senhor e senhora. Puseram a fatura no nome de meu amigo: Albescu. Ele ruborizou e começou a proferir um longo discurso para a recepcionista, que começava a franzir o cenho. Ovidiu discorria e ela mordia os lábios, olhava de canto de olho para o colega e arqueava as sobrancelhas. Deixou a caneta de lado e meu amigo continuou falando. Seu tom de voz se tornou suave, quase quebradiço. A moça pegou a caneta e levou-a à boca. Pegou a fatura e escreveu meu nome no topo. *May I take your credit card, ma'am?*, disse, e apertou os lábios. Meu cartão de crédito vermelho parecia uma lâmina de esmeralda sobre o mármore cinzento da recepção. Antes de me devolver a fatura, ela riscou com tinta o papel do documento. Cobriu o nome de meu amigo com uma mancha azul-escura, devolveu meu cartão de crédito e nos entregou as chaves do quarto.

*

Saímos do elevador e chegamos a um quarto com duas camas e banheira. Entrei no banheiro e escutei o celular de Ovidiu tocar. Não queria ouvi-lo falar, de modo que comecei a encher a banheira. Submergi na água ensaboada e morna e a voz de Ovidiu se tornou uma vibração distante. Minhas perguntas se diluíram na água cheirando a sabonete e xampu de hotel.

Quando saí do banheiro, Ovidiu estava dormindo. A seu lado estavam o celular e o envelope de documentos que havia examinado com Andrei naquela manhã. Tive vontade de olhar seu telefone e o envelope, mas desisti. Aproximei-me da janela e fechei as cortinas.

O peitoril da janela principal do quarto era bastante amplo. Sentei-me ali para observar Bucareste. O hotel ficava ao lado de uma praça em cujo centro tremulava altíssima uma bandeira da Romênia. A bandeira estava na altura do nosso quarto, no décimo andar. Era de um tecido grosso e brilhante que eu não soube identificar, mas soava como um chicote de couro. Minha mãe sabe vários nomes de tecido, pensei. Popelina, viscose, tricoline, gabardina, tafetá, organdi, cetim, percal. Reparei que a janela tinha uma maçaneta e, aparentemente, podia ser aberta de duas em duas. Esse detalhe me surpreendeu. Na Noruega, todos os quartos de hotel situados em andares altos têm janelas duplas, e a maioria não pode ser aberta.

As que abrem só permitem a passagem de ar por uma abertura de não mais que cinco centímetros.

Desci do peitoril e forcei a maçaneta até conseguir abrir as janelas de duas em duas. A possibilidade de saltar me estremeceu. Não consegui me desprender da imagem de mim mesma em queda livre até me estatelar contra o chão. Lembrei-me de um documentário sobre saltadores BASE que eu tinha visto algum tempo atrás. Não saltavam de uma base: "BASE" eram as siglas dos locais de salto.

Building — Edifício, como o Hotel Capitol.

Antenna — Antena (chaminés ou torres de transmissão elétrica).

Span — Viaduto, vão.

Earth — Terra (rochedos, penhascos).

Eu virava uma massa de ossos, carne e sangue. Ovidiu acordou como se tivesse escutado o galope do sangue batendo em meu coração. Segurou-me por trás, e me surpreendi com suas mãos apertando minha cintura, como se capturassem um gato fujão. O que está fazendo?, perguntou. Nada, queria saber se dava para abrir a janela, eu disse. Claro que dá pra abrir a janela, ele disse. Me afastou do peitoril interpondo seu corpo enquanto fechava a janela. Nunca reparou que na Noruega as janelas dos quartos de andares altos não abrem? Nunca me hospedei num hotel na Noruega, ele disse. Nunca?, repliquei. Nunca, disse, e me puxou pela mão para que eu me sentasse na cama.

Ele se deitou e continuou discursando enquanto olhava para o teto. Permaneci sentada, a cabeça dele roçando minhas cadeiras, e deixei que falasse como se brincássemos de psicanalista. Nunca fiquei num quarto tão alto e luxuoso quanto este, mas em todos os hotéis que conheci dava pra abrir as janelas sem problemas. E por que não abrem na Noruega, por causa do frio?, perguntou. Não, é para as pessoas não pularem, eu disse. Ele ficou um pouco em silêncio e olhou para a janela fechada. Nós romenos temos menos, somos pobres, mas somos gratos pela vida, não buscamos nada além de saúde, algum progresso, curtir as coisas, e se um romeno se matasse não faria isso num hotel de luxo, porque é uma besteira; ora, é um desperdício. A não ser que seja um romeno com dinheiro, aí não aproveitaria nada mesmo. Mas por que você está falando dessas coisas?, perguntou. Do quê?, eu disse. De se matar, por acaso não está contente? Estamos em Bucareste, no hotel que você queria, e você já fez o que queria, não é? Mas quem começou a falar disso foi você, eu estava pronta para sair, vamos?, eu disse.

Ovidiu se levantou da cama, deu alguns passos pelo quarto e começou a revirar as coisas que tinha trazido na mochila. Estou procurando o cadeado que eu trouxe, não quero deixar minhas coisas de valor soltas, ele disse. Por que não usa o cofre?, eu disse. Porque a equipe do hotel certamente sabe as senhas de cor. Os romenos são assim, ele disse. Um instante atrás ele havia dito "nós romenos", mas agora usava "eles" para se referir aos compatriotas. Vou deixar minhas coisas no cofre, porque nós mesmos podemos escolher a senha, eu disse enquanto mostrava para ele a cartilha com as instruções de uso. Separei meu passaporte, meu relógio de pulso e meu estojo de calmantes e guardei-os no cofre. Tem certeza que não vai pôr suas coisas aqui?, perguntei.

Ovidiu continuou revirando seus pertences até encontrar o cadeado que estava procurando. Esvaziou a mochila e guardou nela o envelope com documentos e a jaqueta cheia de maços de dinheiro que havia recebido de Andrei. Não vai levar a jaqueta?, eu disse. Quando a gente começar a caminhar, vou passar calor, ele disse. Fechou a mochila com cadeado e a enfiou no cofre. Vou pôr meu aniversário de senha, eu disse. Tomara que não roubem nada, lembre que eles têm seus dados, acrescentou enquanto eu digitava os quatro números. Não vai acontecer nada, é impossível adivinharem a senha, eu disse. Você não conhece os romenos, ele disse mais uma vez.

De fato, eu não conhecia os romenos. Estávamos prontos para caminhar, mas logo antes de entrar no elevador Ovidiu me deu um empurrão e entrei sozinha. Vá descendo na frente, esqueci uma coisa, ele disse. Me espere na recepção, ordenou.

Eu não conhecia os romenos. Eram um monte de seres desconhecidos que me rodeavam entre todo aquele mármore da recepção do hotel. Admirava-os como estátuas de uma civilização desconhecida. Meu doce amigo romeno, Mihai, também era um romeno que perdia a paciência e se chamava Ovidiu. Tinham nomes de poeta, era só o que eu sabia. Embora nunca tivesse lido um verso de Eminescu, lembrava-me de minha tentativa adolescente de ler alguns versos de Ovídio e me deparar com algo imensamente sexual, que escapava ao meu entendimento e à minha experiência. Não conhecia a cara de Eminescu nem a de Ovídio. Não sei se Ovídio era romeno, mas era romano, disso eu me lembrava da época de colégio. Romeno e romano era a mesma coisa? Eu não conhecia os romanos, não conhecia suas palavras, nem seus gestos ou sua poesia.

Tirei o celular da bolsa e abri o buscador: Ovídio era romano e romeno. Nasceu em Constança. Como estariam Viorica e Bogdan? Eu podia telefonar para o único número salvo no chip. Eminescu era um jovem de cabelo liso e claro. Também o estamparam em uma cédula, a de quinhentos *lei*. Morreu em

Bucareste, nasceu na Moldávia. Amanhã partiríamos para essa região onde havia nascido Ovidiu Mihai Albescu, meu amigo desconhecido nascido em um vilarejo chamado Goşmani. Lembrei o nome de seu vilarejo porque na primeira vez que o escutei percebi que continha a palavra "amigos". Sim, sobrava o ene. Ene amigos. Inimigos. Quanto ele sabia a meu respeito? *Lei* é o plural de *leu*, que em romeno significa "leão". O dinheiro romeno é uma manada de leões, mas *lei* em norueguês significa "farto". Ovidiu Mihai Albescu conhecia minhas palavras e dominava meu idioma, e eu não sabia nada sobre o seu. Estaria farto de mim?

    Ovidiu Mihai desceu perfumado e de jaqueta posta. A peça já não tinha a saliência das notas, e agora definia as linhas de seu corpo. Já não parecíamos tão alienígenas sobre o mármore. Ovidiu sentou-se ao meu lado. Já sabe o que quer ver em Bucareste?, perguntou. Cheirei o perfume doce de Ovidiu. Pousei a mão sobre o joelho de gabardina azul-escura de Mihai. Vi o sorriso de Sorin em seus dentes brancos. Ouvi a voz de Eminescu nas vozes dos romenos que pronunciavam as palavras desordenadas de seus versos. Obrigada por me trazer nesta viagem, eu disse. Ficamos de pé e ele arqueou o braço. Enrosquei-me nele e saí de braços dados com todos os romenos para conhecer Bucareste.

*

O sol de Bucareste surgiu no meio da tarde. Sua presença transformou o cinza leitoso da cidade em um alaranjado brilhante que preenchia as rachaduras das paredes e calçadas e dispersava as marcas de pó e poluição impregnadas à sua arquitetura mais refinada e extravagante. Esse resplendor nos distraiu dos contrastes que a história havia deixado nas ruas e nos edifícios ao recobrir tudo de um único tom dourado. A luminosidade nos surpreendeu, como o convite espontâneo de um anfitrião generoso que recolhe depressa nossos casacos e nos convida a sentar no calor de seu palácio de ouro.

Ovidiu e eu éramos dois recém-chegados e não sabíamos o que fazer naquele palácio dourado e quentinho no qual Bucareste havia se transformado. Começamos a percorrer a rua Victorei. Paramos diante de vitrines que exibiam violinos, sapatos, penteados, livros, tortas, roupa íntimas, viagens. Observamo-nos resplandecentes e envolvidos por todos esses objetos. Transformamo-nos em um duo de violinistas, em mendigos iluminados babando diante de tortas recém-saídas do forno, vimo-nos de roupa íntima e nos despimos. Em cada vidraça, podíamos nos olhar nos olhos sem precisarmos ficar frente a frente. Ficávamos de pé, lado a lado, observando-nos em um álbum de fotos vítreo. Nossas fotos eram nítidas, deformadas, borradas, iluminadas, mas em todas essas imagens era possível reconhecer o mesmo casal feliz.

Os vidros das vitrines ficaram para trás e chegamos ao Museu Nacional de História, onde a estátua brilhante de Trajano nu segurando uma loba recebia todos os visitantes. Em razão do resplendor inesperado de abril, decidimos não nos esconder na escuridão do museu. Tiramos algumas fotos com o imperador e, antes de seguirmos caminho, eu quis me despedir dele e de sua loba. Toquei sua mão direita e Trajano estava vivo. Quis acreditar nisso ao sentir o bronze morno se fundindo ao meu tato.

Deixamos a rua Victorei e adentramos o passeio Splaiul Independenței. Como se chama esse rio?, perguntei. Dâmbovița, ele disse. O nome desse rio, pronunciado em romeno, soava como a palavra "bimbo-pizza". Bimbo-pizza, eu disse. Era um rio calmo. Um espelho de prata suja e esverdeada, emoldurado por muros de pedra e cimento, que na primavera refletia a vaidade das tílias e a beleza cor de marfim dos muitos edifícios que se erguiam em ambos os lados do passeio. O rio nos acompanhou em nossa caminhada até Piata Unirii, uma rotunda imensa que dividia as artérias de Bucareste. O centro da praça era adornado por uma fonte que se elevava sobre o cimento e o trânsito feito um borrifador gigantesco.

O que significa *Unirii*?, perguntei. União, disse Ovidiu.

Avançamos pelas amplas avenidas que rodeavam a praça e chegamos ao parque Unirii, uma esplanada de grama rodeada de bordos que marcavam seus limites e ângulos com densos arbustos de cipreste. Nos deitamos na grama, um ao lado do outro, e ficamos assim um bom tempo, permitindo que o sol atravessasse nosso corpo.

*

O que vamos fazer hoje à noite?, perguntou Ovidiu. Não sei, eu disse. O que você quer fazer?, ele perguntou outra vez. Não sei. Nada. Estou gostando de ficar aqui deitada na grama, eu disse. Mas a gente não vai ficar o dia inteiro aqui, a grama está úmida, ele disse. Ainda temos um pouco de luz, não vamos fazer desfeita para o sol, eu disse.

Meu amigo sentou-se na grama e eu fiquei deitada. Ele se posicionou de um lado da minha cabeça e tocou minha testa como se fosse me dar a extrema-unção. Abri os olhos e à sombra de seu braço vi como seu cabelo escuríssimo brilhava com resplendor prateado. Envelhecia entre a luz. Começou a brincar com meu cabelo e a grama ao mesmo tempo.

Uns garotinhos se aproximaram para nos pedir dinheiro. Entreabri os olhos e enfiei a mão no bolso para dar umas moedas a eles. Ovidiu reprovou meu gesto. Os maus hábitos, ele disse. São só umas moedinhas, eu disse. Ele suspirou. São ciganos?, perguntei. Claro que são ciganos, não viu?; são mendigos profissionais, ele disse.

Ergui meu tronco e me sentei ao seu lado. E como posso saber que você não é cigano?, perguntei. Não te pedi dinheiro, porque o meu eu ganho trabalhando. Se quiser saber se está diante de um cigano, pergunte se ele trabalha. Se trabalha, não é cigano, disse. Mas em todos os lugares existe gente desempregada, eu disse. Então ofereça um trabalho, fale de trabalho; se mudar de assunto ou for embora, não está desempregado, é cigano, disse. Mas também existem ciganos com dinheiro, há muitos deles, não se engane, prosseguiu. De onde tiram esse dinheiro, só Deus sabe, mas não ganham trabalhando, porque, seja pobre ou seja rico, todo cigano é vagabundo, não faz nada, igual esses dois. Olha para ela, consegue ver que é cigana?, perguntou.

Observei um casal sentado a poucos metros de nós. Não tinham nem trinta anos, mas ela parecia mais velha que o moço. A mulher tinha a compleição de uma estátua brutalista soviética, e ele, a silhueta de um cipreste seco. Poderiam ser estátuas em uma praça romena. A cabeleira escura e farta dela debilitava os fios castanho-claros do rapaz. A tez transparente dele se rompia quando ela o devorava com beijos longos, segurando seu rosto nas mãos e empurrando-o contra a grama.

Percebe que ela é rica e ele é pobre?, perguntou Ovidiu. Não, não sei como você chegou a essa conclusão. Olhe mais uma vez, olhe bem, insistiu Ovidiu. Não sei, não vejo nada, o quê?, por quê?, por causa dos brincos dourados?; podem ser bijuteria, eu disse. Então você reparou, são brincos de ouro puro; os ciganos adoram ouro. Pense, vamos lá, o que nele você acha que a atrai? É uma mulher mais velha, feia e gorda, ele disse. Por acaso é impossível os dois estarem apaixonados?, perguntei. Ovidiu soltou uma gargalhada.

Eu estava com dificuldade para permanecer naquela posição. Deitei-me na grama e cobri os olhos com o antebraço, fingindo me proteger do resplendor do sol. Algumas lágrimas molharam a manga de minha camiseta. Lembrei que meu tesouro de comprimidos tinha ficado no cofre do hotel, lembrei de minha intenção de reduzir a dose. Deixei que o ar de Bucareste entrasse em mim, em ondas que iam de meu peito ao ventre. A brisa de Bucareste envenenava meus pulmões. O veneno urbano me trazia uma calma de monóxido. Ovidiu brincava com a grama. O som das raízes e dos talos se quebrando formigou em meus tímpanos e embalou meu sono.

O casal tinha ido embora, não se escutava mais sua presença no parque. Ovidiu se deitou ao meu lado. Pôs a cabeça junto à minha, sua orelha direita estava na altura de minha orelha esquerda, formando uma ponte de canais auditivos para que nossos pensamentos pudessem fluir de um cérebro ao outro. Nossas pernas indicavam dois pontos cardeais opostos.

Posso te perguntar uma coisa?, eu disse. Já está perguntando, ele replicou. Para que é esse dinheiro que o Andrei te deu?, eu disse. Ovidiu cobriu os olhos com um braço. Não quer me contar?, insisti. Sabia que ia me perguntar, mas, como não perguntou no quarto, pensei que tinha esquecido, ele disse. E então?, perguntei. Vou te contar pra que é, mas não agora; não aqui. Tenha calma e paciência, é só o que peço, tenha calma e paciência para o resto da viagem, ele disse.

*

Abandonamos o parque Unirii e caminhamos de volta até o hotel. Atravessamos o rio, mas decidimos voltar por um caminho diferente. Pegamos a rua Seleri, uma via de pedestres para turistas com lojas de souvenires, quiosques e restaurantes com mesas ao ar livre, todos perfeitamente acomodados nas margens da via de calçamento.

    O sol era engolido em algum canto de Bucareste. Os guarda-sóis eram fechados nos terraços, e os letreiros luminosos de bares e restaurantes se tornavam mais brilhantes. Vamos jantar por aqui?, perguntou Ovidiu. Podemos passar no hotel antes? Gostaria de tirar essa roupa porque ficou um pouco molhada, eu disse. Boa, talvez eu devesse fazer o mesmo, porque grama de parque nunca é limpa, ele disse. Continuamos andando e pegamos a rua Smardan. À medida que avançávamos, o número de estabelecimentos em ambos os lados da rua ia aumentando. Aos bares e restaurantes somavam-se clubes noturnos, distribuidoras de bebidas, tabacarias e alguns sebos de livros prestes a fechar. De vez em quando, surgiam em algumas janelinhas salpicadas entre os edifícios homens de chapéu de cozinheiro vendendo pastéis ou kebabs. De repente a gente podia tomar alguma coisa antes de jantar, sugeri.

    Entramos em uma loja de bebidas na rua Smardan. As prateleiras de madeira escura sustentavam uma constelação de garrafas transparentes, amareladas, em tons de verde e azul com etiquetas que contrastavam com o vidro ou seu conteúdo. Estavam acomodadas de acordo com preço e gradação alcoólica. Por um instante, tive a sensação de estar em uma livraria. Ovidiu falava com o atendente à vontade, como quem fala com um conhecido. O homem tinha corpo de vela, em suas costas saltava uma corcunda de parafina que escorria por suas cervicais deformadas. Dos sulcos de sua cútis brotavam bigodes densos e grisalhos como as cerdas de uma escova suja de cinza. Vestia calças escuras e uma camisa cor de conhaque por baixo de um colete preto. Ovidiu e o velho se perderam entre as prateleiras. Eu fiquei perto do balcão, entretida, olhando as garrafas que pareciam uma multidão de seres de vidro.

O velho e meu amigo retornaram ao balcão. Enquanto o velho embrulhava uma garrafa em papel cor de canela, meu amigo colocou no balcão uma cédula amarela de cinquenta *lei*. Já com o vinho embrulhado e o troco sobre o balcão, os dois continuaram falando um pouco mais até o *mulțumesc* de ambos. O velho me disse: tchau, senhorita.

Guarde a garrafa na bolsa, ordenou Ovidiu ao sair da loja.

Com os últimos raios de sol e a primeira escuridão, pude observar meu companheiro sob diferentes luzes. Eu o vi brilhar tingido pelas cores primárias de sua bandeira, nascendo nas correntes do Danúbio, selvagem no ponto mais alto dos Cárpatos e moribundo nas margens do mar Negro. Sob a penumbra, eu o vi otomano, soviético, ortodoxo, cigano, dácio, ateu. Pouco restava do jovem Mihai uniformizado e luminoso que minha mente conhecera nas salas de aula da escola de norueguês. Mihai havia se transformado em Ovidiu. Sua tez era cor de marfim encardido, como os edifícios de Bucareste, os olhos e o cabelo haviam escurecido junto com o céu da cidade. Seu aspecto atravessava os séculos entre os corpos de imperadores, poetas e ditadores. Seu aspecto oscilava entre a dureza de Miguel, o Valente, e o candor do romeno-norueguês Ovi Jacobsen em 2009, tocando piano a cantando nas preliminares do Eurovision.

*

Assim que chegamos ao hotel, Ovidiu entrou no banheiro. Deixei-me cair na cama e liguei a televisão. Em um canal romeno passava algo que parecia ser um *talk show*. Uma garota morena de pernas longas e sapato alto chorava enquanto contava uma história à apresentadora, uma loira também de salto alto. A apresentadora se dirigia ao público e todos aplaudiam. A garota morena secava as lágrimas e deixava o palco. Vestia uma linda minissaia vermelha. A apresentadora apontava para o telespectador: apontou para mim com o indicador e então ergueu a mão. Seus sovacos depilados eram escuros. A tomada mudava. A câmera enfocava um homem de jaqueta preta que entrou no palco e se acomodou de frente para o público em uma cadeira estofada de verde. A apresentadora o cumprimentou, e eu consegui entender que o homem se chamava Bogdan. Bogdan, sem parar de falar, sorria, abria os olhos, levava as mãos à cabeça, balançava o corpo e cruzava as pernas. Ao final do discurso, suas palavras embargaram. Os gestos anteriores ao pranto foram idênticos aos da garota, o pranto brotando aos poucos. A tela da televisão se dividiu em duas: a garota de minissaia vermelha e Bogdan, o homem de jaqueta preta, estavam em lugares diferentes, e só o público do estúdio sabe disso, os telespectadores romenos e eu. Falam quando olham para a câmera e escutam quando erguem a cabeça e olham para o teto. De início eles não se veem, mas então são conectados em uma videoconferência. Bogdan e a garota de minissaia são separados apenas pelas paredes dos ambientes do estúdio de televisão. O público aplaude.

O programa de televisão me entediou. Fui até o cofre e digitei a senha, mas ele não abriu. Tentei várias combinações de dígitos, mas a cada tentativa letras vermelhas indicavam ERROR. Fiquei com medo de bloquear o mecanismo ou ativar um alarme e desisti. Peguei uma cerveja no frigobar e tomei vários goles seguidos. Voltei a me deitar na cama. Acomodei a garrafa de Ursus na boca como uma mamadeira de vidro. Ninguém chorava mais na televisão. A conversa fiada de um bloco comercial me atordoou.

Ovidiu saiu do banheiro com o torso nu e uma toalha enrolada na altura da cintura. Seu peito era coberto por um tufo de pelos escuros que jorravam água prateada. Por que você trocou o código do cofre?, perguntei. Porque lá embaixo eles têm o registro com nossas datas de nascimento, respondeu. Sentou-se na beirada da cama, de costas para mim. Você não ia tirar a roupa molhada? Está esperando o quê?, perguntou. Quero abrir o cofre, eu disse. O que você precisa?, perguntou. Minhas coisas, eu disse. Seus comprimidos?, perguntou. Sim, meus comprimidos também, minhas coisas, eu disse antes de beber de um gole só a cerveja que restava na garrafa. Vamos. Ponha sua idade e a minha, mas com os números invertidos, ordenou. Por que você precisa transformar tudo numa charada? Por que não me dá a senha e pronto?, falei em voz alta. Calma, fica tranquila, 5382, ele disse.

Após o apito dos quatro números, a porta se abriu. Sua mochila estava enfiada dentro do cofre. Tirei-a da frente e peguei meus calmantes. Peguei uma muda de roupa, minha nécessaire e me tranquei no banheiro. Coloquei um calmante debaixo da língua e tirei a roupa úmida que cheirava a grama de cidade. Não sabia se conseguiria permanecer sóbria o resto da viagem, como havia me disposto a fazer. Estava arrepiada.

*

Quando estava no primeiro ano do ensino médio, ainda no início do período letivo, eu me dispus a saltar da plataforma mais alta da piscina olímpica. Fiz isso para que meus colegas parassem de me incomodar. Também estipulei como meta perder alguns quilos, pois pegavam no meu pé não só por ser medrosa, mas também por ser gorda. Claro que consigo saltar, mas não vou dar esse gosto a vocês, eu disse. Vamos apostar, eles disseram. Não vou fazer apostas com vocês porque obviamente vou saltar e vou dar meu salto a vocês de presente de Natal, eu disse. Queremos uma data certa, pressionaram. Oito de dezembro, porque não tem aula, eu disse. A realidade é que eu queria me encomendar à Imaculada Conceição para que me ajudasse a saltar e me protegesse de qualquer dano. Quando era criança, além de quilos, também tinha fé de sobra.

 Os meses se passaram e meus colegas de turma esqueceram o salto. Se não me incomodavam por minha aparência, minha língua presa ou meu penteado, me incomodavam por qualquer outra razão, como o cheiro de minha merenda. A puberdade é um inferno, mas na minha o diabo quis de alguma forma se postar ao meu lado. Naquele ano, espichei vários centímetros e não precisei mais me preocupar em perder peso. Fiquei mais alta e menos gorda. Pensava naquele salto todos os dias. Segundo a força da gravidade, a façanha não exigiria mais que um segundo de minha vida e, no entanto, passei o primeiro ano do ensino médio inteiro visualizando meu corpo em uma queda livre que durou vários trimestres. Via-me caindo até encontrar a tensão superficial da água com cloro. Um vidro celeste rasgava minha pele, e a gravidade arrastava meu corpo desfeito até o fundo da piscina.

Depois das férias do meio do ano, ninguém lembrava mais de minha promessa de saltar. Tínhamos crescido muito depressa, e saltar em uma piscina já não nos emocionava. Os hormônios nos desafiavam. Começamos a nos entusiasmar com a adrenalina do despertar sexual, com as protuberâncias abruptas em nosso corpo. Competíamos como animais no cio, não mais em piscinas, mas na selva das festas com luzes coloridas ou nos parques escuros.

Lembrem-se de que eu vou saltar, eu disse à turma inteira em 1º de dezembro. O medo crescia a cada dia, mas, ao mesmo tempo, eu já havia aprendido a conviver com ele durante todo o ano letivo. Nunca entendi se o salto foi uma libertação de meus medos ou justamente o contrário. Todos tinham esquecido a piscina, menos eu. Poderia ter me libertado sem problemas da cruz de minha promessa e evitado o salto. Ninguém repararia. Mas até hoje me pergunto por que optei pelo calvário do salto.

A turma inteira foi à piscina me ver, mas o entusiasmo já não era pelo salto. Queríamos ver nossos corpos crescendo, avolumando-se em algumas partes e encolhendo em outras. O que mais nos interessava era estar amontoados, molhados e seminus, para nos envolvermos no vapor que emanava de nossa carne.

Eu não conhecia os calmantes, então meu único mantra foi: "não pense". Repetia isso sussurrando a cada passo em direção ao topo da plataforma. Não pensava nos dez metros de altura nem no tremor de minhas pernas. Não pensava na urina escorrendo entre minhas coxas. Não pensava nos murmúrios de meus colegas comentando a aparência de meu corpo lá embaixo. Não pensava no açoite de vidro da água fria com cloro nem na turma inteira à espera de meu salto. Concentrei-me apenas no ar que vibrava entre meus lábios repetindo o mantra: "Não pense". Avancei sobre a plataforma como se caminhasse em uma esteira de corrida. Continuei caminhando como se caminhasse em direção à luz no momento da agonia, só interrompi meu andar um milésimo de segundo para prolongar o último passo e garantir a queda.

Caí.

Sempre pensei que perdi a consciência. Não me lembro nem da queda nem do contato com a água. Não me lembro de como foi chegar até o fundo da piscina. O que ficou daquele dia foi a sensação do corpo diante da descoberta de poder voar. Não foi uma queda, mas a ascensão à superfície o que mais me marcou. Todo o poder da água e o peso de meu corpo me transformaram em um projétil de carne. A subida à superfície foi lancinante. Os fios de cloro das bolhas e o ar preso nelas limaram meu corpo. Quando botei a cabeça para fora, soube que tinha mudado de pele.

Poderia ser uma lembrança totalmente gloriosa, mas as fibras de lycra da minha roupa de banho baratíssima não resistiram à aceleração da massa de meus peitos púberes. A tira esquerda do maiô se descosturou e deixou uma teta à mostra.

Desde então fui apelidada de Cicciolina negra.

Carregar esse apelido durante quase todo o ensino médio foi uma tortura para mim, agravada ainda mais pela lembrança das gargalhadas que me atingiram quando saí da piscina. Nas festas, gritavam "Cicciolina!, Cicciolina!" cada vez que um garoto que não era da turma se aproximava de mim. Chorei escondida nos banheiros do colégio e de quase todas as festas de minha adolescência, até o dia da festa de quinze anos de Fiorella. A própria dona da festa me encontrou escondida em seu banheiro. Ela, bêbada, tentou me consolar: ora, não chore, sabe o que teria acontecido se essa puta italiana não tivesse mostrado uma teta na televisão quando estávamos no primeiro ano? Não, não sei, respondi. Continuariam te sacaneando por qualquer outro motivo, arranjariam outro apelido terrível, porque você foi gorda, porque seu cabelo é crespo ou porque nunca pronuncia o erre direito, porque tem um olho torto, o que você não tem, mas poderia ter, como minha prima Maca, ou teriam debochado dos seus peitos pequenos, da sua roupa, de qualquer outra coisa, até da capa dos seus cadernos. Não percebe que esse apelido te salvou? Vá lá dizer para todos esses otários que eles te chamam de Cicciolina negra porque gostam de você. Se você gosta de algum desses otários, claro, não sei se você gosta de alguém. Mas te digo uma coisa: só três pessoas da sala saltaram daquela plataforma. Dois são a dupla de idiotas que pegam no seu pé desde o ensino fundamental e te desafiaram a saltar, porque saltaram juntinhos e você, a única menina que saltou, foi sozinha. Não percebe? Não seja boba. Pare de chorar e conte a eles, conte tudo. Vão acabar gostando de você e morrer de vontade de ver suas tetas, disse Fiorella antes de sair do banheiro.

    Fiorella era tudo o que eu não era. Tinha cabelo loiro, liso e brilhante. Seus peitos costumavam explodir os botões da blusa do uniforme. Era desenvolta, astuta e falava bem. Poderia ter sido membro do Parlamento Italiano ou de qualquer um que desejasse; era a verdadeira Cicciolina, mas seu apelido era Barbie.

*

Tirei a umidade do corpo com uma toalha grossa e morna que estava enrolada no aquecedor de toalhas e me vesti apressada. Enquanto ajeitava o cabelo, escutei Ovidiu conversando outra vez no telefone. Com quem estaria falando? O calmante domava o animal ciumento que se revolvia em minhas entranhas. Cansei-me de minha própria imagem esperando diante do espelho e decidi me maquiar meticulosamente para ficar um pouco mais de tempo no banheiro e evitar o confronto. Deixei que ele falasse enquanto pincelava meu rosto com sombras e pó compacto.

Por que ele deveria me contar tudo?, eu me perguntava enquanto delineava minhas pálpebras. Só confessamos as coisas sob pressão. A pressão nada mais é que uma força perpendicular. Um plano vertical sobre um horizontal. Quem está de pé e quem está deitado? Os ditadores mantêm a bota sobre o peito do torturado. Os padres permanecem sentados nos confessionários enquanto o fiel se ajoelha. O desejo de poder e o poder em si são infinitos e perpendiculares.

Se eu não sabia o que estava acontecendo era porque a língua me limitava, e isso me convinha. Compreendia algumas palavras e era o suficiente. Podia preencher o resto com ficção. Acreditar na história de que gostasse mais. Andrei podia ser um mafioso ou um primo distante; meu amigo, um golpista ou só mais um imigrante romeno visitando seu país; a mulher ao telefone podia ser uma prostituta, uma esposa, uma irmã. A cerimônia fúnebre do pai, a viagem no Dacia, o hotel de mármore, Mihai seminu e o céu de Bucareste podiam ser uma fantasia. Era possível me entreter com isso, e era até bonito.

*

Tem um saca-rolhas?, perguntou Ovidiu assim que saí do banheiro. Tenho uma chave de fenda, eu disse. Sério?, perguntou sorrindo. Claro que não, eu disse. Vai abrir o vinho agora?, eu disse. Sim; se não, quando? Amanhã temos que sair do hotel antes do meio-dia, não?, perguntou. Sim, mas não vamos jantar?, eu disse. Vamos tomar uma taça como aperitivo, ele disse. Não tenho saca-rolhas, mas tenho uma caneta, já serve para afundarmos a rolha, eu disse.

Nos sentamos de frente um para o outro, cada um na pontinha da cama que havia escolhido. Entreguei a ele minha caneta de aço. Muito bonita sua caneta, ele disse antes de lamber dela os restos de vinho. Não chupe!, eu disse. Voltou a lambê-la, e me entregou. Está contente?, perguntou. Estou com fome, respondi. Vejo que está contente, não tinha te visto maquiada antes, não desse jeito; fica bem, o vestido também fica bem em você, disse enquanto enchia uma taça para mim até a borda. Você também está contente, não?, perguntei. Mas Ovidiu não disse nada.

Erguemos as taças e nos olhamos nos olhos. Saúde!, ele disse. *Noroc*, eu disse. O vinho era doce, mas não era claro como aquele que Viorica nos servira em Mangalia. Que vinho é?, perguntei. Ovidiu bebeu a taça inteira de um gole só. Bem, agora posso contar a história do Andrei, ele disse. Calma, você não precisa me contar nada agora, eu disse. Quero contar, vou contar tudo, ele disse. Desviei os olhos para o envelope de documentos que estava ao lado dele e então afundei a vista na taça antes de beber um gole grande que segurei na boca antes de engolir. Para chegar nos papéis, vou começar pelo vinho; vou te contar a história desse vinho, disse Ovidiu.

Sou toda ouvidos, me conte do vinho, eu disse.

*

O vinho se chamava Lacrima lui Ovidiu. Era um vinho encorpado de cor clara. As lágrimas de álcool corriam pelo cristal das taças que tinham uma inscrição na base: Hotel Capitol. Te sirvo mais?, perguntei, interrompendo seu relato. Não, beba você, ele disse, e continuou falando. O vinho era de Murfatlar, cidadezinha próxima a Constança conhecida por seus vinhedos, o mesmo local onde havia nascido o padrinho de batismo do meu amigo. O padrinho também se chamava Ovidiu.

O pequeno Ovidiu Mihai foi batizado de acordo com os ritos da Igreja ortodoxa, em um domingo, 26 de janeiro de 1986.

Sabe quem é Nicolae Ceaușescu?, perguntou meu amigo. Claro, o ditador, eu disse. O vinho ia se instalando em minha cabeça. Sim, embora alguns chamassem ele de presidente ou de líder, sabia ou não?

Na sexta-feira, 24 de janeiro, o padrinho deixou Murflatar com várias garrafas de vinho da região para celebrar o batizado do afilhado nascido na montanhosa Moldávia.

Minhas recordações de infância são bonitas, não vou negar. Lembro do campo, das macieiras, dos animais de minha avó e da horta dela, mas sei que foi uma época muito perigosa pra todo mundo, o país estava indo pro fundo do poço. Meus pais trabalhavam nas terras do Estado e não recebiam quase nada. A gente tinha que fazer fila pra receber alimentos: leite, açúcar, azeite... Naqueles tempos, celebrar um batizado era coisa de rico. Meu padrinho não era rico, mas era raposa velha e conhecia muita gente. Tinha talento pra falar, era um sujeito capaz de convencer qualquer um de qualquer coisa, ele disse.

As garrafas de vinho e algumas comidas viajavam para a Moldávia quando um grupo de policiais parou a furgoneta do padrinho. Os romenos estavam paranoicos porque a Securitate andava por todos os cantos.

Não é exagero: em toda família, pelo menos uma pessoa trabalhava pra Securitate. Os filhos não confiavam nos pais, isso era o que meu pai dizia, ele achava que um dos primos dele era da Securitate, disse Ovidiu.

O padrinho de Ovidiu saiu do carro e não ofereceu objeções a uma revista. Os policiais encontraram o vinho e as comidas.

Claro que iam aproveitar a oportunidade e confiscar tudo. Os agentes disseram que era luxo demais para ser distribuído entre os pobres ignorantes da Moldávia, que não saberiam apreciar nada disso.

Meu padrinho não podia dizer que o vinho era pra celebrar um batizado. Os comunistas não acreditam em Deus, sabia ou não? Sim, eu disse, e me servi a segunda taça. Você acredita em Deus?, perguntei. Claro que acredito em Deus, e não sou comunista, ele disse, e continuou o relato. Ia ter sido muito pior dizer que se tratava do batismo de um pobre filho de camponeses, mas não pense que éramos todos uns caipiras correndo ao lado de cabras, porque meu pai era mecânico, fez politécnico, esclareceu.

Meu padrinho inventou que o vinho era pra comemorar o aniversário do Líder, que tinha nascido na mesma data do meu batizado, ele disse.

O Líder merece uma celebração à qual aqueles ignorantes e pobres não podem se permitir; cavalheiros, não há como negar que todos estão muito contentes pelo seu aniversário, mas comemoram com pão preto e água de cevada. Estou levando isso para que vejam como nosso Líder é grande e ensinar que ele merece uma celebração digna. Os senhores hão de me entender, companheiros, disse o padrinho aos agentes.

O homem de Murflatar sempre levava consigo uma foto de Ceaușescu.

Meu pai me dizia, sempre baixinho, que o padrinho era da Securitate e eu precisava tomar cuidado com ele, e logo depois de dizer isso no meu ouvido ele gritava: "aqui todos amamos o Líder e trabalhamos com ele pelo bem da Romênia, nossa pátria querida". Porra, assim ele se tornava o maior dos suspeitos, acho eu.

Os agentes levaram o padrinho até uma delegacia de polícia perto dali. Vamos começar as comemorações aqui mesmo, disseram enquanto cruzavam as salas da delegacia e se instalavam perto das celas sem prisioneiros. Ali havia uma mesa e diversas cadeiras, como em uma sala. Beberam todas as garrafas de vinho e comeram tudo. O padrinho não chegou a tempo do batizado porque teve uma ressaca brutal. As celas da delegacia eram armazéns cheios de produtos confiscados dos viajantes: licores, cigarros, alimentos. Montaram ali uma festa que durou dois dias, com música e prostitutas.

E como você sabe disso?, perguntei. Foi o que meu padrinho me contou anos mais tarde, respondeu. Apareceu na Moldávia no dia seguinte ao batizado, à noite, muito tarde. Meu pai nunca acreditou na história de que ele trazia vinhos e comidas pro batizado.

A partir desse dia, meu pai e meu padrinho se distanciaram. Não se viram nem falaram um com o outro por anos. Sempre tinham sido muito amigos, até se apaixonaram pela mesma mulher, minha mãe, porra, imagine só; com tanta mulher por aí, calhou de os dois terem o mesmo gosto. Passaram-se alguns anos e meu padrinho voltou a aparecer na Moldávia. Meu pai tinha dito pro vilarejo inteiro que não deviam mais me chamar de Ovidiu, e esse era meu nome escrito no registro civil. Depois do batizado começaram a me chamar de Mihai, como meu pai, e por isso sempre dava confusão, porque de repente havia dois Mihai na casa, imagine só, ele disse. Fez uma pausa em seu relato e então bebeu um gole de vinho suficiente para umedecer a garganta. Quando chegou na Moldávia, meu padrinho foi me buscar na escola. Ovidiu!, me chamou. Apareceu na hora da saída, na frente de toda a criançada. Claro que eu sabia que meu nome era Ovidiu, mas não respondia quando me chamavam assim, exceto se fosse um desconhecido, porque temia que fossem me levar à Securitate por ter dois nomes, como os espiões; imagine, eu era um pivete que ainda nem sabia limpar a bunda direito e já sabia o que era o comunismo e tinha medo, e isso que o Ceaușescu já estava morto e tal, porque a Revolução de 89 tinha triunfado. É que também corriam rumores de que o Ceaușescu continuava vivo e que o que a gente tinha visto na televisão, seu fuzilamento, era uma montagem. Todos nós romenos vimos na televisão quando mataram o Ceaușescu, o executaram a tiros junto com a mulher e tudo foi transmitido em rede nacional. Supõe-se que morreram naquele instante e diante das câmeras, mas como saber se era verdade? Não acredito em tudo que passa na tevê. Também disseram que os mortos da revolução eram falsos. Éramos livres, mas não confiávamos em nada nem ninguém, não acreditávamos nem nos mortos.

Mas então meu padrinho não arredava o pé da porta da escola. Ovidiu! Ovidiu, sou seu padrinho! Lembra de mim? Porra, eu saí correndo e voltei pra me esconder na sala de aula. O que mais eu podia fazer? Contei pra a professora. Tem um homem querendo me levar, eu disse. Fique aqui, fique calmo, me disse a professora. Depois de um tempo, a professora voltou sorrindo e conversando com o homem estranho. Ovidiu Mihai, me chamou assim, pelos meus dois nomes, rapazinho, veja só, este cavalheiro é seu padrinho e veio de Murfatlar para visitar você, disse a professora. Todo o vilarejo conhecia a história do padrinho que não chegou no batizado, inclusive ela. Era um vilarejo pequeno, ainda é até hoje, mas antes todo mundo sabia da vida de todo mundo. Eu cumprimentei e o homem se alegrou por ser aceito pelo afilhado; estava muito agradecido à minha professora, abraçou a moça como se fosse sua mulher. Saímos da escola e o padrinho me levou pra passear na sua furgoneta. Me sentou no seu colo e deixou que eu conduzisse o volante, demos algumas voltas pelo vilarejo antes de chegar em casa. Vem daquele dia meu prazer em dirigir e o gosto pelos carros.

    Minha mãe o recebeu de bom grado. Não tenho nem nunca tive nada contra seu padrinho, ela me diz até hoje. Serviu pra ele cerveja e pimentão no vinagre. Ficaram um bom tempo conversando até que meu irmão, Petrus, que era um bebê de colo, acordou da soneca e gritou feito um gato. Seu pai é um potro, me disse o padrinho. Essa frase e meu padrinho conversando com a professora são como partes de um mesmo filme. Minha mãe chegou com o Petrus nos braços. Esse sim é um garoto bonito, disse. Pegue ele no colo um pouquinho, minha mãe pediu. Se esse é o bonito, você vai ser o esperto, me disse o padrinho.

    Seu irmão é muito bonito?, perguntei e bebi mais vinho. De toda a história, você quer saber isso!, disse meu amigo. Continuei bebendo. Logo você vai ver o Petrus e tirar suas conclusões. Como vou saber se um homem é bonito ou não?, perguntou Ovidiu. Não é tão difícil. Entre o Bogdan e o Sorin, quem é mais bonito?, perguntei. Ele soltou uma gargalhada. Mas aí é como me pedir para escolher entre o Drácula e o Nicușor Stancu!, ele disse.

    E seu pai recebeu seu padrinho de boa vontade?, perguntei. Claro que não, ele disse, e bebeu um gole grande da taça. Ficou muito irritado quando chegou em casa e viu o padrinho ali, bebendo com sua mulher e brincando com seus filhos, dá para entender, né? Se a gente não estivesse lá, meu pai ia ter dado uma sova nele... porque ele, meu pai, era mais forte, mas o padrinho Ovidiu era mais alto. Quando começaram a discutir, minha mãe interveio. Já se passaram vários anos! A Revolução já triunfou! São tempos de paz! Parem de brigar feito dois idiotas!, disse, e eles ficaram quietos e mudos.

    O padrinho tinha levado um monte de presentes, comida e várias garrafas de Lacrima lui Ovidiu. Meu pai e eu o ajudamos a descarregar a furgoneta. Não carrega mais a foto do morto?, perguntou meu pai. Melhor não invocar os mortos, porque podem voltar, respondeu meu padrinho. O morto era o ditador. Naquela noite fizeram uma festa, a festa que não tive no meu batizado, e até a professora foi convidada. De vez em quando, o padrinho Ovidiu me dava vinho para beber numa colher de sopa. Com exceção do Petrus, todos acabamos bêbados.

*

Restava pouco vinho na garrafa. Não sei se vou conseguir sair para comer, eu disse. Por que não?, perguntou meu amigo. Estou um pouco enjoada, respondi. Essa bebida engana, como dizia meu padrinho, se você descuida ela te pega de surpresa e sobe, disse. Isso mesmo, mas me parece mais uma descida que uma subida, eu disse. Ela desce a cueca, meu padrinho também dizia isso. Vamos, molhe a cabeça e o rosto com água fria, ordenou. Vamos, eu te preparo um café porque precisamos comer, ele disse. Você está bem?, perguntei. Claro que estou bem, não terminei nem a segunda taça porque passei o tempo inteiro falando, mas você só abriu a boca pra beber, ele disse.

Fui ao banheiro e obedeci. Molhei o rosto e o cabelo com água fria e bebi o café instantâneo cortesia do Capitol. Sentia-me melhor, mais disposta, mas ainda esgotada. Deitei-me na cama em que Ovidiu estava sentado e recostei a cabeça na ponta de sua coxa. Conte mais sobre sua família e o padrinho, eu disse. Vou contar enquanto terminar o vinho: meu padrinho comeu minha professora, disse, e esticou as pernas. Eu quis soltar uma gargalhada alta e forte, mas escutei que meu riso havia se transformado em uma série de arfadas quebradiças que tropeçavam umas nas outras. Minha laringe estava revirada e empapada de álcool doce. Me deixe dormir uns quinze minutinhos, juro que passa, eu disse. Beleza, mas só quinze, disse Ovidiu, e pôs minha cabeça para o lado. Passou para a outra cama, bebeu o que restava na garrafa e ligou a televisão. Eu me ninei com as vozes do noticiário.

*

Bucareste também era dourada à noite, mas o brilho era diferente do vespertino. A noite, marmórea e desparelha com suas nuvens e sombras, havia extinguido a elegante luminescência ofertada pelo sol em seu descenso. Nada restava do calor do palácio áureo e avermelhado pelo qual havíamos passeado horas antes. As ruas estavam adornadas com correntinhas e braceletes de ouro falso que se ajustavam às suas avenidas e rotatórias. As luzes coloridas dos bares e barraquinhas de lanches brilhavam sobre o asfalto umedecido por uma chuva que jamais cheguei a presenciar. A cidade havia se maquiado com cores vítreas e estridentes. Sua cabeleira metálica reluzia desgrenhada entre nós, emaranhados e mechas de cabos aéreos embaraçados em todos os seus postes. Bucareste cheirava a um abrigo de pele de marta apodrecendo pela umidade do Dâmbovița. Algumas de suas ruas disfarçavam esse cheiro com lufadas de perfumes baratos e vapor de óxido fresco, que se mesclavam ao fedor de vômito e urina dos bêbados.

A essa hora não vamos encontrar nenhum lugar onde jantar, disse Ovidiu.

A cidade estava desperta e dava risada. As gargalhadas de Bucareste saíam pelas cordas vocais de seus bulevares tomados pelo rebuliço dos clubes noturnos. Suas bocas abertas revelavam gargantas iluminadas de néon até o fundo de suas entranhas, onde dançava uma massa noturna de corpos. Todas essas portas eram resguardadas por sujeitos fornidos como trajanos de cobre, sem a loba e vestidos de preto.

O ar refrescava minha pele e meus pulmões.

Se você não tivesse dormido, a gente ia estar num restaurante, mas você não para de beber e se chapar de comprimidos, ele disse. E por que não me acordou?, perguntei. Eu te acordei, óbvio, te deixei dormir quinze minutos, e depois meia hora, daí te sacudi, puxei pelos braços, mas você tava morta, ele disse. Mas você também dormiu, eu disse. Dormi, vi televisão, ajeitei o quarto, porque é claro que sou eu quem tem que cuidar de tudo, e não esqueça que ainda preciso dirigir; eu também tenho que descansar. Agora seria bom pra mim comer alguma coisa, mas a essa hora só tem lanche, disse. Mas foi você quem teve a ideia de comprar uma garrafa inteira de vinho e abrir no quarto, eu só queria uma bebidinha, eu disse. Ah sim, claro, só uma bebidinha, claro, mas errou um pouco a mão, se comprei a garrafa era para tomar algo de qualidade, e não as porcarias que servem por aí e cobram os olhos da cara, ele disse. Eu estava enjoada por causa do álcool e não tinha forças para discutir, mas Ovidiu insistiu. Eu também queria conhecer Bucareste e te levar pra dançar, ele disse. Bem, para mim isso é novidade, mas ainda está em tempo. Tudo parece estar aberto e muito animado, eu disse. Do jeito que você tá, não vão deixar a gente entrar em lugar nenhum, ele disse.

Continuamos andando até chegarmos a uma janelinha onde vendiam kebabs. Comíamos enquanto caminhávamos. Ovidiu mordiscava a comida com cuidado para não se sujar, e eu empurrava aquele enrolado gordurento de verduras, carne e molho leitoso contra minha boca após cada mordida.

Antes de chegar ao hotel, meu companheiro interrompeu seus passos. Vamos terminar de comer aqui, ele disse. Não vamos entrar de boca cheia no hotel. Empurrei para dentro os últimos pedaços de kebab. Minhas bochechas e o queixo estavam besuntados com uma camada de gordura e restos de comida. Limpe o rosto, ele disse. Não temos guardanapos, vou me lavar no hotel, eu disse. Como você cogita entrar no hotel mais tradicional de Bucareste com a cara suja de kebab?!, exclamou. Ovidiu esfregou minhas bochechas e os lábios com as duas mãos. Moldava um novo rosto para mim com um amálgama de carne, gordura e maquiagem.

No elevador do hotel, evitamos o espelho para não nos olharmos nos olhos.

*

Quando acordei, Ovidiu não estava no quarto. Eu tinha pegado no sono vestida. Em algum momento da noite, desabotoei o sutiã e tirei as meias pretas de seda. Localizei-as sobre o carpete claro do quarto, enroladas em um novelo, como um verme morto e disforme. A fronha de meu travesseiro estava manchada de gordura e maquiagem. Abri as cortinas. A luz era cinza e brilhante como mercúrio. Sentei-me no parapeito e abri a janela. Ainda restavam traços da umidade da madrugada no ar. A poluição recém-parida pelos canos de escapamento, o vapor do esgoto e os hálitos da população de Bucareste se mesclavam com a pureza de um vento frio e distante. O ar exalado pela Romênia e a vista das cores primárias de sua bandeira tremulando no céu de prata me tranquilizaram. Ovidiu tinha arrumado sua cama, e não pude conter um sentimento de ternura. Seu gesto de consideração também me pareceu jeca e até carola.

 Entrei no banheiro. Quando me olhei no espelho, minha visão ficou turva. Por minhas artérias fluía todo o cimento de Bucareste, que se transformava em um muro de rocha na altura do peito. Minha respiração era entrecortada pelas convulsões de um pranto seco e leve. O que faço aqui sozinha?, pensei. Tive vontade de voltar para casa correndo. Quis regressar ao dia em que Mihai foi me visitar com o caderninho em branco, a garrafa de leite de baunilha e aquele monte de pão doce. Precisava me enrolar em meus próprios lençóis, em minha própria escuridão.

O telefone do quarto tocou. Era Ovidiu. Estou na recepção, ele disse. Não te acordei para o café da manhã porque ontem de noite você disse que estava com dor de barriga, lembra ou não lembra? Tanto faz. Se apronte, e não esqueça: você só tem até o meio-dia. Mas não são nem onze ainda, eu disse. Por que você não sobe?, perguntei. Precisa de alguma coisa? Quer que leve café, água mineral?, ele disse. Não, não preciso de nada, eu disse. Já fechei a conta do quarto, então não pegue nada do frigobar. Trouxe seu cartão, mas só para mostrar, porque já estava tudo registrado, disse antes de desligar.

Eu não queria descer. Não tinha forças nem vontade para nada. Por que vim nessa viagem?, perguntei a mim mesma. Tive vontade de ficar aconchegada nos lençóis do Hotel Capitol, mas aquele tampouco era meu lugar. Tudo era muito branco e luminoso. Não sabia aonde ir. Quando não sei aonde ir, procuro a água. O mar sempre me pareceu uma porta de escape, os lagos são refúgios para esconder o que a terra nos obriga a mostrar, e as piscinas sempre me pareceram uma forma coletiva de fugir da gravidade, um início de sociedade aquática unida pela tensão superficial e pelo desejo de aderir com cada poro à existência, de pertencermos por meio da pele. Procurei meus comprimidos e enfiei dois debaixo da língua antes de entrar no chuveiro.

A água me protegia como um véu, me abraçava e reconhecia meus relevos, a água me conhecia como nenhuma outra coisa. Os benzodiazepínicos começavam a surtir efeito. Preparei minhas coisas e vesti minha muda de roupa mais confortável: um moletom esportivo com capuz e as calças mais folgadas. Ovidiu me esperava na recepção.

Saímos de imediato. O *valet parking* nos devolveu o Dacia. O carro deixava uma esteira esverdeada enquanto nos afastávamos das paredes cinzas do Hotel Capitol. Ao sairmos da cidade, inquietou-me o fato de deixar para trás as farmácias maiores e mais bem abastecidas. Eu tinha cada vez menos comprimidos. Talvez arranje alguns no interior, pensei.

    A calma química havia se instalado em meu corpo. Refugiei-me na visão de prédios, pessoas e árvores que iam ficando para trás, deformando-se em manchas líquidas e serenas nas quais fui submergindo até tocar o fundo agradável do entorpecimento.

*

O grasnar de uma buzina e o tranco de uma freada me arrancaram das profundezas do sono. Abri os olhos. As pancadas de meu coração retumbavam na cavidade da axila esquerda. Repousei o olhar em todos os números do painel do carro e fiquei presa aos números luminosos idênticos aos que emergem das mesas de cabeceira. Aqueles números luminosos, vermelhos e verdes são desenhados a partir de sete fragmentos que medem a passagem do tempo em uma dança de sete risquinhos que acendem ou apagam conforme o dígito.

O relógio marcava duas e vinte e sete. Estamos em Buzău, disse Ovidiu, e isso não me disse nada. Estávamos em algum lugar qualquer da Romênia que não era Bucareste.

Seu tom de voz era seco. Estávamos adentrando o trânsito do que parecia ser uma cidade média. Por que a freada?, perguntei. Não consegui aproveitar o sinal verde, respondeu. Ajeitei-me no banco e estiquei os braços e as pernas. Buzău parecia uma cidade grande de interior com muitos carros em movimento. Vamos comer aqui, sentenciou Ovidiu. O sabor do kebab da noite anterior ainda estava gravado em minhas papilas gustativas, eu não tinha vontade de comer e tampouco queria sair do carro. Meu corpo havia se acomodado no assento macio do Dacia. Tinha me acostumado tanto à sujeira e às manchas que já o sentia como meu próprio colchão.

Ovidiu estacionou perto de um parque. Você não pode ficar no carro, ele disse, adivinhando minhas intenções. Sério que você está com fome?, perguntei. Já tá na hora de comer, respondeu. Saiu e abriu minha porta. Tá drogada outra vez?, perguntou. Não falei nada. Você tá se perdendo completamente, disse, e caminhou em direção ao parque como se tivesse vindo sozinho. Voltei a cobrir a cabeça com o capuz do blusão e fui atrás dele como um cachorrinho que segue seu dono.

Continuamos andando. A cidade parecia uma rua sem saída. Bucareste tinha fendas e refúgios onde se esconder, cabos enrolados nos quais trepar, muros desnivelados como barricadas. Seus palácios e ruínas eram esconderijos perfeitos, mas em Buzău eu só vi algumas ruas planas e uniformes. Algo me sufocava naquele parque que parecia ter sido feito para brigas de casais; seus arbustos e árvores raquíticos eram o cenário perfeito para a última de todas as discussões, para o debate sobre ninharias que caracteriza todas as brigas de casal. E, no entanto, chega um dia em que todas essas ninharias acumuladas ou uma única delas se deformam para se transformarem na briga definitiva, nas últimas palavras antes do término.

*

Por que não me conta alguma coisa sobre Buzău?, eu disse na mesa do restaurante. Ovidiu não tirou os olhos do cardápio. Desde que chegamos à Romênia temos discutido muito, eu disse. Ovidiu não disse nada. Não vai falar comigo?, insisti. É melhor você ficar quieta, ele disse. Parece que você gostava mais de mim antes da viagem, acho que gosta mais de mim quando estou doente, eu disse. Você segue igual, mas antes era doce, aqui é arrogante, fala comigo com desprezo, acha que merece tudo, você é assim na realidade?, ele disse. Do que você está falando, se a única coisa que faço aqui é seguir suas instruções ao pé da letra, e quando durmo é para não te incomodar?, eu disse. Isso também me incomoda, convidei você para vir junto em vez de ficar dormindo na sua casa e você continua dormindo, tanto faz se estamos num hotel bonito ou viajando pelo país, você dorme sem parar porque não consegue ficar sem beber ou se dopar, dorme comigo ao lado, ele disse. E por que isso tudo? Foi porque levantei tarde? Estamos atrasados para algum lugar?, perguntei, mas ele não disse nada. Paramos aqui porque você quer, não sei como você está com fome se tomou café da manhã no hotel. E eu não estou com fome e podia muito bem continuar dormindo, mas já que estamos numa mesa pedi para você me contar alguma coisa sobre essa cidade, mas você começa uma discussão do nada. Parece que está irritado há dias, mas eu estou muito tranquila, eu disse, e ergui a mão para chamar o garçom. O garçom se aproximou e pedi uma cerveja em romeno. Ovidiu pediu água e um prato. Tá vendo? É essa postura sua de agora que me desagrada. Não tá tranquila, tá dopada, o que é bem diferente. Tá em seu mundo e nada mais interessa, você e seus dramas, e a verdade é que eu não consigo entender, porque você tem tudo pra ser feliz.

Eu ri. Já havia escutado muitas vezes esse tipo de frase saindo de sua boca e da boca de tantas outras pessoas. Ovidiu não parava de falar.

E não entendo por que você bebe tanto, te digo como amigo que está preocupado. Não pediu nada para comer e estamos num restaurante, precisei fazer o pedido por você para curar sua ressaca, ele disse. Abri a lata de cerveja. Algumas pessoas se viraram para me olhar. Não estou com fome e estou bem, eu disse. Bem, você queria que eu contasse algo sobre esse lugar, então, essa cerveja que você está bebendo vem da cervejaria de Buzău; é uma das maiores da Romênia, disse.

*

Caminhamos pelas ruas de Buzău. Às três da tarde, o lugar parecia uma cidade qualquer sem nada de especial. Os bancos dos parques estavam vazios. As poucas pessoas que se deslocavam pelas ruas e avenidas percorriam o caminho pré-traçado dos figurantes de um filme. Era um dia ensolarado, morno e quase silencioso. Desconfiei daquela tranquilidade repentina porque parecia o prenúncio da desgraça.

A maioria dos edifícios de Buzău não passava dos cinco andares. Nenhuma construção projetava sombra ou cobria o céu; pelo contrário, tornavam-no mais próximo. Tínhamos um teto de giz azul-celeste sobre nossa cabeça. A tranquilidade de Buzău era dura e acolhedora como aquela que o asfalto quente oferece aos animais de rua.

O palácio municipal reinava sobre uma praça ampla e salpicada de postes de luz. Os limites da praça eram definidos por fileiras de hotéis e estabelecimentos comerciais que exibiam letreiros coloridos e desiguais. A construção mesclava diferentes estilos de arquitetura, como a mistura de ingredientes de uma *ciorba* romena. As padieiras me lembravam as construções mais modestas da Alhambra de Granada, a cúpula pontiaguda da torre era muito parecida com a das igrejas norueguesas, como a catedral de Nidaros, e o resto da construção tinha algo dos bangalôs típicos de estações de esqui das montanhas tirolesas.

Paramos em frente ao palácio municipal. O prédio parecia um bolo de casamento cigano, um falso castelo da Disneylândia no meio de uma praça de mosaicos com cor de marfim encardido. De longe, a construção parecia ter cor de pau-rosa, mas enquanto nos aproximávamos a cor foi escorrendo feito tintura de iodo sobre gaze branca. Um tom alaranjado e o bege de uma ferida pútrida escorria em suas paredes.

Buzău era uma cidade de gesso. Em nosso caminho de volta para o carro, nada parecia ter se mexido: nem as folhas das árvores, nem as pessoas de cera, nem os carros parafusados em um suporte. Só a fumaça emanada pela chaminé das fábricas serpenteando pelo céu estático e azul e o cheiro doce de cevada fervendo nos tanques da cervejaria davam vida àquele lugar.

*

Puta que o pariu, bando de cuzões!, exclamou Ovidiu ao ver o Dacia sem os espelhos laterais. Filhos da puta! Com certeza foi o pessoal do restaurante, quando não roubam na conta, precisam roubar de outro jeito. Escutaram você falando e pensaram que somos turistas ricos, ele disse. Está dizendo que é culpa minha terem roubado os espelhos? Você tem problema mental? Acha que o dono de um restaurante ou um garçom vai sair no meio do expediente para roubar dois espelhos de um carro velho?!, gritei. Claro que sim! Parece que não entende! Você vai ver que se eu perguntar no restaurante qual é a loja de peças automotivas mais próximas, vou encontrar os espelhos lá, e depois vão me mandar para uma oficina para instalar de volta, e o custo vai somando. Entendeu como funciona o esquema, ou quer que eu desenhe? Eu é que não vou comprar espelhos pelo preço de um Dacia velho, ele disse.

 Ovidiu dava voltas ao redor do carro e não parava de vociferar em romeno enquanto examinava o veículo, mastigando maldições. Eu me apoiei em um poste para observá-lo. Olhou debaixo do carro como se procurasse alguém escondido, passou a mão na carroceria como se fosse encontrar uma impressão digital em alto-relevo, chutou os pneus e forçou as portas. Olhou diversas vezes os buracos deixados pelos parafusos que sustentavam os espelhos. Enfiou o olho nesses buracos como se olhasse através de um telescópio, como se no fundo daquela lata sem parafusos fosse encontrar uma foto dos ladrões, ou os próprios espelhos.

Não seria mais fácil buscar os espelhos na loja?, eu disse. Não vou pagar esses canalhas, já disse! Preciso repetir?, gritou. Bom, você vai precisar repor os espelhos de qualquer modo, porque o carro não é seu, você vai ter que devolver do jeito que te entregaram, eu disse. Não vou pagar nada pra esses ladrões! Eles que fiquem com os espelhos e enfiem no cu!, bradou Ovidiu. Vamos viajar sem espelhos? Já viu as ultrapassagens que fazem nessa estrada?, eu disse.

Mantive a calma. Não sei se por efeito dos benzodiazepínicos ou pelo absurdo da situação. Parecia-me arriscado viajar sem espelhos. Imaginei-me aplastada como os animais da estrada. A imprudência dos motoristas nas estradas da Romênia foi a única coisa capaz de perturbar meu entorpecimento de clonazepam. O calmante não conseguiu apaziguar a sensação causada pelos animais mortos.

Ovidiu deu algumas voltas ao redor do carro e abriu a porta do passageiro. Entre, disse. Obedeci. Ele deu a volta no Dacia mais uma vez antes de se acomodar no banco do motorista. O melhor é registrar uma denúncia, daí o seguro pode cobrir meus gastos com os espelhos, ele disse. Se você tem tanto medo assim de ser roubado e enganado, os policiais são ainda mais bandidos, já aviso. Por que não vamos à loja de peças e deixamos isso pra lá?, sugeri. Quer que roubem até nossas cuecas?, ele disse. Para mim vai dar quase na mesma, imagine só o que aconteceria se a polícia percebesse que esses volumes em sua jaqueta são montes de dinheiro, eu disse. Ovidiu apoiou os braços no volante e olhou o para-brisa. Ainda por cima, você está com uma estrangeira, acrescentei. É por isso que eu peço pra você não falar, agora você entende?, ele disse. Bom, perfeito, não vou mais falar nada, eu disse.

Ovidiu abraçou o volante e me olhou nos olhos. Beleza, em alguns pontos você tem razão, mas em plena luz do dia temos menos chance de sermos roubados na delegacia que num mercado. Me ajude a carregar o dinheiro, ele disse. Bom, como quiser, mas se algo der errado não vá pôr a culpa em mim, eu disse.

Ovidiu olhou para todos os cantos e as ruas continuavam desertas. Tirou os maços de dinheiro da jaqueta e apoiou-os nas pernas. Abra as calças, ele disse. Eu obedeci. Ergui o moletom e baixei o zíper da braguilha. Ovidiu separou algumas notas para si e acomodou o resto do dinheiro na parte baixa de meu ventre. Espalhou os maços ao redor de minhas cadeiras, em toda a zona superior da pelve. Ergueu o elástico de minha roupa de baixo e foi acomodando as cédulas, ajeitando-as com a palma das mãos como se colasse um pôster num muro da rua. As cédulas grudaram em minha pele úmida. O elástico de minha roupa de baixo as mantinha em um bloco perfeito.

Quando ergui a braguilha, vi minha barriga inchada como a de uma grávida de quatro meses. Não vão notar porque meu moletom é folgado, eu disse. Mas você não pode ir até a polícia vestida assim, ele disse. Por quê?, perguntei e olhei minhas vestimentas. Meu moletom era cinza, tinha capuz e um bolso na frente como o de um marsupial. Além de folgada, a roupa era comprida. Tinha estampado na altura do peito um gato preto com uma coleira de chocalho e um detalhe em que eu jamais havia reparado, mas Ovidiu sim. Veja o desenho, disse Ovidiu. Na coleira do gato estava escrito "Fuck the Police".

E mesmo que não tivesse a frase do gato, jamais vá a uma delegacia de polícia usando capuz. Ponha a blusa que tia Viorica te deu de presente, disse Ovidiu.

*

Antes de deixar Mangalia, e depois de eu lhe dar os chocolates de presente, Viorica me deu de presente uma sacola do Lidl com várias peças de roupa. Todas estavam novas e etiquetadas, perfeitamente dobradas e envoltas em sacos plásticos transparentes. Entre as peças havia uma blusa de manga comprida feita de seda sintética. Era cor de vinho e tinha bordados fininhos que conferiam a ela um relevo, um *broderie* de náilon. Na mesma sacola também havia um pacote de calcinhas brancas de algodão, dois pares de meias de seda e uma camiseta de baixo cor da pele. Era de lycra flanelada e tinha bordas de renda sobre o decote e no acabamento das mangas.

Quando Viorica me entregou o presente, pensei que ela percebera que eu havia usado sua máquina de lavar depois de vomitar em minha roupa e perceber que não tinha mudas suficientes para o resto da viagem. Não quis aceitar o presente, que me pareceu excessivamente generoso. Dava para notar que ela havia comprado aquelas roupas para si mesma. Viorica insistiu e enfiou a sacola em minha mala. *Ricordati di me, oltre la vita*, me abraçou e depois exclamou: *Bogdaproste!*

Quando entendi o comentário da outra vida fiquei aflita com a ideia de que Viorica poderia ter alguma doença terminal e morreria em breve, mas após sua risada e seu abraço, lembrei que minha avó foi me dando suas roupas e joias de presente pouco a pouco. Começou a me presentear com elas quando eu ainda era criança. Cada vez que me entregava uma joia ou blusa, dizia: te dou agora porque vai que eu morro amanhã.

*

Vesti a blusa e prendi o cabelo em um coque. Enquanto Ovidiu fotografava as laterais sem espelho e a placa do carro, eu observava o reflexo deformado de meu corpo na carroceria do Dacia. Minhas pernas pareciam ainda mais curtas e meu torso estava aumentado. A blusa tinha ombreiras e me deixava grandona, o que era ideal para esconder o volume em meu ventre.

Ovidiu deu a partida. Enquanto ele procurava o endereço da delegacia no navegador de seu telefone, eu perdi o olhar no lenço colorido que uma mulher usava cobrindo a cabeça. Quero um lenço desses, falei para mim mesma. A cor do lenço e o andar da mulher deram um sopro de vida àquela Buzău cenário de filme.

Estacionamos o carro diante do que parecia ser a delegacia. Era um complexo de edifícios que ocupava quase a metade de uma rua. O recinto se dividia em três blocos rodeados por cercas enferrujadas incrustadas em uma mureta baixinha. Entre as cercas e os edifícios do local havia divisórias de cimento intercaladas com canteiros de grama bem cuidada. O aspecto da construção não era hostil. As copas de várias árvores que cresciam em uma das laterais do primeiro bloco transbordavam sobre um trecho das grades da cerca. Apesar do aspecto agradável do edifício, eu não tinha vontade de entrar.

Chegamos à entrada principal. Era um cômodo sem janelas, com duas amplas portas de metal e vidro, coroada por uma cornija pintada nas cores da bandeira romena. Entramos. Atrás do muro de cimento que servia como balcão havia dois agentes. Suas vestes eram semelhantes ao uniforme de motorista de Mihai.

Ovidiu recebeu um formulário A4 e uma senha de espera. Avançamos até o final da grade. Ali havia uma guarita protegida por um agente armado que fotografou nossos documentos de identidade. Depois de recolher nossas assinaturas em um caderno, ele entregou a Ovidiu dois crachás de visitante e devolveu nossos documentos.

*

Para chegarmos ao edifício, tivemos de percorrer um grande trecho de asfalto onde estavam espalhados diversos agentes de polícia agrupados em montinhos, como colegiais na hora do recreio.

O edifício emanava um bafo de mofo e desinfetante que se espalhava pela traqueia de seus corredores e tropeçava em sua dentadura de portas e escadas. Chegamos ao segundo andar e nos acomodamos em cadeiras plásticas azuis dispostas em uma sala resguardada por dois jovens agentes.

De vez em quando, chegava um grito do corredor. Os jovens agentes faziam eco ao grito, dirigindo-o a quem, como nós, esperava na sala. Alguém do grupo se levantava e os agentes estendiam um braço para indicar o caminho até alguma das portas situadas ao longo do corredor.

Por fim, nos chamaram. O jovem agente estendeu o braço para indicar que deveríamos ir até a porta mais distante, ao escritório situado no fundo do corredor.

*

Na salinha, esperava-nos um homem de pele escura e curtida pelo sol. Se não estivesse naquele escritório e uniformizado, eu pensaria que se tratava de um pescador. De seu crânio brotava uma mata abundante de cabelo grisalho com brilho platinado que contrastava com o bigode negro e opaco como as cerdas engraxadas de uma escova de sapatos. Era um homem de idade, mas seu olhar tinha um brilho juvenil. Seus olhos eram alongados e verdosos como os de um gato fitando o sol. Sobre sua escrivaninha havia uma placa: Comissário J. Ionescu.

Ionescu indicou as duas cadeiras situadas diante da escrivaninha. Nos sentamos. Ionescu proferiu algumas palavras e tossiu. Ovidiu espichou o pescoço, ergueu o corpo de leve e começou a relatar os acontecimentos ao comissário.

Em sua declaração, deixou escapar a voz de Mihai. Era a mesma voz que usara para falar com a recepcionista do Capitol. Exalava pela boca e pelo nariz palavras comedidas e arrulhantes. Seus ch, sh, tzi vibravam como as folhas das bétulas em verões frescos. Tensionou as cordas vocais e apertou os bês e os pês entre os lábios até explodi-los. Segurou a borda da escrivaninha de Ionescu e aumentou o volume do relato. Os sons de Mihai desapareceram e a frequência sonora de Ovidiu retornou. Seu discurso começou como confissão e acabou como penitência. Os âs saíam hesitantes de sua traqueia e grudavam em seu palato, tropeçavam nos erres, e ele acabou asfixiado pelos îs.

Quando terminou de falar, tirou as mãos da escrivaninha e cruzou os braços. Sobre a madeira brilhavam marcas de suor na forma de seus dedos.

Ionescu cuspiu algumas frases e tossiu. Ovidiu lhe entregou o formulário e nossos documentos de identidade. O comissário arrancou seu computador da inércia erguendo o mouse e batendo-o contra a mesa. Tossiu outra vez. A luz da tela iluminava seu rosto cheio de sulcos como raios de sol que se embrenham entre penhascos.

Um telefone tocou. A voz de Ionescu era seca e áspera como sua tosse. Segurava o fone com a mão esquerda enquanto erguia o mouse com a direita. Mantinha-o um instante no ar antes de estatelá-lo contra a escrivaninha, como se quisesse matar um inseto invisível. Com o indicador direito, teclava algumas letras. Seus golpes no teclado eram desajeitados e insuficientes para chegar a concluir uma frase. Depois do teclado, voltava ao mouse e repetia seus movimentos. Quando o indicador direito não estava saltando sobre o teclado, repousava-o sobre o botão do mouse e soltava uma sequência compulsiva de cliques. Cheguei a achar que Ionescu estava redigindo a denúncia em Morse.

Olhei para Ovidiu e franzi o nariz. Está falando com um parente, disse meu amigo. Ionescu continuava no telefone. Não falava muito. Enquanto escutava seu interlocutor, erguia as sobrancelhas, inclinava-se para trás e ajeitava o cabelo. Largou o teclado e o mouse e ergueu o braço direito. Manteve-o assim por alguns segundos como um aluno que pede permissão para ir ao banheiro durante uma aula. Mexeu o braço no ar diversas vezes. Ionescu se dirigia a seu interlocutor como se este pudesse vê-lo. Inclinou a cabeça e espiou nossos documentos. O comissário sorriu enquanto segurava minha carteira de identidade.

O comissário voltou ao computador. Usou o teclado com as duas mãos e demostrou que tinha destreza datilográfica. Começou a redigir um texto, ao mesmo tempo em que fazia algumas perguntas para Ovidiu. Quase todas as respostas dadas por meu companheiro eram um *da domnule*. Ionescu bateu outra vez no mouse com seus cliques compulsivos. Uma impressora ressoou ao fundo, preparando-se para soltar tinta. Seu som elétrico eriçou minha pele.

Ionescu e Ovidiu começaram a conversar. A vibração de suas vozes deixou de ser solene. Riam, gesticulavam, suspiravam, até que repararam em meu olhar que ia de um para o outro. Ovidiu atuou como tradutor. O neto do comissário Ionescu havia telefonado. O menino estava preocupado porque seu gato tossia e vomitava espuma, parecia ter sido envenenado, mas levaram-no ao veterinário e tiraram uma espinha de peixe que estava presa na garganta.

Ionescu continuou a falar. Traduza, disse apontando para mim. Isso entendi. Ovidiu obedeceu.

O comissário Ionescu não gosta de gatos, explicou Ovidiu. Diz que são traiçoeiros e mal-agradecidos, mas ele mesmo deu o gato de presente ao neto porque o menino chorava para ter um gato. É seu neto favorito, o primeiro e único neto homem, as outras são todas meninas. O comissário só tem filhas e todas tiveram meninas, exceto por este último, disse. Aproximei minha cadeira de sua escrivaninha e ofereci a ele uma de minhas pastilhas de mentol intenso. O comissário enfiou uma na boca sem hesitar.

A pastilha lubrificou a voz de Ionescu. Suas palavras recém-azeitadas fluíam reluzentes em um rumorejar com os tons harmônicos de uma comunicação amena. Ovidiu escutava com um sorriso e de vez em quando entoava frases curtas com a cadência de um *ostinato*. Ionescu mantinha o tom de sua cantata. Está dizendo que se preocupa com o gato porque é caro e delicado, deu para o menino um gato de raça, disse

Ovidiu. *Menkún!*, exclamou Ionescu e apontou para mim. *Da*, gato enorme!, acrescentou Ionescu, e abriu os braços até as bordas laterais de sua escrivaninha.

*

Olhei meu relógio. Havíamos passado quase quarenta minutos naquele escritório. Ionescu parou de falar. Entregou uma caneta a Ovidiu e devolveu a ele o formulário em branco. Levantou-se do assento, recolheu o papel que a impressora havia cuspido no início do encontro e deixou o escritório.

Ovidiu preenchia o formulário. Sem deixar de mover a caneta, disse em voz muito baixa: pegue uma cédula das que te dei, mas não das de cima; pegue das que estão grudadas na barriga. Eu me agarrei com as duas mãos à escrivaninha do comissário. Faça isso agora, disse sem afastar o rosto do formulário. Cruzei os braços protegendo meu ventre. Meu estômago ardia. Enfie as mãos, tire a cédula e coloque debaixo do teclado. Faça isso já, ordenou.

Um calafrio arranhou minhas costas. Pus as mãos debaixo da blusa e deslizei os dedos pelos fios de minha calça. Repassei as cédulas com o dedo indicador até chegar a uma das que estavam presas à pele. Arranquei-a como uma segunda pele e segurei-a na mão. A cédula estava úmida e queimava a palma de minha mão.

No teclado, disse Ovidiu.

Tirei as mãos de baixo da minha blusa. A cédula que saiu morna e enrugada de meu ventre jazia debaixo do teclado como um verme recém-parido se acomodando em sua toca.

Ionescu voltou ao escritório. Sentou-se à escrivaninha e pressionou o teclado contra a mesa, esmagando o animal de papel-moeda. Ovidiu lhe entregou o formulário.

O ambiente secou. O edifício parou de respirar. As palavras de Ovidiu soaram como os golpes de um machado destroçando uma árvore velha. Tudo se pulverizava. As partículas de grafite que Ionescu friccionava sobre o papel do formulário se espalharam pelo ar e se mesclaram com o mofo dos documentos arquivados, com as cinzas dos cigarros do comissário, com as felpas azuis de baeta e linho do corpo do policial, com os restos de pele dos criminosos e a caspa dos agentes subordinados. Tudo isso flutuava em uma nuvem dominada pelo miasma das leis em decomposição.

Quando todos os campos já estavam preenchidos, Ionescu assinou o formulário, mergulhou o carimbo em uma almofadinha empapada de tinta e estampou o documento. O golpe sacudiu as coisas sobre a escrivaninha. O teclado saiu do lugar, a cédula pôs a cabeça para fora como um verme cego. Ionescu pressionou o teclado contra a mesa com toda a força das mãos.

O comissário se levantou da escrivaninha. Era um homem alto. A calça do uniforme deixava os tornozelos de fora, o que dava a ele o aspecto de um adolescente em crescimento. Saiu do escritório outra vez. Mas não demorou a voltar. Ao entrar de novo, falou alto e os dois retomaram a conversa no mesmo tom de voz que usavam para falar de netos, gatos e outras coisas que não cheguei a compreender. Após as risadas, o comissário devolveu o formulário original a Ovidiu e a fotocópia do texto que redigiu no início da reunião. A tosse voltou a rasgar a traqueia do comissário.

Inclinei-me na direção dele para oferecer outra pastilha de menta. Levantei-me da cadeira e me senti tonta. Não cheguei a bater a cabeça na escrivaninha nem a tocar o chão porque Ovidiu se apressou para me segurar e me pôr de pé em um só movimento. As pastilhas de mentol ficaram espalhadas sobre a escrivaninha do comissário. Os maços de cédulas haviam se desprendido de minha pele com o empurrão e deslizavam entre minha cintura e a virilha, avançavam feito sanguessugas em busca de minhas coxas. Recuperei a postura e consegui ficar de pé. Segurei a barriga. Ovidiu disse a Ionescu que eu estava grávida. O comissário mostrou os dentes amarelados em um sorriso. Levantou-se do assento e pegou um copo de vidro que estava sobre a escrivaninha. *Apă?*, perguntou aproximando o copo dos olhos. *Nu, mulțumesc*, respondi.

Ionescu retornou à sua escrivaninha. Apoiou-se sobre a mesa de trabalho e baixou os olhos, parecia estar avaliando a cartografia de uma operação policial. Seus braços sustentavam todos os pensamentos do batalhão de polícia. Ficou olhando as pastilhas de menta espalhadas sobre a mesa. Havia uma sobre a letra agá do teclado. Quando o comissário saiu de sua compenetração, despedimo-nos dele. Entendi que nos parabenizou por nosso filho imaginário.

Afastamo-nos de sua sala. Pelos corredores, retumbava o tilintar do copo de vidro recebendo as pastilhas de menta que Ionescu recolhia de sua escrivaninha.

*

Buzău ficou para trás. O céu sobre o Dacia verde era cor de tijolo. Após alguns quilômetros, a estrada ficou cor de carvão. O início da noite tinha cor de aço. Atravessávamos túneis de luz intensa cada vez que um caminhão aparecia no sentido contrário, e depois vinha uma cegueira fugaz de luz e escuridão que só permitia ver contrastes de manchas e contornos de vultos.

Essa intermitência de luz e o movimento constante provocou em mim uma ansiedade que pouco a pouco foi se manifestando como mal-estar físico. Percebi antes no peito, meu coração já não tinha espaço para bater. Sentia-o como um rato preso em uma caixa de sapatos.

Meu ventre ainda abrigava o dinheiro de Ovidiu. Não havíamos trocado uma só palavra desde que deixáramos a delegacia. Acessamos a rodovia onde uma berma separava os sentidos de ida e vinda. O Dacia seguia a velocidade constante de cento e dez quilômetros por hora.

Peguei meu telefone e vi que tinha sinal de internet. Pensei em Bogdan. Coloquei os fones. Será que ele estava pensando em mim? *I'm so tired of trying* Essa inquietação aumentou meu desassossego *and I just don't know what to do* O rato que se aninhava em meu peito me mordia a cada batida *my head has such a cloudy view* Aumentei o volume *and I will open my heart/ and I will only for you.*

Alguns quilômetros mais adiante, Ovidiu arrancaria meus fones com um puxão.

*

Olhe, escute, eu sei que você está incomodada e por isso não diz nem um ai, sei que está pensando que agi mal porque sei bem que você é contra a corrupção, lembra?, quando falamos disso uma vez e você disse que a corrupção é o que fode tudo, sim, eu também concordo, disse aquela vez e repito agora, quero explicar porque sei que você está criando um filme, mas não fique remoendo, pros seus olhos pareceu um ato criminoso, mas não foi nada, no seu país também se fazem essas coisas, ou não?, vou explicar pra você entender certinho, a única coisa que fiz na polícia foi acelerar a papelada, é que tem muitos, é que, olha só, primeiro tem dois papéis com dois seguros: o romeno e o norueguês, só com isso a coisa já ia ser complicada, e então eu precisei que o comissário me desse uma mão, e, claro, tive que pagar por isso, porque nada é de graça, olha, além disso, começando pelo seguro romeno, o Andrei é o proprietário, o Dacia está no nome dele, então o seguro daqui paga a compensação pelo roubo pro Andrei e não pra mim, sabe, sim, não ia ser problema nenhum, porque a questão não é a grana, você viu que eu tô com a grana que ele me deu, essa mesma que está nas suas calcinhas, a grana é dele, mas te digo que não é pela grana, o que eu pretendo fazer é repor os espelhos agora mesmo, assim que a gente chegar no vilarejo, e vou devolver o carro pra ele como se não tivesse acontecido nada e até mais limpo, então, essa papelada, com o seguro daqui, quero fazer no meu nome, aí a grana chega pra mim, sim, pra não ter que dizer nada do roubo pro Andrei, entrego o carro dele e pronto, como se não tivesse acontecido nada, quero evitar problemas, tá entendendo?, o lance é que no vilarejo tenho um carro inscrito aqui, está no meu nome mas quem usa é meu irmão, o seguro está ativo e a gente nunca acionou, já era hora. Então, o outro, pra que você entenda por que entreguei seu documento pros porcos, é que pensei numa coisa na hora, olha, o cara já tinha aceitado mudar os dados pro seguro romeno e depois viu que a gente morava na Noruega, me disse que frio e outras baboseiras, eu fui dando corda e então pensei nisso que vou te explicar, se quiser você pode me ajudar, mas não tem obrigação nenhuma, se não quiser não fazemos e pronto, não tem problema, então, só fiz isso porque sabia que ia dar certo e deu mesmo, por isso pedi pro porco outro papel quando ele estava todo empolgado, expliquei, claro, precisei explicar a mesma coisa que vou te explicar agora porque vejo que você está incomodada, conto pra te tranquilizar, porra, a questão é que eu não estou com o seguro do carro em dia na Noruega, mas imaginei que você devia estar, então, se você quiser, insisto, só se estiver à vontade com isso, se tiver interesse, só se quiser, porque seria pra você, tá bem? Poderia fazer uma queixa dizendo que alugou um carro aqui na Romênia como turista e foi roubada e precisou comprar os espelhos, porque a verdade é que o seguro norueguês ia ter que te pagar alguma coisa, é que a gente foi roubado porque viram que você era turista, pensei mais em você que em mim, tá vendo?, não seria nada mal pra você também acionar o seguro, existe uma razão pra gente pagar seguro, e não se preocupe com comprovantes ou formulários que eu arranjo tudo, eu cuido disso, o mais importante era ter a denúncia na polícia por escrito, pedi pro policial pra pôr você como denunciante, entende agora?, também não é nada muito grave, e se você não quiser, é só rasgar a denúncia e pronto, pra mim o documento não tem utilidade nenhuma, não posso fazer nada com ele, mas se você tiver vontade de enfrentar a papelada, garanto que o seguro norueguês não vai perguntar nada, os noruegueses não perguntam nada, tenho alguma experiência com seguros noruegueses, uma vez bateram no meu ônibus e, claro, nenhum arranhão no ônibus, mas o carro do cara ficou todo arrebentado e deram um novinho pra ele, sabia?, um novo!, pro seguro é como dar uma bala.

Não vai dizer nada?, perguntou Ovidiu.

Eu estava ficando sem palavras, mas não compreendia bem de que maneira. Não conseguia respondê-lo. Sentia o corpo pesado, para além dos calmantes — cada vez mais escassos —, identifiquei esse peso como um mal-estar novo em meu próprio organismo.

Pensei outra vez em Bogdan e no frasco de calmante líquido. Teria me dado gotas para o restante da viagem se eu tivesse pedido? Lembrei de nossa visita ao bar em Mangalia. Ao invés daqueles *shots* de bebida vermelha, imaginei Bogdan e eu brindando com um frasquinho de calmante líquido cada um.

Minha barriga estava inchada por causa das cédulas e de um incômodo que ia se formando em algum órgão ou tecido sob todo aquele dinheiro. Acariciei meus pelos pubianos como se acariciasse uma barba. Estava pensando.

Mas, se não quiser, não faça e pronto, mulher!, exclamou Ovidiu. Além disso, como você queria que eu contasse todo esse plano ali na delegacia, no meio dos porcos? Sei que você não é boba, mas de vez em quando, sei lá, estou dizendo que foi tudo na hora, fui tendo a ideia enquanto dirigia depois de roubarem os espelhos, mas você tava fora do ar, em outro planeta, como sempre, disse Ovidiu. Não sei por que tá tão chateada, ou irritada, já passou, se não quiser usar a denúncia, jogue fora e deu, é só um papel, continua irritada? Deve estar pensando na grana que o Andrei me deu, tá, sei que não contei, mas você também não parece interessada porque dorme o tempo inteiro, sempre que eu falo você pega no sono, dormiu no hotel, dorme o caminho inteiro, até a Viorica ficou preocupada, viu que você não andava bem, as pessoas ficam preocupadas, sabe?, mas você segue na sua própria sintonia, na sua viagem, se chapando, sério, isso me tira do sério porque você tem tudo, e aqui só recebe atenção e carinho, parece até que não tá agradecida, eu trouxe você pra ver se dava uma acordada e você continua igual, ou até pior, cheguei a pensar que você não ia vir e ia ficar o dia todo na cama como sempre, mas quando me disse que vinha pensei que queria melhorar, se superar, que tinha percebido que tava desperdiçando a vida, mas não, continua irritada ou indignada, porque você é muito digna e eu suborno a polícia, será que já passou o efeito do seu calmante, porque quando passa você se irrita, ou não reparou que compra briga comigo o tempo todo, mas você disse que tenta conversar comigo, e agora tá muda, e também não é pra tanto, já expliquei o lance da polícia, o que você vai fazer, vai dizer pra todo mundo que foi roubada na Romênia e que aqui tudo é sujo e você achou uma merda, é isso que vai tirar dessa viagem? No seu país também existe corrupção, não? Qual é a surpresa? Você se droga, se embebeda... deve ter feito coisa errada alguma vez, não? Colado numa prova, traído alguém, já vi que você rouba os adoçantes dos restaurantes, eu vi, então não fique achando que é perfeita porque ninguém é, ninguém, nem você. Mas enfim, deixa pra lá, não estamos mais na delegacia, não vão te levar presa, não vai perder o trabalho, ah, mas até isso você largou, ia te fazer bem voltar a trabalhar, você ia se sentir útil, mas tanto faz eu dizer isso, já disse tantas vezes, mas enfim, continue fazendo suas coisas, não se angustie, continue dormindo, e se ficar angustiada já sabe o que deve fazer, não?, o de sempre, tomar um punhado de comprimidos e dormir, ai ai, e pronto...

Enfiei a mão debaixo de minhas calças e arranquei um punhado das cédulas do meio de meu púbis. Baixei a janela e deixei que saíssem voando.

*

Depois de soltar as cédulas, tentei abrir a porta.

Mas que porra é essa?!, gritou Ovidiu.

O avanço do Dacia se tornou desigual. O carro deu alguns solavancos e chiou no asfalto. Depois de desengatar a marcha, Ovidiu me segurou pela nuca e apertou as falanges contra as laterais de meu pescoço. Me sacudiu diversas vezes enquanto o velocímetro recuava. Seus dedos me apertavam como uma pinça de mármore. Eu não tinha como escapar. Fechei os olhos e me preparei para que ele estatelasse meu rosto contra o painel do carro, mas ele não fez isso. O fato de ele me segurar pelo pescoço evitou que a inércia me desnucasse naquela freada. O carro parou ao lado da via.

Ovidiu desceu do carro e examinou minha porta. Um formigamento iracundo que começava em minha nuca devorou minhas costas. Meu peito se rasgava de uma extremidade à outra. Minhas entranhas ficaram expostas, queimando ao contato com o ar. As sanguessugas do papel que se aquecia em meu ventre despertaram. Alvoroçadas e famintas, amotinaram-se nos recônditos de minha carne e me esquartejaram a partir do sexo e da parte interna da virilha. Minha cabeça se encheu de ar.

Ovidiu me segurou pelos ombros e girou meu corpo. Com um só empurrão me deixou deitada de barriga para cima nos dois assentos dianteiros. Arrastou-me em sua direção e o controle de marchas encaixou no sulco de minha nuca. Meu corpo estava morto. Minhas coxas latejavam com a autonomia caudal de uma lagartixa mutilada. Tentei me defender com chutes, mas Ovidiu deixou seu corpo cair sobre o meu. Com um braço, conseguiu imobilizar minhas mãos e o torso, enquanto tentava abrir minhas calças com a outra. Eu continuava desferindo chutes, me retorcendo e afogando como um peixe fora d'água.

Fique quieta!, exclamou.

Sua voz me paralisou. Ovidiu fuçou dentro de minhas calças com as duas mãos. Tirou as cédulas espalhadas e grudadas em minha pele e se pôs a contá-las. A ira não o cegara. Discernia relevos e números em meio à escuridão da estrada. Contava em voz alta. Segurava-me e futricava minhas roupas, tomando cuidado para que nenhuma outra cédula voasse ou desaparecesse entre as reentrâncias de minha carne. Não consegui conter o choro.

Desça do carro, ele disse.

Consegui erguer metade de meu corpo do assento, mas não pude mexer as pernas para me levantar. Ovidiu me puxou pelo braço até erguer toda a minha carne e ossatura. Deu-me um empurrão e me recostou no capô do Dacia como se fosse um volume inerte. Abriu e fechou a porta do carona, conferiu se as travas estavam funcionando e retornou até onde eu estava. Apalpou-me na virilha, nas cadeiras e nas coxas, como em uma batida policial.

Confira se você tem mais notas, ele disse.

Abaixei as calças até a metade do quadril. Mostrei a ele o umbigo e a linha dos pelos no limite do púbis. Entre no carro, disse Ovidiu, e me empurrou para o banco do carona. Puxou minhas calças e conseguiu abaixá-las até os joelhos.

Algumas cédulas haviam grudado em minhas coxas. Ovidiu foi descolando uma por uma. Descascava-me. A carne ardia ao ser descoberta. Os carros passavam zunindo dos dois lados da estrada, alguns faziam sinais de luz ou buzinavam. Minha cabeça entrava em um ninho de vespas enquanto eu tentava me transformar em um novelo de carne. Transformar-me em caracol no meio da estrada. Os fluidos de meu choro se transformaram em uma torrente ácida que me desfigurava. As lágrimas, o muco e a baba jorravam de mim, atravessavam a roupa e iam carcomendo minha carne.

Não sobraram outras?, perguntou.

Ergui a cabeça. Limpei o rosto e não sentia mais a face. Enfiei a mão dentro das roupas de baixo e percorri toda a circunferência do elástico. Algumas cédulas haviam tentado se esconder entre minhas nádegas, mas ficaram presas na metade do meu quadril. Foram as últimas. Segurei-as nas mãos como se fossem animais mortos, que Ovidiu arrebatou de um só golpe.

Eu não conseguia parar de chorar. Fiquei no assento com a cabeça sobre os joelhos nus. Tentei me empertigar para arrumar minhas roupas, e Ovidiu me segurou pelos braços para que eu não caísse.

As lágrimas escorriam por meu pescoço e faziam uma poça em meu peito. Meu olhar aquoso e distorcido discerniu as pupilas brilhantes de Ovidiu. Eram dois pontos de luz branca que me atravessavam. Tinha os lábios cerrados e continuava me segurando pelos braços. Os carros passavam depressa e a vibração do asfalto formigava em meus pés. Os motores dos carros pareciam os rugidos de raiva que Ovidiu guardava no peito.

Por que você é assim?, disse Ovidiu, ao mesmo tempo em que usava o peso do corpo para me pressionar contra o carro. Envolveu com os braços parte de meu pescoço e minhas costas. Fique calma, disse. Sua voz serena se enroscava em meu cabelo. O que você estava pensando?, disse. O pranto não cessava. Queria abrir a porta?, perguntou. Depois de me manter presa por um bom tempo, ficou de cócoras e ergueu minhas calças. Também não era pra tanto, ele disse. Enquanto eu ajeitava a roupa e fechava a braguilha, ele vasculhava minha bolsa. Acalme-se, por favor, disse, e enfiou em minha boca um clonazepam. Abri a boca e ele deixou sob minha língua o comprimido, que foi se dissolvendo como a hóstia na sagrada comunhão.

A estrada era escura e parecia infinita. Ovidiu ligara o rádio, mas nenhuma emissora pegava ali. Apesar do calmante na língua, o entorpecimento nunca chegou. Nem o sono, mas ao menos o pranto cessou; parei de engolir ar e minha respiração se tornou harmônica. Eu via meu ventre como um fole que não atiçava nenhuma fogueira. Ovidiu mantinha os olhos no caminho, mas sua postura não era tensa. O tráfego de carros era um espectro luminoso, almas metálicas e coloridas que levitavam sobre o asfalto.

O ruído branco do rádio havia nos devolvido à tranquilidade de um útero de ferro, peças de fibra de vidro, velas, cabos, fusíveis, vidros acrílicos, borracha, gasolina; tudo isso nos protegia como a dois gêmeos em gestação, sem mãe nem pai, sozinhos, em formação dentro de uma cápsula mecânica.

Uma casquinha de lágrimas e mucos havia aderido ao meu rosto como um tapete de escamas que engomava minhas expressões.

Após vários quilômetros, consegui me mexer. O movimento começou nas pernas e subiu para os braços. Ergui uma mão e levei-a ao rosto. Toquei minhas feições e fui desgrudando a casquinha de secreções. Meus movimentos eram frágeis, convulsões, reflexos de Moro. Peguei o caderninho de desenhos e comecei a rabiscar sem nenhuma ordem: traços, pontos, espirais, asteriscos, criava figuras do tipo que as pessoas fazem enquanto conversam pelo telefone para se distraírem do interlocutor. Do outro lado da linha de meus pensamentos ressoava a pergunta de Ovidiu: por que você é assim?

Olhei meu telefone. Diversos emojis: um carro, um vampiro, uma cruz, um fantasma, uma taça de vinho, um beijo de gato de Bogdan.

Respondi com outra série de emojis aleatórios e um coração preto.

*

Nosso mantra de ruído branco durou vários quilômetros até ir se transformando em uma emissora difusa de rádio, e Ovidiu falou como Mihai.

    Quer ouvir música?, perguntou. Sintonizou o rádio e encontrou uma estação de som claro e agudo. Esse é Nicu Paleru, música típica da Romênia, toca em todas as festas de família. Não é a melhor música do país, mas também não é ruim.

    A música combinava instrumentos clássicos e sintetizadores. As toadas de matizes balcânicos eram alegres e repetitivas, mas de repente se tornavam melancólicas. Eram melodias queixumeiras, o choramingo agudo de uma multidão: meu, de Nico Paleru, de Ovidiu e de toda a Romênia.

*

Pouco a pouco nos aproximávamos de uma cidade. Via-se de longe o brilho das luzes alaranjadas. Já estamos entrando na Moldávia, essas luzes que você vê lá são de Bacău, disse Ovidiu. Esse não é o mesmo nome da cidade onde roubaram os espelhos?, pensei, e meu amigo pareceu escutar meus pensamentos. Antes estávamos em Buzău e aqui é Bacău, pronunciou Ovidiu. Eu gostava do tom romeno de sua voz. Dessa vez ele era o professor de idiomas e eu, a aluna sem palavras. O resgate dessa fantasia me entusiasmou.

De que lugar de seu corpo brotaria esse ă?, perguntei-me. Será que os romenos tinham algum apêndice no corpo que produzia bile como sopa de letras? Seus pulmões formavam suas palavras como dois ferreiros forjando ar? Era o coração que pulsava sílabas e as deformava com as batidas? Qual seria a glândula de sua sintaxe?

Entramos na cidade. Depois de passarmos por alguns semáforos, Ovidiu dirigiu até o estacionamento de um centro comercial. Não sei se estão nos esperando para o jantar, porque chegaremos depois da meia-noite, disse enquanto estacionava.

À parte a abundância de basílicas ortodoxas, nada me chamou a atenção em Bacău. Parecia uma Buzău aumentada. Um jogo de letras que soavam iguais, um pouco mais de asfalto, carros, parques, centros comerciais e alguns milhares de habitantes a mais espalhados por suas ruas.

*

Caminhamos algumas quadras e chegamos a um restaurante tradicional romeno que, por dentro, parecia uma gruta convertida em taverna. O lugar era acolhedor e quentinho como as entranhas de um animal manso e gigante.

    Uma moça vestida com um traje típico regional nos acomodou em uma mesa e entregou os cardápios. Ovidiu pediu uma garrafa de vinho branco e pão. A moça sorriu para nós e fui atrás dela em busca do banheiro.

    Lavei o rosto, a crosta transparente de lágrimas e muco se diluiu em uma mescla viscosa de sabão e água. Ajeitei o cabelo e vi que estava com a blusa que ganhara de Viorica. A roupa me dava um ar de mais velha. Pensei em meu blusão do gato. Talvez aquele gato não me deixasse mais jovem, apenas mais ridícula. Entrei em uma cabina e uma pontada vertical perfurou o caminho do jorro de urina. A dor irradiava pelo ventre e pelos quadris. Soltei um fio de urina escura que deixou rastros de sangue na porcelana.

    Quando voltei à mesa, o pão e o vinho já tinham chegado. Escolhemos o que íamos jantar e a partir dali Ovidiu era o encarregado de falar. Depois de me explicar a origem dos pratos que estávamos comendo, começou a contar o que não disse no dia em que foi à minha casa tratar da possibilidade da viagem, relatou tudo que havia omitido desde então, tudo que levou de bagagem no avião, que levou para a cama em Mangalia, que arrastou pela orla em Constança e pelo parque Unirii, que sustentou no Hotel Capitol, desfez-se do transtorno que carregou por todos os quilômetros que havíamos percorrido. Mihai falou e Ovidiu falou.

Eu os escutei.

III. (latidos)

Depois de todo o furdunço da estrada, a gente passou o resto do caminho quase mudo. Eu tinha medo que ela ficasse dormindo, mas não pregou o olho, se acalmou e pronto, que milagre, ficou acordada, tranquila, olhava o telefone, escutava música e desenhava no caderninho. Procurei um lugar pra gente comer alguma coisa, porque sempre é melhor conversar com comida na frente, e quando vamos falar de algo problemático a comida ajuda a deixar tudo menos problemático. Só bebida, não. Precisa ter comida, pelo menos uma torta, a gente pode dizer que vai morrer ou que quer o divórcio e a notícia não chega com tanto impacto, as pessoas se distraem mastigando, o que entra pelo ouvido logo desce pela boca e depois lembramos da notícia com sabor de torta ou cheiro de carne frita. Quando a gente estava na mesa, eu soube que aquele era o momento exato pra falar, só me restava começar e comecei. Não fui sem noção de contar tudo duma sentada, a comida também não é garantia de que vai ficar tudo bem, sempre precisa medir a temperatura, de modo que comecei falando de Bacău e da comida no cardápio, sim, pra dar a ela um respiro, mas também pra ela aprender alguma coisa sobre a Romênia. Falei dos *mititei*, das *tochitur* e da *mămăligă*, mas ela prestou tanta atenção, sei lá, quase fiquei preocupado, sei lá, eu só estava tentando distrai-la, mas com a cara que ela fez o que eu tinha pra dizer ia entrar direto, a ovelha tinha percebido que ia ser levada ao matadouro, fiquei calado e esperei até o fim da refeição. Pedi água e um pouco mais de vinho e enfim, surpreendente, ela não bebeu quase nada, acho que percebeu que beber e se chapar não resolvia as coisas, e eu querendo anestesiá-la um pouquinho, mas assim são as coisas, quando a gente quer algo acontece o contrário, que se há de fazer. Pedi sobremesa, o açúcar também, se a notícia é boa tudo se adoça ainda mais, e se é ruim ajuda a enfrentar o amargo, eu digo as coisas sem muitos rodeios, na cara, mas, enfim, não foi tão fácil, precisava esclarecer as coisas e precisava dizer tudo antes de chegarmos ao vilarejo, antes, porque depois eu não ia ter mais cabeça pra nada, só de pensar nos convidados do *praznic* eu já sentia vertigem. Mas quando chegou a sobremesa eu não tinha mais tanta certeza de que ia conseguir começar a contar, ela não parecia mais estar prestando atenção, engolia o arroz-doce quase aos lambiscos e olhava pra mim, continuava lambiscando feito um gato, sim, tinha o olhar atento mas não pra mim, olhava pra mim como eu olho o telejornal em lapão da NRK. Sei que ela come vendo tevê, foi o que me disse, e talvez me olhasse assim porque estava comendo, mas sei lá, nunca vi assistindo televisão ou com a tevê ligada, mas tem todos os canais, me contou que só via tevê quando comia, isso quando fui na casa dela ver a final da Champions, me entregou o controle e programei todos os canais, ela nem sabia que tinha, porra, não sei por que paga tevê a cabo se não usa, e quando a tevê está ligada parece que não liga pro que está passando, eu não ia pagar o Canal Plus pra isso, já me virava com o rádio ou algum vídeo do YouTube, mas cada um na sua, estou divagando. Vejamos, comecei pela parte da grana, parecia ser o que mais interessava; não estou dizendo que é interesseira ou que gosta de dinheiro como uma agiota, não, eu vi que se surpreendeu ao ver tanto dinheiro junto, foi isso, então comecei como quem fala de outra coisa, pela questão da conversão de moeda, e disse a ela quanto aquelas notas valiam em coroas e tal, e tudo bem, acho que não achou muito dinheiro, não disse nada e continuou lambiscando o doce. Depois contei do Andrei, sim, tudo, disse a verdade, sem dramas, vamos lá, que era um amigo da família de muito tempo e tal, e claro que contei o mais importante, o lance do favor, sim, claro que contei, era o principal. Pois é, sim, é verdade que o Andrei pediu o favor muito tempo atrás, e sim, claro que eu podia ter dito antes da viagem, ela já era minha amiga e eu podia contar as coisas, e eu queria contar, sim, sempre contei minhas coisas pra ela, mas o assunto nunca veio à tona e também eu não preciso me confessar pra ela, né? Então eu disse assim: olha, se não falei nada sobre isso foi porque você já tinha passado por coisa suficiente com a licença de saúde e tal. O Andrei me pediu esse favor e eu topei fazer, mas não ache que aceitei assim, sem mais nem menos, saiba que pensei muito. Queria te contar antes da viagem, mas a gente não teve tempo de conversar. Olhe, escute, o Andrei tem uma filha, a garota que fica me ligando, a Giorgeta, e o Andrei quer que eu case com ela, que tire ela do vilarejo e leve à Noruega pra trabalhar em alguma coisa, qualquer coisa, porque aqui não tem nenhum futuro, você sabe como são essas coisas. Sim, claro que parei de falar pra que ela pudesse reagir, dei tempo pra ela e tudo, mas não disse nada. Continuava me olhando, puxou o prato de sobremesa pra perto dela e se inclinou pra trás e eu continuei, já tinha pisado no formigueiro. Veja só, escute, como eu ia dizendo, esse dinheiro todo que você viu é pra pagar o tabelião, as assinaturas dos documentos pra gente casar no civil, pois sim, vai ser só no civil, pelos papéis, só pra deixar claro pra todo mundo, então preciso homologar os documentos, comprar as passagens da Giorgeta pra Noruega e preciso ser eu a fazer tudo, porque o Andrei não sabe usar um computador, a Giorgeta com certeza sabe, mas não importa, precisa ser eu, é que o pai dela confia mais em mim, sim, eu também confio nele, por isso aceitei, mas também estou preocupado, não pensa que não, isso não é fácil, depois de pensar muito vou pedir separação de bens, por isso que a gente foi até Mangalia. Não era meu plano visitar a tia Viorica, mas uns dias antes de viajar pensei no apartamento que comprei faz pouco tempo em Constança, me custou não só dinheiro mas também muito suor, o apartamento está alugado, então enquanto você estava com a tia Viorica fui atrás dos títulos de propriedade, emiti os documentos, visitei os inquilinos. Não quero que a Giorgeta fique com meu apartamento se alguma coisa acontecer, se as coisas derem errado. Não que esse casamento precise dar em alguma coisa, mas a coisa pode desandar. Não sei como ela vai ser quando for morar na Noruega, as pessoas mudam, vamos ver, não acho que ela vá ficar com alguma coisa, não acho, já deixei claro pro Andrei que quando a Giorgeta tirar residência permanente ela precisa picar a mula e tirar a nacionalidade, e depois disso é divórcio e cada um pro seu lado com o que é seu, cada um na sua. Veja, escute, a Giorgeta pode ser muitas coisas, mas acho que posso confiar nela, é filha do Andrei e o Andrei é um sujeito direito. Não falta muito pra que eu possa pedir a nacionalidade, já perguntei e me disseram que não vai levar mais que um ano, e depois de receber a nacionalidade você pede o passaporte e eles dão em alguns dias, então quando eu tiver a nacionalidade a Giorgeta vai estar casada com um norueguês, ou seja, eu, e também vai poder se nacionalizar em menos tempo, claro que tudo isso vai custar uma grana, por isso o dinheiro do Andrei e a viagem. O *praznic* do meu pai é outra questão, é o mais importante, e também preciso ser eu a fazer tudo porque minha mãe mora na Itália, e claro, vou ver a Giorgeta, é que preciso deixar o plano bem claro, o casamento, a viagem, ela já sabe, mas eu vim por causa do *praznic*, mas melhor se der pra matar dois coelhos com uma cajadada, é que a gente precisa deixar algumas coisas bem claras. A última vez que eu vi a Giorgeta pessoalmente a gente era criança, eu quase indo embora da Romênia, e sim, falei com ela algumas vezes por Skype, também trocamos mensagens, mas foi pouco. Ela tá entusiasmada pra viajar. Preciso deixar claro como vão ser as coisas, e isso é melhor fazer cara a cara, pra ela não achar que a Noruega é o paraíso. Não pretendo casar agora, não acho que dê tempo nesta viagem, mas se todos os papéis ficarem prontos vou fazer uma tentativa, melhor se der pra resolver de uma vez e não precisar voltar, economizo tempo e dinheiro, é coisa de ir até a prefeitura com a moça, assinarmos assim e pronto, já disse pro Andrei que não vai ter nenhuma cerimônia, deixei isso bem claro, e por ele tudo bem, é um homem prático, uma festa é um gasto que não vale a pena, já me basta o *praznic* do meu pai, mas também preciso dizer isso pra Giorgeta, porque não sei se ela tá imaginando vestido branco, flores e banquete. Se for o caso, melhor não sonhar muito porque eu vim só pra assinar papéis. Bem, era isso que eu tinha pra te dizer. Você me entende, não entende? Não é nada mais que uma questão de papéis, porque nada vai mudar, saiba disso, eu te garanto; nada vai mudar. Eu vou seguir tocando minha vida de sempre, você vai continuar sendo minha amiga, vou continuar trabalhando no ônibus, mas a Giorgeta vai morar na minha casa e agora você sabe o motivo, e isso que acabo de contar só você e minha mãe sabem e quero que continue assim, tá bem? Não contei pra Viorica, não quis que ela soubesse, é que quando o Bogdan visitou o Andrei em Bucareste minha tia não gostou nenhum pouco, porque meu primo voltou envolvido com droga. A Viorica culpa o Andrei por isso, ela nunca foi com a cara dele, e agora menos ainda, e por tabela também não simpatiza com a Giorgeta, só por ser filha do Andrei, e também porque acha que ela vai roubar seu querido Sorin. A Viorica acha que todas as mulheres solteiras vão roubar o Sorin, estou te dizendo, sim, juro; se gostou de você é porque achou que não está solteira ou não tem cara de quem vai roubar o Sorin, não estou dizendo que você é feia pro Sorin ou que ela acha você feia, não, é só que não deu essa impressão e pronto, eu queria contar pra minha tia que ia me casar com a Giorgeta só pra ela ficar tranquila, ninguém vai tirar o Sorin dela, pelo menos não a Giorgeta, mas é melhor não falar sobre isso com muita gente e o Andrei pensa a mesma coisa, as pessoas são fofoqueiras e arruínam os planos, de boca em boca chega em outro país, já contei a história do meu pai com a vizinha, não?, esse rumor chegou até a Itália e a Alemanha, e se ficam sabendo que vou me casar por causa dos papéis, a gente sempre tem inimigos sem saber porque ninguém é um alecrim dourado, e podem me denunciar e a UDI não perdoa, melhor não anunciar os planos aos sete ventos pra que tudo dê certo e os outros não ponham mau-olhado nem inveja. Sei que posso confiar em você, estou contando porque sei que você não é dedo-duro, né?

*

Durante o jantar, senti uma pontada na cabeça. Uma só, como uma picada, e depois disso uma distensão, uma névoa nos olhos e lentidão em meus movimentos. Botei a culpa no vinho, nos calmantes, na noite maldormida em Bucareste, na viagem de carro e nas discussões com meu amigo, mas o que parecia ser o mal-estar de qualquer viajante era, na verdade, uma nova ordem em meus circuitos neurais, uma metamorfose de minha massa encefálica.

Em alguma incisura profunda de meu cérebro havia ocorrido uma desordem caprichosa. Impossível dizer se foi por um estampido violento de sangue depois de um pulsar ou uma emoção ou um glóbulo que, por rebeldia ou distração, como um Chaplin diante da esteira automática de *Tempos modernos*, desviou a trajetória e o destino da torrente sanguínea. Essa variação no ritmo de meu sangue, esse enredo nos recônditos de minhas artérias provocou uma inflamação em meu cérebro que me impediria de articular um discurso estruturado.

Nos dias seguintes, longe de me alarmar por meu estado, desfrutei da impossibilidade de pronunciar palavras. Assim como pensei que aquela dor pungente havia sido fruto do vinho ou da viagem, concluí que a incapacidade de falar tinha uma explicação lógica; meu cansaço, meu espanto diante da nova realidade, minha timidez, uma mudança de ânimo.

Aceitei a mudez sem espanto, e não presumi que se tratava de uma condição irreversível ou total, pois ainda era capaz de articular certos ruídos, e as poucas palavras ainda frescas e líquidas, as palavras recém-aprendidas em romeno umedeciam as partes mais superficiais de meu cérebro e desciam em meio à saliva até a traqueia. Conseguia repetir as palavras e os sons que captava na hora da mesma forma que um bebê ou papagaio.

Dessa incapacidade adveio uma habilidade. Tornei-me capaz de entender o idioma que me acolhia.

Se as palavras ficam gravadas em nosso cérebro e são armazenadas com formão no cimento, as palavras em romeno estavam sobre um cimento fresco, e essa liquidez permitia uma permeabilidade. Todas essas palavras novas e úmidas se dispersavam sobre minhas palavras de terra, nativas, irrigavam as raízes semânticas e circulavam pela seiva dos caules sintáticos até florescerem em um entendimento.

Anos atrás eu havia experimentado algo parecido. Também foi durante uma viagem: a Paris. Eu tinha conhecido um grupo de franceses em um bar e, após algumas bebidas, me convidaram para continuar a festa na casa deles. Um dos rapazes acendeu um baseado e me ofereceu. Hesitei em aceitar a oferta porque estava bem com a alegria do vinho, mas ele insistiu e eu dei uma tragada. Depois de exalar a fumaça, senti essa pontada na cabeça, a névoa nos olhos e o peso dos movimentos; tudo o que certamente sentiria qualquer pessoa esgotada após uma viagem, com a barriga cheia de massa, queijo e pedaços de *cocq au vin* boiando em mais vinho, café e nata, e que provava haxixe pela primeira vez.

Mas havia mais alguma coisa.

No bar, mais que por palavras, havíamos nos comunicado com risos e bebidas. Tentávamos criar a profundidade de um diálogo com um inglês defeituoso e um castelhano desigual, mas, em meio à fumaça que saía de nossa boca, surgiu o entendimento.

Primeiro foi a música. Conseguia entender cada palavra da canção que tocava ao fundo *Je n'ai pas peur de la route* aceitei uma segunda tragada. *Tout disparaîtra.* Exalei e afundei no sofá. *Le vent nous portera.*

Ergui uma mão para receber o cigarro, e nesse movimento a sensação e a consciência de ter um corpo se desvaneceram.

Percebia minha presença no espaço como uma série de circunferências, orifícios, bordas e laços. O ardor nos dedos que seguravam o baseado prestes a acabar deu início a uma série de círculos concêntricos que me definia começando por minha carne; pela queimação na polpa dos dedos, que atravessou minha pele e então circundou as falanges, ondas como alianças de fogo e fumaça que foram avançando por meus pulsos, cilindros que se expandiam por minhas cavidades, partindo das fossas nasais, em espiral, até a traqueia; os círculos nas vísceras em ebulição, o serpenteio de calor que descia por meus quadris até se tornar um redemoinho de lava na abertura de meu sexo. Ali tinha início um vaivém de ondas de calor que vibrava nos contornos de meu corpo e o atravessava em uma dança circular.

Oscilava desde a cavidade de meu organismo até a carne e os ossos, de dentro para fora. Quando eu fechava os olhos, essas ondas percorriam todo o perímetro de meus órgãos, rodeavam meu coração, meus pulmões e meu cérebro, deslizavam sobre meus globos oculares, desciam pela cavidade de minha boca e circundavam meus ouvidos em ondas esféricas que expandiam minha compreensão. *Le vent nous portera*, eu disse, em francês, depois de exalar uma nuvem de fumaça.

Fechei os olhos e meus ouvidos se espicharam pelo ar, abandonando o quarto e discernindo as palavras através das paredes do edifício, a conversa de um casal antes de dormir avançava pelo ar e me entretinha com a conversa fiada dos bêbados e os murmúrios distantes com outros sotaques. *Tout disparaîtra, le vent nous portera.*

Nas palavras não ditas havia um pressentimento.

Esse pressentimento era o entendimento em si, a compreensão — e não apenas o desvelo — do mistério. Eu entendia e compreendia tudo.

A descoberta de algo provoca a sensação de estarmos levitando. Ou talvez já estejamos levitando, porque para entender alguma coisa é preciso ter distância e perspectiva. Quando temos consciência da descoberta ou da levitação, logo em seguida chega a vertigem.

Fiz bem em contar pra ela tudo de repente e com comida na nossa frente, porque ela parou de fazer perguntas. Não sei se não conseguia falar porque estava de boca cheia, ou se não se importou com o que eu disse, ou se ficou incomodada e por isso não disse nada, vai saber, o importante é que eu contei. Eu tenho medo do silêncio das mulheres, quando ficam caladinhas por muito tempo é porque vão começar uma briga, não tem erro, disso eu sei com certeza. Preparam a peleja palavra por palavra, não escapa nada, e atiram tudo em cima de nós como uma metralhadora, tra tra tra. E eu preparado pra me defender, se pegasse em armas eu já sabia o que ia dizer: se não gostou, é o que temos pra hoje; se vai me julgar, já te aguentei o suficiente chapada e com seus ataques de raiva; se tudo te incomoda, então pode ir embora, eu não te trouxe aqui à força. Ia dizer isso e não me preocuparia mais, já tenho bastante coisa pra resolver. Falta pouco pra gente chegar e a única coisa que quero esta noite é dormir tranquilo, só isso, ora, eu mereço pelo menos um pouco de descanso, deitar a cabeça no travesseiro, dormir, eu também quero sossego.

*

O silêncio do motor me despertou. Ovidiu tinha parado o carro diante de uma cerca de chapa de alumínio. O brilho do metal definia os contornos da paisagem e nos permitia vislumbrar a presença de uma casa atrás da cerca. Parecia uma casa imensa, preta de extremidades prateadas. A cerca e a escuridão me impediam de ver o edifício em sua totalidade, e só consegui distinguir retalhos de sua estrutura, como o topo de uma janela, linhas difusas de peitoris e as fileiras de telhas. Durante esse primeiro instante, tive a sensação de estar diante de uma nave de outro planeta, uma nave mãe prestes a nos abduzir.

Ventava e os cachorros latiam, mas a escuridão ensurdecia todos os sons. Nossos passos sobre a terra, a batida das portas do carro, o molho de chaves que Ovidiu usou para entrar na casa eram sons aconchegados na lã negra da noite. Transformamo-nos em uma constelação de corpos e objetos avançando no espaço. Antes de cruzar a cerca de alumínio, tirei uma foto da escuridão, e então acendi a lanterna do telefone para iluminar nosso caminho.

Ovidiu empurrou a porta de chapa. Diversos cães se emaranharam em nossas pernas. Seus focinhos gelados e úmidos e suas costas ásperas de sujeira impregnaram meu tato. Seus olhos brilhavam como pérolas negras. Tive vontade de falar com os cães, mas não consegui. De minha traqueia saíam apenas ruídos e estalos. Embora não conseguisse pronunciar nenhuma palavra, sentia-as resvalando em minhas incisuras cerebrais, rangiam nas sinapses e caíam sobre meus olhos como vaga-lumes; as palavras vibravam no tecido interno de minha garganta, minha retina as separava em sílabas, mas não conseguiam sair de meu organismo. Ao menos não pela boca, embora eu as escutasse como quando escutamos nossos próprios batimentos antes de dormir, com a cabeça já apoiada no travesseiro.

Essa mudez não me preocupou. Achei que era o espanto diante de uma nova realidade ou o cansaço da viagem. Admiti esse estado de mudez de forma tão natural quanto um homem de meia-idade admite a calvície no instante em que fica com um tufo dos próprios cabelos na mão depois de se pentear. Admiti essa perda de minhas palavras como se perder a linguagem fosse como perder peso. Não nos espantamos se a roupa fica mais folgada à noite ou pela manhã. A mesma coisa aconteceu comigo quando descobri a súbita impossibilidade de articular um discurso. Uma folga e leveza estranha. Talvez a linguagem me assustasse, me pesasse. Conseguia pensar, entender, rir, mexer braços e pernas, abrir e fechar os olhos, dormir e controlar meus esfíncteres. Talvez a mudez fosse uma necessidade orgânica, o corpo me pedindo silêncio. Perder o discurso era uma maneira de regular meu organismo, uma cura pelo silêncio, por que não? Se existem curas de sono, por que não de silêncio?, disse a mim mesma sem dizer palavra.

Além de minha mudez, ocorreu então algo que, isso sim, chamou minha atenção, algo que só agora entendo como uma simbiose que permitiu que Ovidiu e eu sobrevivêssemos juntos àqueles dias. A partir de meu silêncio, Ovidiu começou a falar. Falava o tempo todo. Em espanhol, em romeno, em norueguês, falava e falava, e falava tanto que não achou estranho eu não falar.

Se minha mudez tinha origem orgânica, talvez a verborragia de Ovidiu também tivesse. Em ambos, esse desequilíbrio nos fluxos de irrigação cerebral levou ao mesmo diagnóstico: éramos capazes de compreender na presença um do outro como se se tratasse de uma osmose de linguagem.

Dali em diante, ele conseguiu se comunicar comigo como se fosse capaz de ler as palavras que nasciam em minhas células. Essas palavras que habitavam em mim conseguiam sair de meu organismo através de meus tecidos, e todos os outros eram capazes de ver. Tive certeza de que essas palavras que eu supurava podiam ser entendidas por qualquer organismo vivo.

Pensei que ia dormir assim que encostasse a cabeça no travesseiro, mas fiquei acordado pensando, logo eu que não gosto de pensar, pelo menos não assim, nessas coisas que não têm importância e mesmo assim não deixam a gente pregar o olho. Ela sim, dormiu assim que deitou na cama. Me dava um pouco de inveja, é que às vezes me acontece de ficar acordado e me vir um monte de coisa à cabeça, por isso entendo um pouco ela, passa o tempo todo remoendo as coisas na cabeça e toma um comprimido pra acabar logo com isso. Acontece comigo também, mas eu não tomo nada e espero até pegar no sono. Passei essa merda de viagem inteira velando o sono dela e estou só o bagaço, dirigir, aguentar tudo, mas continuo desperto como uma coruja. Posso olhar pra ela e ver que está bem, não me arrependo de ter trazido ela junto, mas não sei como vai se comportar o resto da viagem. Trouxe ela comigo porque estava mal, não saía daquela casa dela que é um chiqueiro, claro que fiquei preocupado. E aí sonhei que voltava do *praznic* do meu pai e chegava no funeral dela e precisava preparar tudo. Levo meus sonhos a sério, é que a morte sempre vem em três. Meu pai já morreu faz anos, mas era um morto, morto número um, na contagem. Ela podia ser a segunda, e se seguisse assim eu ia acabar sendo o terceiro, também por isso propus que ela viesse, assim não morria ninguém. Convidei pra ficar tranquilo e oferecer a ela uma saída, é preciso dar opções pras pessoas, na verdade nunca achei que ela fosse aceitar, até já pensava no que ia fazer se ela não viesse, pra ficar tranquilo eu ia pedir pro polaco telefonar pra ela e fazer uma visita se um dia ela não atendesse. O polaco mora do lado da minha casa, e uma vez que ela foi me visitar eles se cumprimentaram, ele não fala norueguês muito bem, mas como ela é professora iam acabar se entendendo de qualquer jeito. Também pensei em dizer pro Gunnar ficar de olho nela, mas se aquele norueguês tranquilinho e educado aparecesse na sua porta, perigava ela pensar que era alguém do serviço social e se recusar a abrir a porta, é que ela não queria ser tirada de casa. O que até agora não entendo direito é por que ela está aqui, não ficou muito claro para mim. Tem gente que vive a perigo, sempre, desde o nascimento, tudo contra eles, se criam em meio ao lixo com pessoas de vida desonesta, mas com esforço conseguem prosperar. É questão de vontade, tem que querer sair do buraco e entender que a depressão não é motivo pra morrer, como o câncer. Acho que nunca fiquei deprimido, já fiquei preocupado, zangado, descaralhado, isso sim, como todo mundo, normal. Quando me chutaram da casa em Buitrago de Lozoya me atiraram na rua sem um tostão, só com a roupa do corpo, e precisei sacudir a poeira e me erguer sozinho. Um cigano me ofereceu o barracão dele, mas o resto fui eu quem fez. Se caio num buraco, tento fugir dele escalando com as unhas e saio caminhando com meus próprios pés. Não sei por que no caso dela isso está demorando tanto. Sempre me pareceu uma mulher bem forte e centrada, sem dúvida, porra, é muito forte, e também é rígida, vi isso quando foi minha professora, mas não era rígida sem motivo, e sim porque os professores são assim e devem agir desse jeito, ela tem isso introjetado, embora no momento ande um pouco perdida. Nas aulas ela parecia uma professora de ferro, mas às vezes amolecia de repente e eu já não sabia mais o que pensar. No começo não gostava disso, dessa fraqueza, mas depois sentia vontade de cuidar dela como se fosse um gatinho. Pensando agora, não sei se já não estava dopada de tanto tomar comprimido, e o pior é que tudo foi receitado pelo médico. Agora está tranquila, mas não sei por quanto tempo. Foi assim desde o início da viagem. Em Constança tudo bem, talvez se comportasse assim por causa da Viorica e do Bogdan, e acho que ali aconteceu alguma coisa, ou então estou inventando, em Bucareste as coisas também estavam indo bem, mas depois não sei por que diabos ela ficou de bode e até disse que eu a tratava mal. Beleza, tá, tratei mal pra dar um motivo pra ela se irritar, e acho até que gostou, acho, não sei, não tenho tanta certeza, embora tenha certeza de que algumas mulheres gostam de ser maltratadas e depois te tratam bem, eu mesmo não gosto de mulher assim, mas que existe, existe. Também não é que tenha maltratado, é que, porra, olha só, eu precisava reagir, ela com esse humor de anjo e demônio e eu já não aguentava tanta coisa pra resolver. Cuido dela o tempo todo e cuidei dela, deixei bem claro as coisas que precisava fazer sozinho pra proteger, pra que ela conheça minha cultura, não pra tratá-la como se fosse seu patrão, e ela veio com esses lances de feminismo, que não aceita que lhe deem ordens, que eu não dissesse o que ela precisava fazer e blá-blá-blá, é que esse assunto está na moda, porra, chegou até na Romênia; quanto a mim, a real é que já tô de saco cheio dessa história porque isso causou muito prejuízo aos homens, e a gente já não sabe direito como agir com as mulheres; eu sabia que em algum momento iam falar disso comigo e encher o saco, que cedo ou tarde alguma mulher, ou ela, ia esfregar alguma coisa na minha cara, porque aconteceu com todos os meus colegas, um foi denunciado como assediador e o cara só tinha sido simpático, porra, na Noruega as mulheres são piores, não aceitam mais ser tratadas como damas, o erro do meu colega foi se apaixonar por uma passageira e acharam que isso era assédio, mas isso acontece direto com as passageiras, eu gostava de uma ruiva que tinha cara de quem queria dar, todas as manhãs a ruiva me sorria, quando não pagava com a *busskort* me entregava as moedas tocando minha mão, mas eu sabia muito bem que enquanto a ruiva não me dissesse nada eu não podia dar o primeiro passo, a gente corre o risco de ser denunciado em todos os cantos, a começar pela internet, que é o pior de tudo, ali todo mundo fica sabendo, até Deus. Eu disse pra esse cara, meu colega, Negri, olha, escuta, não converse com as passageiras, Negri, nem peça o WhatsApp delas nem nada do tipo, estou falando sério, mas ele não entendeu e não me deu ouvidos. E claro, aconteceu o que aconteceu, é que ninguém acredita que a própria mulher, a passageira, foi quem deu o número pra ele; e deu por que, porque gostou do Negri, é óbvio, não é?, e meu colega não é feio, é negro mas não é feio, lembra um pouco o Ozuna, o negrinho de olhos claros, bom, e ele telefonou pra ela, claro, o que mais ia fazer com um número?, óbvio que telefonou, combinaram, saíram e aí veio a história de muitas versões: o Negri diz que ela o convidou pra ir na casa dela, mas não chegaram a trepar, pode ser que diga isso pra não ser acusado de estuprador e a denúncia ficar como assédio, mas se uma norueguesa te convida pra ir na casa dela, pra ver tevê é que não é, mas o negro jura de pés juntos que não rolou nada, eles não treparam e como ela o deixou na vontade, o Negri telefonava e mandava mensagens chamando pra sair de novo, pode ser, mas eu acho que eles treparam, sim, claro que sim, e que o Negri se empolgou com a loira, claro que era loira, assim como todas as norueguesas, porra, e como são frias; a mulher não deu a menor bola pra ele depois de trepar, já estava satisfeita de provar um pedacinho do chocolate, ou pedaço, eu disse pro Negri que era só ignorar que ela telefonava, porque elas são assim, podem ser muito feministas, mas gostam que um homem ligue e vá atrás delas, se o homem não liga, elas ligam, é só esperar, e claro, ligam se querem mais, se estão interessadas, assim como rola em todos os lugares, mas meu colega estava pensando com a cabeça de baixo e eu entendo, mas é preciso saber a hora e o lugar, e o Negri ligava pra ela, mandava mensagens, fotos da piroca e coraçõezinhos e no fim das contas a mulher denunciou ele por assédio, porra. Coitado, agora gasta o salário com advogado e no trabalho os colegas noruegueses não falam mais com ele, e a esposa só não botou ele pra fora de casa porque gosta de torturá-lo na frente dos filhos. Por isso não me aproximei muito quando ela era minha professora de norueguês, não queria que ela fosse se queixar com o diretor ou com meu chefe, ou com o marido, é que, veja bem, eu não sabia se era casada ou se tinha namorado, só sabia que eu não queria confusão com ninguém, muito menos com a polícia ou a imigração. Sim, queria me aproximar dela, mas não sabia se não ia ser acusado de assediador se dissesse que era bonita ou se levasse café ou chocolate pra aula. Embora uma vez eu tenha levado chocolates, sim, me atrevi, é que já tinha reparado que ela sorria mais pra mim e ficava depois da aula pra me ajudar com as tarefas, e isso não era obrigação dela, ela tinha alguma coisa comigo porque respirava mais rápido quando eu chegava perto da sua escrivaninha. Quando levei os chocolates, eu disse que era dia do professor na Romênia, fiz ela conferir na Wikipedia, pra garantir que não ia me denunciar, e daí quando terminei o curso viramos amigos, era melhor ver ela fora da sala de aula, parecia mais relaxada, estava mais de uma vez com roupas justas, não pensava que ela gostava desse tipo de roupa, isso quando eu pegava o turno da noite, a profe também não passava o tempo inteiro escondida, também ia a festas, tinha amigas norueguesas, e guardavam as latas de cerveja na bolsa, ria mais e parecia mais normal, mais arrumada como mulher, e menos inteligente, porque não parecia professora e eu gostava disso. Não gostava que ela fosse burra, não gosto de mulheres burras, só que quando ela se vestia pra ir pras festas com suas amigas norueguesas eu podia me aproximar dela e ser eu mesmo, embora eu me segurasse em alguns aspectos, não ia dar brecha pra ela vir com essa de feminismo se eu tocasse na perna ou na mão dela. Depois que deixou de ser minha professora eu ainda via ela no ônibus, subia sempre de fones de ouvido, me cumprimentava, procurava sempre um assento na janela e olhava o caminho, e isso facilitou as coisas, a primeira coisa que fiz pra me aproximar dela foi convidar pra sentar no banco do copiloto e ela aceitou, ficou contente, como se eu tivesse convidado pra ir no cinema. Gostava muito quando ela estava contente, ficava diferente, não era mais como na sala de aula, embora eu também gostasse da mulher rígida que me ensinava norueguês, fiquei a fim dela desde que foi minha professora, então segui um pouco com o plano e comecei com o caderninho de palavras e um dia convidei pra sair e ela aceitou, depois dessa saída ela subiu no ônibus com uma torta que tinha preparado, me entregou numa lancheira enrolada num guardanapo de corações. Ora, o que era isso senão um convite? Quando devolvi a lancheira, coloquei um colar dentro. Porra. Uma corrente de prata com um pingente do signo dela onde mandei gravar seu nome, mas acho que não gostou desse presente, nunca vi ela usar, talvez não goste de joias, mas é que se contradiz, normal, como todas as mulheres, porque gostou de ficar no hotel mais luxuoso de Bucareste, gostou do mármore e da banheira, roubou todos os xampus e sabonetes do hotel, queria que tivesse ficado contente como ela estava no hotel no dia que eu dei de presente a correntinha de prata que, por sinal, custou uma bela duma grana, porra, não gosta de joias mas gosta do luxo do Capitol. Eu achei que a gente se divertiu em Bucareste, mas não sei a opinião dela, porque passou o tempo inteiro bêbada ou dopada, e sei que quando estamos bêbados tudo fica mais bonito e não vemos a realidade, até nos achamos mais bonitos. Eu me embebedei um pouco com o vinho do padrinho Ovidiu, mas passou depois de comer um pouco, já ela não parava de beber. Meu Deus, haja cabeça pra aguentar, mas depois ficou de cama, morta, nem se mexia, achei que não estava respirando, também, com tanto comprimido, então cheguei perto e vi que respirava, sim, mas como um gatinho, gostei da respiração dela, cheirava a vinho doce, passei a mão no cabelo dela e depois toquei nos peitos, não muito, pelo lado, como se estivesse cobrindo com o lençol, ela me deu uma bofetada de olhos fechados, estava acordada, a sem vergonha, mas não lembra, continuou dormindo, eu ri porque o golpe me acertou no meio da cara, um golpe fraco, mas já serviu pra acabar meu tesão. Agora também me dá vontade de passar a mão nela, mas não vou fazer isso, melhor deixar ela dormir. Às vezes gosto dela, como agora, mas outras não, até me irrito por estar aqui comigo, então deixa pra lá, não sei se ela gosta de mim, acho que sim, mas finge desinteresse, como todas as mulheres, mas se ela gostou do Andrei eu devo parecer um príncipe, veja bem, não sei se ela gostou do Andrei, mas vi os dois comendo balas e conversando muito animados, como conseguiam se entender se ela não fala romeno e ele não fala espanhol? Porque gostam um do outro, é óbvio, quando as pessoas se gostam não precisam falar, como os casais de velhos, assim como estamos agora, na mesma cama, sem trepar nem conversar, como um casal de velhos.

*

Levantei-me da cama na casa de Petrus, irmão de Ovidiu. O chão estava coberto por diversos tapetes de diferentes cores e motivos que se moviam à minha passagem como caleidoscópios de fibras. A tela da televisão serviu para mim como um espelho preto no qual pude discernir minhas feições após o descanso. Saí do quarto e avancei por um corredor. Fazia frio, eu o sentia na planta de meus pés descalços e nas correntes de ar que se emaranhavam em meus ossos.

Ao fim do corredor, encontrei o banheiro. O box estava cheio de caixas de papelão empilhadas até a altura das torneiras, haviam transformado o espaço em um armazém transparente. O vaso estava coberto por uma capa de pó finíssima, mas apesar da sujeira dava para ver que era novo. A porcelana brilhava sob aquela gororoba de pelos. Senti alívio na bexiga ao avistar o vaso, mas quando ergui a tampa não encontrei uma poça d'água, e sim um punhado de papel-jornal encaracolado na forma de um ninho. Não consegui conter a vontade. Sentei-me no vaso e liberei um jorro prolongado de vários metros de urina, um rio amarelado e morno que percorria as fendas das rochas de papel. Não encontrei papel higiênico. Minha calcinha absorvia os restos de urina enquanto eu me aproximava da pia. Girei a torneira, mas estava seca. A porcelana da pia também estava coberta de pó.

Percorri os demais cômodos da casa. A sala tinha tapetes no chão e nas paredes, como vitrais de felpa colorida. Os sofás tinham a mesma forma da cama: gavetas de madeira retangulares e prolongadas com almofadas andrajosas de veludo vermelho servindo de assento e encosto. Havia uma porta de madeira recém-envernizada com um olho mágico. Aproximei-me para espiar e, à distância, reconheci a cerca de chapa metálica. Abri a porta e me deparei com um pátio vazio.

Continuei andando pela casa. Atravessei um espaço que parecia ser a um só tempo sala de jantar, cozinha e quarto, onde me deparei com uma estufa de cerâmica embutida na parede, como a que havia na casa de Viorica, mas menos brilhosa. Acima do calor de uma chapa de metal repousavam duas panelas tisnadas. Em frente à estufa havia uma cama de estrutura e cabeceira de metal forjado. O colchão era de espuma de borracha e estava recoberto por um plástico grosso e amarelado. A roupa de cama estava dobrada ao lado de diversos travesseiros.

Um vento frio vinha do fundo do cômodo. Segui a corrente de ar como fazem as moscas para escapar do encarceramento e cheguei a outra porta, que dava para o lado oposto do pátio. Identifiquei ao longe a voz de meu amigo.

Uma mulher apareceu. Entregou-me alpargatas gastas e descosturadas em uma das laterais. Estendi a mão para ela como gesto de agradecimento e ela apertou meu braço. Nós duas sorrimos. Calcei as alpargatas e atravessei o pátio até chegar aonde estava Ovidiu.

Atrás de meus passos se erguiam nuvens de poeira cinza.

Quando mostrei a casa e o curral, ela não se assustou nem com as galinhas nem com a vaca. Fiquei com medo que a vaca desse um coice na gente, porra, o Petrus tinha me dito que a vaca era agressiva, mas ela tocou na vaca e o animal ficou quieto. Parecia uma santinha, ela, no caso a santa era ela, não a vaca, ela tocando as feras, porra, a vaca era imensa como um animal vindo do inferno, mas ela amansou o bicho com as mãos, como o padre faz com o endiabrado. Caminhou entre os frangos e as galinhas como se fosse a dona do curral, igualzinho caminhava na sala de aula quando supervisionava as tarefas. Também não se assustou com os cachorros. Vieram todos quando ouviram a gente chegando, e ela toda feliz, como se fossem bichinhos de estimação. Recuperou aquele olhar, o mesmo de quando se entretinha no ônibus olhando o caminho. Olhava tudo como se nunca tivesse visto um curral, uma vaca, galinhas ou tantos cães juntos. Não sei se era a primeira vez que via um animal de verdade, acho que não, mas parecia, e vai saber, pode ser que não tivesse visto muitos animais na vida, é que agora, pensando, sempre que me conta alguma coisa sobre o país dela, acaba falando da sua cidade de milhões de habitantes, de edifícios, trânsito, desordem, contaminação, mas nunca falou de vilas rurais nem do campo, consigo imaginar como é seu país, mas não tudo, algumas vezes vi reportagens na televisão mas não mostram muita coisa, então não sei se tem muito campo com animais ou só praias, ou montanhas, o país parecia moderno, mas também sem gente, não é que nem na Índia, lá sim tem gente, tanta gente que os noruegueses contratam TIs indianos porque aqui falta, mas não trazem eles pra cá, trabalham da Índia, aqui não querem mais estrangeiros, e com certeza os noruegueses sabem que na Índia os TIS são mais espertos e, claro, mais baratos, mas voltando, fiquei com vergonha de levar ela até a latrina porque não sei muito sobre seus costumes, mas não tinha outra opção, é o que temos, mas ela não levou a mal, até pareceu à vontade, e quando mostrei os baldes, o sabão e as esponjas pra ela se lavar acho até que se alegrou. Será que ela é uma dessas garotas finas do Insta que vão pra África e dizem que encontraram a felicidade comendo coco no meio da miséria dos negros? Porra, espero que não fotografe minhas misérias e me marque no Insta, ia ser uma vergonha, porque temos amigos em comum, mas espero que não faça isso, acho que não vai, e também não é como se meu vilarejo fosse igual à África, também não precisa exagerar, ela não se espantou com os trapos da minha cunhada e aceitou calçar seus sapatos velhos como se tivessem lhe oferecido os sapatos da Cinderela. E como gostou daquele bando de cachorros soltos. Eu tinha medo de que fosse mordida por algum deles, porque esses vira-latas mordem, são traiçoeiros, mas também servem de guarda, porque mordem os estranhos, farejam e notam que ela não é daqui, não deve ter o cheiro dos romenos, mas os cachorros gostaram dela porque vão aonde ela vai e não avançam. Ouvi dizer que as pessoas têm o cheiro do que comem, se é assim nós romenos devemos cheirar a trigo, vagem, porco assado, mas ela não come nada disso, come abacates, pimentões picantes e coentro aos montes, come como se fosse pasto e ela uma vaca, também põe suco de limão verde em tudo, na vagem, nas sopas e lentilhas, isso é muito estranho, mas não tem problema. Os cachorros farejaram ela e balançaram o rabo, porque esses bichos só conhecem cheiro de miséria e encardido.

    Como em todas as vezes que o Petrus não está em casa, a Raluca andava solta como se fosse mais uma das galinhas, e, óbvio, aproveitou o tempo sozinha em casa pra não fazer nada e dar voltas pelo pátio cacarejando. Fumou e nos serviu café, a única coisa que havia pro café da manhã e a única coisa que sabe fazer direito. Isso eu não posso negar, essa cigana sabe preparar um café. Minha profe olhou com nojo para a xícara que a Raluca lhe entregou, mas bebeu o café sem um pio, muito educada, como é sempre que está de bom humor. Eu também fiquei com nojo, mas ela pelo menos ganhou a xícara das visitas, eu ganhei uma de plástico com restos do leite que meus sobrinhos tomaram. Não tinham lavado as xícaras, precisava pegar água no poço, e claro que isso ia ser trabalho demais pra esses vagabundos. Fiquei aliviado quando vi a xícara suja de leite, pelo menos as crianças tinham tomado um copo de leite no café, é que cuidam muito pouco desses pequenos. Meus sobrinhos quase nunca estão em casa e tudo bem, não estou dizendo que deviam proibir de brincar na rua, mas que brinquem no pátio, vigiados pela mãe, isso é função dela, mas não, as crianças somem e mais tarde aparecem no pátio de um vizinho mergulhadas na palha e brincando com os cachorros.

    Eu não aguento conversar muito com a Raluca porque é uma cigana desocupada. Adora fuxicar, porra, queria saber tudo sobre nossa viagem e minha acompanhante, mas felizmente a profe só ficou caladinha sorrindo. Quando cansei dos resmungos da Raluca, sugeri irmos buscar água no poço. A Raluca pegou uns baldes e entregou dois pra ela, não pode perder a oportunidade, se aproveita de tudo. Eu disse que ela não precisava fazer isso se não quisesse, não precisava carregar peso, era melhor ficar em casa. Pensei que queria dormir mais, mas parece que o café de panela deixou a profe ligadinha, e ela se dispôs a carregar os baldes como se fizesse isso todos os dias, de sorriso no rosto. No caminho até o poço, a Raluca ofereceu tabaco e ela não aceitou um cigarro, mas deu uma tragada no que a Raluca estava fumando. Fui caminhando atrás delas, pareciam duas ciganas. Não tinha me dado conta de que a profe tinha cabelos tão cacheados e densos, estava preso em um coque malfeito que se desfez quando chegamos no poço, onde ela se inclinou para ver o fundo igualzinho fez quando chegou na latrina. O poço parecia puxar os cabelos dela, como naquele filme de terror, porra, com a cabeça pendurada e a mecha solta ela parecia um animal selvagem, e era mesmo um pouco selvagem se gostava de olhar o fundo dos lugares mais sujos. Sei lá, ela é esquisita. Entendo que um poço chame a atenção dela, mas não entendo o fundo da latrina, uma coisa é ter curiosidade e outra é ficar olhando o fundo de uma latrina como se fosse o mar.

 A Raluca falava com ela como se ela entendesse romeno, pensou que assim ia aprender o idioma. É uma cigana muito ignorante, não tem remédio. Eu traduzia algumas coisas, mas a Raluca dizia besteiras, coisas de duplo sentido que não podem ser traduzidas, então achei melhor explicar que sim, as casas têm água na torneira, mas pra isso é preciso construir um aqueduto e comprar uma bomba d'água. Durante anos, minha mãe e eu enviamos dinheiro pro Petrus fazer a obra, mas ele usou o banheiro como depósito; todas as caixas dentro do banheiro cheias de detergentes, sabonete, xampu, pasta de dente, minha mãe manda essas coisas e fica tudo ali empilhado enquanto eles continuam limpando a casa com água e vinagre e só, se é que limpam. Tendo vontade, podiam usar a ducha e o vaso como gente normal, estão novinhos, sem uso, mas pra isso meu irmão ia ter que mexer a bunda, trabalhar na bomba d'água, nos encanamentos, se não fez isso é porque deve estar esperando que eu faça, ou então não se importa em ser devorado pelos piolhos. Não entendo por que não faz isso, porra, ter água em casa é o básico, vivemos em outro século e ele sabe que não é tão difícil, o vizinho fez a obra sem ajuda, ele próprio, sozinho, e isso que o vizinho é um velhote.

*

A mulher que havia me oferecido as alpargatas se chamava Raluca, mulher de Petrus, cunhada de Ovidiu.

    Raluca tinha a pele murcha pelo tabaco; embora não soubesse determinar sua idade, percebi que era jovem pela flexibilidade dos músculos quando se acocorava para fumar. Tinha o cabelo cacheado cor de cobre sujo; mantinha-o preso em um coque que parecia uma bola de lã. Alguns cachos abrilhantados pelo sebo do couro cabeludo despontavam em suas costeletas como uma planta recém-germinada. Seu olhar azul como o gelo fresco de milhões de anos de uma geleira contrastava com a pele acinzentada. Sua voz ardia e era áspera. Pronunciava palavras densas e flamejantes como rios de lava e, ao mesmo tempo, o ar que escapava de sua arcada dentária incompleta desprendia sussurros estralados como o som da fricção da lenha antes do fogo. Ela falava, falava comigo e falava sozinha. Sabia que falava em romeno, mas suas cordas vocais não emitiam vibrações nem de Bucareste nem de Mangalia. Sua conversa-fiada me lembrava o ronco que o vento deposita entre as árvores velhas de um bosque agonizante. Eis uma cigana, me disse Ovidiu quando nos viu no pátio. Raluca falava com Ovidiu, mas ele parecia não prestar atenção nela. Respondia com monossílabos enquanto andava em círculos pelo terreiro do pátio.

Depois de mostrar pra ela a casa inteira, mostrei tudo o que minha mãe tinha comprado pro *praznic* no ano passado quando veio visitar os netos: os talheres, as toalhas e os guardanapos, as capas pras almofadas da sala e as cortinas. Tudo continuava na embalagem, o Petrus não tinha se dado ao menor trabalho, nem em colocar o trilho nas paredes pra pendurar as cortinas, nem tinha preparado as mesas no pátio pros convidados, mas não me surpreendeu nada, ele é tão preguiçoso quanto a Raluca. Não me surpreendeu, mas me irritou. Isso sempre. Dupla de inúteis. O Petrus não amadurece e a Raluca fala sem parar, a única coisa que sabe fazer direito é fumar e parir crianças bonitas, fora isso não move nem uma colher na cozinha, e tampouco gosta de faxinar.

Fiquei tão irritado depois de contar todas essas coisas pra ela e confirmar com meus próprios olhos. Até tive vontade de voltar pra Noruega e deixar todo mundo se foder. Saímos pra dar uma volta, pra ver se minha raiva passava, mas eu não suportava o fumo da Raluca e ainda por cima estava com fome, não posso tomar só café puro pela manhã e me dar por satisfeito, sempre me irrito mais depressa se estou de estômago vazio. Entramos no Dacia e fomos até Buhuși e pelo que parece o mercado foi o que ela mais gostou. Poxa, mais uma vez ficou olhando tudo como se nunca tivesse entrado num lugar desses. Eu me enternecia, mas também sentia um pouco de vergonha, vai que as pessoas pensem que ela é retardada ou autista, porque os autistas olham tudo e não falam, foi o que me disse um amigo que tem um filho com essa doença, mas o moleque é muito inteligente. Sei que no país dela existem mercados, mas ela olhava como se fosse coisa de outro mundo. Compramos verduras e frutas e depois passamos no supermercado. Ela pegou um carrinho pra si mesma e achei que ia encher de cerveja, já ficou mais do que claro pra mim que ela gosta de encher a cara, eu já ia dizer que não, que nem pensasse em beber, mas ela começou a encher com coisas pra casa, pão doce, leite, café, chás, salsichas, queijo e presentes pras crianças. Olhava as etiquetas como se entendesse romeno. Eu disse que não precisava comprar nada, que eu podia fazer isso, mas ela não me deu ouvidos e continuou enchendo o carrinho de refrigerantes, sucos de vários sabores e água com gás, diversas garrafas. Ninguém toma água com gás em Goşmani. Como tinha enchido seu carrinho com coisas pra todo mundo, não falei nada quando ela pegou duas garrafas grandes de cerveja, sabia que em algum momento ela ia comprar cerveja, mas se a intenção dela era se embebedar eu não ia permitir, já era suficiente, já tinha feito o que deu na telha em Bucareste, mas na minha casa não ia fazer isso, ia ter que me obedecer, mas depois me dei conta que ela pretendia compartilhar as garrafas com os outros e aí tudo bem, mais de boa. Se fosse só pra ela, ia ter comprado várias garrafinhas pra guardar na bolsa. A cerveja foi mais barata que a água mineral. Não sei se ela percebeu, mas a realidade é que se não bebesse feito uma viking eu ia ter falado pra ela que valia mais a pena comprar cerveja que água, em casa a gente podia ferver a água e beber com limão, mas como já tinha visto que ela era bem resistente pro álcool, não falei nada. Pra que ia dizer que a cerveja era mais barata que a água? Pra incentivar que ela se embebedasse? Mas como não é boba nem nada, deve ter percebido. O que achei engraçado foi ver ela comprando dois jornais, como se entendesse as notícias em romeno, porra, gastar com papel inútil, mas dei mais risada foi quando ela colocou no carrinho um saco grande de quatro quilos de ração e um monte de potes de comida úmida pros cachorros, quase caio no chão, se não soltei uma gargalhada foi porque tinha gente por ali e as pessoas de hoje são muito enxeridas e querem dar opinião sobre tudo, precisei segurar a mão dela e explicar que aqueles cachorros comem qualquer coisa que veem pela frente, estão acostumados a devorar todos os restos de comida, também expliquei que com o dinheiro que pretendia gastar em comida pra cachorro ela podia comprar mais comida pra casa, ou cerveja, ou alguma coisa pra ela, mas não teve jeito de ela mudar de ideia. Bem, pobres vira-latas, no fim deixei ela levar a ração, os cachorros também mereciam uma comida de *praznic*. Quando a gente saiu do supermercado, não aguentei mais e precisei ficar um bom tempo rindo, porque ninguém em Goşmani ia comprar comida especial praqueles vira-latas de quintal e ela levando o suficiente pra alimentar uma matilha de cães grã-finos. Chegando em casa iam rir da cara dela, eu avisei, mas ela não se importou, só faltou comprar tabaco pra Raluca, mas isso ela não fez, e melhor assim, acho que esqueceu, porque as duas tinham virado boas amigas.

Também achei engraçado ela tirar foto de tudo. Não tirou nenhuma foto em Bucareste nem em Constança, mas no vilarejo tirou foto das galinhas, dos cachorros, do poço, do mercado, das ruas de Buhuşi e de uma carroça que cruzou nosso caminho. Só faltou tirar foto da vaca e da latrina, bem, que faça isso se acha divertido, só espero que não compartilhe as fotos por aí, no Insta, na internet, sei lá. Porra. No caminho quase atropelei o cavalo da carroça, aí sim ia ser o fim do Dacia, eu disse pra ela que as carroças eram os táxis romenos e acho que acreditou, falei de brincadeira, mas enfim, a verdade é que a gente usa as carroças como táxis, mas só pra levar carga. Ela tirou fotos de todas as carroças que vimos e teria tirado muitas outras, gostou mesmo, mas sei lá, me surpreende que animais comuns como vacas ou cavalos chamem a atenção dela. Será que pra ela e sua cultura os animais comuns são as lhamas ou os papagaios? Certamente eu também tiraria uma porção de fotos se visse uma carroça puxada por uma lhama. Eu não disse isso na hora, mas tinha contratado uma carroça pra ir até minha casa recolher a lápide do meu pai e levar pro cemitério. Se aquela carroça chamou a atenção dela, dentro de poucos dias ia ver outra muito de perto no pátio da minha casa.

*

Recolhi os jornais e a comida para os cães que havia comprado no supermercado e fui até o curral.

Percorri os locais que Ovidiu me mostrara na esperança de que os animais aparecessem como antes. Talvez Ovidiu tivesse razão. Era inútil comprar tanta ração para cachorro se aqueles animais comiam qualquer coisa de qualquer procedência. Eu tinha a ilusão de que eles se aproximariam de mim por causa do som do saco de ração e comeriam de minha mão.

Pensei na vaca. A primeira vez que vi uma vaca foi no estábulo que visitamos com a turma da pré-escola. Não me lembro da vaca, mas sim de seu focinho úmido e aterrador, da língua áspera em minha mão quando lhe ofereci um punhado de pasto. Pensei que aquele animal me engoliria inteira, a começar pelo braço. Nunca tinha visto o couro vivo de um animal, a pelagem grossa e viscosa, desigual em seus matizes e texturas. Anos mais tarde eu veria um homem queimado, e suas chagas em carne viva me lembrariam o focinho daquela vaca.

Avancei pelo terreno à procura dos cachorros. Voltei ao local onde a vaca ficava, mas dessa vez o animal estava agitado e incomodado com minha presença, não parecia mais a vaca mansa que se deixara acariciar. Seu corpo emanava um calor hostil, como um radiador de leite, estrume e vísceras.

Quando passei ao lado da latrina, o amoníaco da urina dilatou meus pulmões, e o miasma atuou como um chamado: senti vontade de urinar. Abri a cabina de madeira, tranquei-a com o prego enferrujado e entrei na latrina. Aproximei-me do buraco na banqueta e inclinei o corpo como se espiasse de uma sacada muito alta os carros e transeuntes passando. O depósito de rejeitos era infinito. Senti náusea e vertigem. Aquele buraco de fezes e urina me atraiu. Debaixo de toda aquela imundície e putrefação jaziam os alicerces puros de nossa existência. O início de todo o universo, a escuridão bíblica antes da criação.

Minha bexiga ardia. Saí do cubículo e abaixei as calças. Com o olhar, segui o fio de urina alaranjada que envernizava o barro do pátio, e quando ergui o olhar vi que ao fundo da cena um cachorro me observava.

Era um cachorro de pelagem curta e cor de tabaco. Seu focinho era preto e brilhava sob a camada viscosa e transparente de sua baba. Tinha o corpo comprido como o de um salsicha. Apesar de seu estado de abandono, parecia gordo e bem alimentado, mas sua gordura era um inchaço na barriga. A vulnerabilidade do animal era perceptível em suas patas curtíssimas e trêmulas.

O animal se aproximou e farejou minha urina enquanto eu erguia a calça. Peguei o saco de ração e o cachorro me mostrou o caminho; parou em frente a um espaço de terra seca e me olhou como se fosse capaz de ler meus pensamentos. Seus olhos pretos, intensos e desiguais ressaltavam a pelagem como fazem as marcas de queimadura sobre a madeira. Estendi algumas folhas do jornal e despejei um pouco de ração. Fiquei de lado e observei sua bocarra triturando as bolinhas coloridas.

Dois cachorros de pelagem dura e amarelada que antes estavam escondidos entre o feno me rodearam. À primeira vista pareciam idênticos, mas um tinha o focinho maior e mais escuro que o outro. Eram de porte médio. A cabeça deles chegava à altura da minha enquanto eu estava de cócoras. Outros três cães vinham a passo ligeiro de fora do curral.

O primeiro era pequeno. Sua pelagem desgrenhada e abundante tinha as cores do pátio, uma mescla de tons sujos ocre e chumbo. Mimetizava-se com o ambiente, e isso lhe conferia um ar de nativo, uma sensação de pertencimento. Apesar de sua opacidade, pareceu-me o animal mais contente. Seus olhos saltados e o focinho chato (provavelmente herança genética de um pequinês) davam a ele um aspecto vivaz e sorridente. O segundo cão era de porte médio e escondia o rabo entre as pernas. Não me pareceu um gesto de medo, mas de vergonha. Em sua pelagem cinza e sua postura ereta, viam-se algumas reminiscências de seus ancestrais *schnauzer*, mas o rabo, longo e grosso, deformava as proporções de sua raça. O terceiro era um pouco mais alto que o *schnauzer*, mas era ainda mais esguio. As patas eram longas e peludas como sisal murcho. Não tinha um olho, e o que restava era cor âmbar. Tinha a pelagem branca e crespa salpicada de manchas pretas e marrons.

Levantei-me em meio à matilha e os animais se afastaram um pouco. Peguei o saco de ração e espalhei uma boa quantia de alimento sobre o papel-jornal.

Os cães comiam sem pressa. Talvez saboreassem pela primeira vez aquelas bolas de gordura, farinha e vísceras que pareciam cascalho vulcânico. Mastigavam com cuidado. Suas mandíbulas estavam acostumadas a triturar ossos; o palato dos cães sabia distinguir as texturas do que é comestível em meio ao lixo, mas não sabia como mastigar nem reter na boca aquelas porções de ração em forma de pérolas.

Afastei-me da matilha e me acomodei sobre um monte de feno. Enquanto observava os comensais em seu banquete, um último cão apareceu.

Acho que eu trazer a profe comigo nessa viagem fez bem pra ela, sim, porque parece mais desperta e prestativa e menos irritadiça. A Raluca me disse que ela se entretém no curral brincando com os cachorros. Hoje me ajudou a pendurar as cortinas, a organizar o pátio e a cozinhar. É engraçado ver minha professora fazendo essas coisas. Antes eu só a via em sala de aula com um livro na mão, não imaginava ela fazendo outra coisa além de ler e escrever no quadro-negro, não achava que soubesse fazer muitas tarefas de casa, ainda mais depois de ver como estava doente. Naquela ocasião ela não parecia mais capaz de fazer nada, nem de se limpar ou preparar o café da manhã, mas agora vi que é boa no trabalho de casa, faz bem pra ela cumprir essas tarefas, gosto de vê-la assim porque parece outra pessoa, uma mulher saudável, tranquila e educada, mas sempre me pareceu assim até a gente vir nessa viagem, eu a vi como uma garotinha perdida e que só sabia existir estando dopada, mas aqui no vilarejo é outra mulher, nova, até esqueço que é minha professora. Trabalhamos bem juntos e sei que enquanto a gente estiver aqui vai ser responsável pela casa inteira. O Petrus não faz nada, dá um jeito de escapulir cedo, diz ele que tem muito trabalho. Hoje chegou se dizendo muito cansado e ficou no sofá, minha profe e eu fomos cozinhar, porque senão ninguém comia. Eu não disse nada pra não comprar briga, mas gritei um pouco com a Raluca pedindo que tirasse a bunda da cadeira e ajudasse, ela só sabe fumar e falar como uma matraca. A criançada chegou da escola morta de fome. Essas crianças sempre estão com fome e não estão acostumadas a comer no horário certo. Não é a primeira vez que isso acontece, minha mãe também está a par dessa bagunça toda, e eu disse pro meu irmão que até os cachorros têm horário pra comer e essas crianças comem o que encontram na cozinha, quando conseguem encontrar. Foram direto procurar comida, reviraram as sacolas de compras, os pais só oferecem pão branco com alguma porcaria dentro e refresco, e não é por falta de dinheiro, porque o celular é do último modelo, mas a despensa, sempre vazia, a coisa mais saudável que essas crianças comem são os ovos das galinhas do pátio e atum, e as sardinhas em conserva que minha mãe manda da Itália, comem direto da lata feito gatos de rua, os pais não são capazes de servir o alimento num prato, pôr um pouco de verdura, usar talheres, ora, só não comem enfiando a fuça direto na lata porque têm mãos e comem com as mãos, estão sempre sujos. Fiquei de olho neles e acho que vi algumas lêndeas, espero que estejam mortas. Vou dizer pra Raluca, mas sei que pra ela não faz diferença; melhor eu mesmo inspecionar, porque se for esperar por ela vamos acabar todos engolidos pelos piolhos, não entendo por que ela não tem instinto de mãe cuidadora. Minha mãe dava banho na gente numa bacia com água morna que ela mesma tirava do poço e punha pra ferver. Primeiro dava banho no Petrus, porque ele era o mais novo e sempre estava menos sujo e não podia usar muito sabão. Era um bebê, se sujava de leite ou papinha, embora às vezes se cagasse todo e precisasse tomar banho separado. Com o resto da água que sobrava do banho do Petrus ela me dava a primeira lavagem, eu sim era porco, subia nas árvores e rolava com os cachorros e também brincava no feno. Mamãe não desperdiçava nem uma gota d'água, com a água que sobrava depois do nosso banho ainda regava a macieira, e aquela árvore sempre deu fruta. A Raluca anda tão suja quanto as crianças, cuida deles como cuida dos vira-latas, fica com eles do lado e não faz nada além de gritar e dar ordens, serve a comida das duas crianças no mesmo prato e o Petrus não diz um ai, só pode ter medo de ser amaldiçoado por essa cigana, tem medo dela, mas se continua com ela e engole tanto sapo é porque gosta dela. Dissemos pra ele quando se conheceram, essa cigana vai amarrar você feito um burro e você vai viver atrás dela, e dito e feito; a Raluca emprenhou e estão juntos desde então, porra, às vezes tenho a impressão de que o Petrus não conheceu outras mulheres, sei lá, talvez sim, vai saber, o Petrus é bem quietinho e esses são os piores. Mas tanto faz se tem outras mulheres melhores que a Raluca ou não, no fim das contas segue aqui, amarrado. O Petrus é como meu pai, mas meu pai não era um inútil, sabia fazer as coisas, estava sempre consertando algo ou procurando uma tarefa pra se ocupar, assim se distraía das mulheres, mas o Petrus não sabe fazer nada, a única coisa que distrai ele das outras mulheres são os gritos da Raluca que domina ele com uma única palavra, e também sua preguiça, porque é tão vagabundo, mas tão vagabundo, se encontrasse outra mulher pra se divertir ia precisar fazer coisas, planos, mudanças, e ele não gosta de fazer nada, nem de pensar, só gosta de ficar quieto, deve ter preguiça até na hora de trepar, senão já teriam mais de dois filhos, mas é melhor assim, pra que ter mais filhos se não sabem criar os pivetes? Minha mãe e eu sustentamos eles, ela envia euros da Itália e eu coroas da Noruega pros dois viverem como os imperadores romanos e os reis nórdicos, de papo pro ar. Faço isso pelos pequenos, são eles que me preocupam, por isso fico tão irritado que ainda não tenham resolvido a questão da água, que empilhem todas essas coisas no banheiro até o dia em que vão estragar, porque não usam, preferem viver na imundície e são felizes assim. Não entendo, porra, juro que não entendo. Não entendo como podem viver sem água tendo todo o necessário, mas quando vejo os dois felizes, não sei mais nada, sinto uma amargura, não sei se é inveja ou o que, talvez o errado seja eu, porra, não sei, isso também me irrita, pensar que estou fazendo tudo errado, que estou no caminho errado e arrebento as costas de tanto trabalhar em outro país a troco de nada, pra morrer na estrada qualquer dia desses.

*

Era um cão pequeno. Sua pelagem era curta e tinha cor de fuligem. À primeira vista achei que fosse um filhote, embora não tivesse certeza. Era difícil determinar se sua compleição frágil era resultado da miséria que imperava no entorno ou da pouca idade. O animal se aproximou e me cheirou. Seu olhar também era negro. Balançou o rabo, sentou-se ao meu lado e prestou atenção nos outros cães que ainda estavam devorando a ração. O cachorrinho também queria comer, mas não se atrevia a juntar-se ao banquete. Levantei-me do feno e o animalzinho se afastou. Fiquei de quatro e fiz um gesto com a cabeça para que ele me seguisse até o comedouro. Ele se aproximou. Acariciei suas costas e a cabeça. Seu pelo era macio, mas opaco como carvão úmido. Me levantei outra vez e demos alguns passos em direção à matilha, até que os outros cães pararam de engolir. Os animais não tiraram os olhos do alimento e soltaram diversos grunhidos secos em ameaça. O cachorrinho preto ficou imóvel. Dei um passo firme em direção à matilha, um pisão de protesto, um soco na mesa do banquete que eu mesma servira para eles. Os seis cães coloridos se afastaram e, no fim das contas, o cachorrinho preto conseguiu se aproximar da comida. Deu algumas mordidas nos croquetes e essa foi a deixa para que o banquete reiniciasse. Fiquei de pé ao lado dele, vigiando para que o resto da matilha não o atacasse.

Sei que dinheiro não compra felicidade, mas resolve muitos problemas e isso já é bastante coisa, garante teto e comida, e sem isso não dá pra fazer outros planos, nem de família nem de negócios, não tem problema sonhar, mas a gente também precisa ser realista. Já tenho casa, carro e agora vou ter mulher, tá, sei que vai ser só no papel, mas sempre esteve nos meus planos ter mulher, família, o que não estava nos meus planos era que fosse a Giorgeta, sei bem que é um favor, mas quem sabe não me acostumo com a Giorgeta e ela não se torna minha esposa de verdade, mas não sei, acho que não vai chegar a tanto, é que, veja bem, não é que a moça seja feia, é bonita, mas sei lá, não é meu tipo, e tem um corpo bonito, mas ainda assim. Mas, veja bem, vamos dizer que eu a aceite, ok?, assim e pronto, sem pensar muito, digamos que eu me concentre só no corpo dela, que não é nada mau, como eu disse, e não é feia, então começo por ali, me acostumo a achar ela bonita e fica tudo bem, mas o corpo e a cara vão mudar com o tempo, e sei bem que isso muda pra todo mundo porque todos nós vamos ficar velhos, não espero que seja uma modelo pra sempre, não é nem agora, mas é bonita sim, estou dizendo, veja bem, o que não gosto na Giorgeta é que não consigo conversar com ela, sim, isso, sim, é esse o meu problema, não é que seja burra, mas não consigo falar com ela das coisas que me interessam e não é que eu me interesse por tudo, não quero que a moça seja uma Wikipédia, mas não consigo falar com ela sobre nada, nem do tempo, já tentei e ela não me entende, como eu disse, não é que seja burra, mas comigo, sei lá, toda vez que falo com ela é como se estivesse falando sozinho. Se conto alguma coisa mais minha, algo pessoal, ela me responde com as frases de sempre ou repete o que eu digo, é como falar com um tio bêbado, e isso que conversamos em romeno, mas nem assim nos entendemos. Nada. Com minha professora sim eu me entendo, e a gente fala em norueguês ou no idioma dela, até usamos palavras em inglês, sei lá, talvez por ser professora de idiomas ela conheça melhor as palavras, não só entende o que eu digo, também entende quando me enrolo e falo mal, pior que um burro, isso acontece quando estou muito cansado e minha profe me entende mesmo eu falando mal ou não dizendo coisa com coisa. E o casamento com a Giorgeta não é um casamento, mas um favor, isso está bem claro. O que o Andrei quer é que a filha se vire por conta própria, que aprenda, que encontre o caminho dela, e tomara que encontre um norueguês boa gente e com trabalho, não vá arranjar um desses sustentados pelo governo. Tomara que conheça um norueguês trabalhador e honrado, e de quebra me apresente a mais noruegueses, porque os poucos noruegueses que eu conheço são gente fina, mas mantêm certa distância e não cheguei a fazer amizade com nenhum, pois é, sim, sei que é difícil porque nós, romenos, temos má fama, e agora todo estrangeiro deu pra ter má fama, até nós que somos europeus e brancos, tudo por causa dessas máfias e dos mendigos ciganos, outra máfia, mas ninguém acredita, ficam com pena e enchem seus copinhos com moedas que aqui valem ouro. A Giorgeta podia arrumar um norueguês pra se casar, mas agora os noruegueses não confiam nos romenos e também não acreditam no amor, bem, vejamos, eles se gostam entre si, sim, mas não como nós, é que se gostam como se fossem colegas de trabalho, concordam em tudo, até pra trepar e o filho nascer na data exata pra não perder um ano da escola, são mais sócios que casal, gente prática, e nada de errado nisso, mas não precisa exagerar. Meu pai e minha mãe se casaram apaixonados, sem um centavo envolvido, isso sim tem valor. Os dois trabalhavam e assim tiveram filhos. Quando meu pai morreu, minha mãe seguiu dando o sangue por nós, deixou o país pra sustentar a gente. O Petrus choraminga até hoje, paga uma de otário, e é otário mesmo, é um completo otário quando diz que nossa mãe abandonou a gente, quer me convencer disso e repete sempre que pode, assim como o Bogdan se queixa da Viorica, os dois são iguaizinhos, sempre ali, os dois, dependendo dos outros e culpando as mães por tudo que existe de ruim no mundo, se são uns vagabundos ou usam droga é culpa da mãe, é muito fácil choramingar e usar essa desculpa. Eu sim soube dar valor ao sacrifício da minha mãe viúva, assim que me tornei maior de idade fui trabalhar com ela. Ela cuidava de idosos e eu colhia tomates enquanto o Petrus ficava no bem-bom, ele sim vivia deitado sob o sol romeno, recebia boa parte do que a gente ganhava sem mexer um dedo, e continua assim até hoje, sem mexer um dedo, e quando mexe é pra coçar o saco ou tirar meleca do nariz. Agora diz que não pode sair do país e abandonar os dois filhos e a mulher, diz que está procurando trabalho aqui mas não encontra, que não tem trabalho na Romênia, porque o desemprego, a corrupção, bota a culpa em tudo. Sempre diz isso e minha mãe sempre acredita, acha que ele não sai do país pra trabalhar porque ama os filhos, não estou dizendo que não gosta deles, mas se gostasse de verdade ia se sacrificar por eles, e quem disse que ele entende alguma coisa de sacrifício. O Petrus teve filhos assim que aprendeu a trepar, porra, já era tarde demais pra fazer alguma coisa quando a Raluca ficou grávida do Ciprian, o bom é que meu sobrinho não puxou ao pai, vi que o pequeno prepara a comida da irmã, toma conta dela, defende a menina, não deixa ela sozinha. Decerto algumas coisas boas vêm no sangue ao invés de serem aprendidas com o exemplo, porque se fosse assim o garoto estaria deitado, bebendo e fumando, mas a pequena sim me preocupa um pouco, o caráter é igual ao da Raluca; e ainda por cima é bonita e brincalhona, sempre tenta convencer você com seus encantos, e gosta de presentes. Essa menina saiu cigana. Tomara que não seja como a mãe, tomara que o irmão ensine pra ela coisas boas e dê orientação, porra, como vai ser o futuro dela?, pode acontecer tanta coisa.

Petrus era o negativo de Ovidiu. Pensei isso quando o vi pela primeira vez na sala de jantar da casa. Cumprimentou-me com simpatia. Seu sorriso me lembrou o de Sorin. Ovidiu se queixara tanto do irmão que eu havia criado uma imagem desfavorável dele, mas Petrus era um Ovidiu ao contrário, o negativo fotográfico de Ovidiu. Suas feições eram muito parecidas, mas as zonas escuras de Ovidiu eram claras em Petrus: tinha cabelos loiros e olhos amarelados; sua pele tinha cor de areia, ao contrário da tez de Ovidiu que estava cada vez mais pálido depois de ter sido exposto a tantos invernos nórdicos.

Os filhos de Raluca e Petrus eram cópias luminosas dos pais nas feições e na contextura, mas o jogo da genética havia se encarregado de inverter as cores. Ciprian, o mais velho, tinha as cores de Raluca, e Dana, a pequena, as de Petrus.

Rondamos a mesa da sala de jantar como a matilha que eu tinha visto no curral. Ovidiu serviu a comida. Havia preparado um refogado de frango com batatas e cenouras mergulhadas em um caldo de tomate espesso. Avançamos sobre os pratos. Ovidiu estava sentado à cabeceira da mesa, e na minha frente estavam Raluca e Petrus, que não ergueram os olhos do prato enquanto comiam. Eu estava sentada entre as duas crianças, que sujavam a boca e as mãos enquanto devoravam nacos de frango. Falavam com a boca cheia de comida, então comecei a limpar o queixo e as bochechas deles com a manga de minha camiseta. Uma manga para cada um. Dana, além da gordura avermelhada do frango sujo de tomate, deixou em meus punhos um rastro brilhoso de ranho.

Raluca recolheu os pratos e colocou os restos de comida em um balde de plástico. No balde havia cascas, pedaços de verduras e frutas, ossos e peles cruas e cozidas mergulhadas em um caldo leitoso que exalava um cheiro avinagrado. Não precisava ter comprado comida pros cães, aqui tem suficiente, disse Ovidiu olhando o balde.

Com a mesa limpa, procurei entre as coisas que havíamos trazido do mercado os presentes que eu trouxera para as crianças e as garrafas de cerveja. Coloquei tudo sobre a mesa como se fossem oferendas e cada um pegou a que lhe correspondia. Petrus abriu uma cerveja e Raluca trouxe três copos. As crianças pegaram o pacote de massinha de modelar, os biscoitos e os ovinhos de chocolate.

Deixei bem claro pro Petrus que não era pra ele se fazer de louco, que ajudasse a carregar a lápide do papai, porque a gente precisa levar pro cemitério, mas, porra, esse aí nunca consegue dizer "beleza" ou "obrigado", não ia custar nada, mas não, é incapaz de fazer isso, não se aguenta e sempre bota um remendo: beleza, mas tô com dor nas costas e pode acontecer comigo o que aconteceu com o papai, me disse o cretino, é que meu irmão é um cretino fora de série. Não falei nada porque não queria acordar meus sobrinhos, mas, porra, que sujeitinho cretino; e como fiquei irritado eu o confrontei pela falta de cuidado com os filhos, apontei que se a gente não tivesse preparado a comida aquelas crianças iam ter jantado atum direto da lata, e aí ele ficou todo ofendidinho, disse muito obrigado mas ninguém te obrigou a cozinhar. Além de cretino é mal-agradecido, e vagabundo. Até sua filha me agradeceu pela comida quente, seu filho me ajudou a tirar a mesa, você não merece os filhos que Deus te deu, eu disse, mas ele continuou olhando o celular, serviu o último resto de cerveja e bocejou.

 Meu pai sim trabalhava muito e morreu trabalhando. Foi ajudar uma vizinha a mexer umas pedras pra erguer um muro e infartou. Difícil de acreditar. Bosta. Os fofoqueiros do vilarejo saíram dizendo que a vizinha era amante dele e que tinha morrido trepando com ela, as pessoas são assim, mas deixe que falem, pra mim tanto faz, e além disso minha mãe diz que não, que era impossível. Na verdade, não me parece impossível que meu pai tenha trepado com outras mulheres enquanto minha mãe morava na Itália, ele também devia ter suas necessidades, como todo homem, mas ponho a mão no fogo que, se meu pai teve amantes, essa vizinha não era uma delas; vejamos, pra começo de conversa ele arrumaria uma que morasse mais longe porque meu pai não era bobo. Minha mãe estava na Romênia quando meu pai morreu, assim funcionam os pressentimentos. Eu não consegui chegar a tempo no funeral, por isso fiquei encarregado do *praznic* dos sete anos, é o certo e é uma segunda oportunidade pra me despedir do meu pai. Minha mãe sim conseguiu se despedir, e só estava lá por acaso. Ela diz ter pressentido que alguma coisa ia acontecer, mas achava que seria algo com o Petrus ou o neto, então um bebê de colo, e tirou uns dias pra viajar à Romênia, também queria convencer o Petrus a ir trabalhar na Itália pra progredir e melhorar a vida da família. Pois é, sim, minha mãe tinha fé no Petrus, ainda mais porque ele já era quase maior de idade e ela achou que ele tinha amadurecido, mas claro que não, ele não estava nem aí e continuava sendo o mesmo moleque irresponsável, um vagabundo que vivia a tiracolo da Raluca, fumando com o menino nos braços, e claro, meu pai tomando conta dos dois e do neto, e meu pai já não tinha condições pra isso, porra. Me irrita tanto que tenham faltado com respeito e se aproveitado dele, e foi minha mãe quem pediu pro meu pai pra ajudar a vizinha com as pedras. Minha mãe e a vizinha ainda são amigas, justamente por isso não acho que essa senhora fosse amante dele. Enfim, quem sabe, não deixa de ser uma mulher, e num momento de necessidade aquela senhora era quem estava mais perto, sei lá, que importância tem, mas ainda acho muito difícil meu pai ter dormido com ela, sim, a vizinha até era mais nova, mas não era bonita. Se meu pai teve outras mulheres, deve ter procurado alguma mais bonita que minha mãe, se não pra que se envolver com coisa pior. Minha mãe é muito bonita, e não digo por ser minha mãe; a vizinha, por outro lado, era peluda, tinha as carnes firmes, é verdade, mas mais por ser rechonchuda, tinha o couro firme porque estava no limite do inchaço, tinha as costas largas, como de um lenhador, e dentes amarelados, quase pretos. Não ia ser difícil acreditar que a vizinha gostasse do meu pai, claro, meu pai era um sujeito simpático, educado, tinha seus encantos, vestia sempre camisas limpas e passadas e essa mulher ficava o tempo todo sozinha, cuidando dos filhos enquanto o marido trabalhava na Alemanha, de modo que dá pra entender que tivesse vontade de dar uns pegas nele. O fato é que meu pai caiu duro no pátio da vizinha, do lado do muro que estavam construindo. Se fossem amantes, ele ia ter morrido na cama da vizinha ou dentro da casa, mas as pessoas sempre falam só por terem boca. Quando sofreu o infarto, a vizinha abriu a camisa do meu pai e subiu em cima dele pra reanimar, foi ela mesma quem nos contou. Os outros vizinhos chegaram e viram meu pai estendido no chão, a camisa aberta e a vizinha montada em cima dele, gritando e massageando seu peito. Por isso começou o falatório, esse veneno todo, as pessoas não têm nada pra fazer, a inveja é assim, e disso saíram os rumores, que minha mãe sabia que eram amantes e não se importava, e que minha mãe teria encarregado a vizinha de cuidar do meu pai quando foi pra Itália, e que o marido da vizinha que estava na Alemanha teria encarregado meu pai de cuidar da sua mulher e que se tratava de uma promessa entre duas esposas e um acordo de cavalheiros, dizem isso, faz sentido, sim, assim os vizinhos resolveriam as coisas entre si, mas não foi o caso, soa lógico, mas não foi o caso, o que aconteceu é que, naquela mesma manhã, minha mãe tinha ido a Mangalia visitar a Viorica e meu pai morreu enquanto minha mãe estava viajando. Quando chegou a Mangalia, soube da morte do marido da boca da Viorica, que recebeu ela com a notícia. Existem boatos de que meu pai se suicidou porque nunca superou o fato da minha mãe tê-lo deixado pra ir à Itália, ou porque ainda sofria com a morte da minha irmã, tudo disse me disse, típico de vilarejo, de vilarejo pequeno e inferno grande. Chegaram a dizer até que minha mãe partiu pra se casar com um italiano rico. Porra. Se estivesse rica, ia ter levado a gente pra Itália. Minha mãe até arranjou um namorado, mas um só, e muito, muito tempo depois da morte do meu pai. Também espalhavam boatos de que a vizinha e minha mãe tinham combinado de dizer que não foi suicídio pra que ele pudesse ser enterrado no campo-santo, mas é óbvio que não se suicidou, por que ia se suicidar na frente da vizinha? Porra, as pessoas são burras até na hora de inventar, além do mais já tinha se passado muito tempo desde a morte da minha irmã. Minha irmã morreu de frio. Eu não tinha nem dois anos quando ela nasceu, não tenho lembrança dela, morreu quando tinha uns poucos meses, pegou alguma doença dos brônquios e não conseguia respirar direito, era inverno e delirava de febre. Meus pais fizeram tudo o que podiam pra curá-la, mas não adiantou nada, a menina piorou e meu pai não teve outra opção a não ser chamar o padre pra batizar, pensou que a bênção de Deus podia salvá-la, mas pouco depois do batismo a menina morreu. Meu pai achava que a água do batismo tinha gelado ela até a morte, ficou se sentindo culpado, e com razão, é que os padres enfiam os bebês na água fria, sim, porque os padres devem ter muita fé, mas nem todos têm compaixão, e encharcam os bebês de água benta como se estivessem branqueando couro ou depenando frangos, e aquela água era benta, mas era fria, enquanto eles estão bem agasalhados com todas as camadas que vestem sobre a batina, com o respaldo de Deus. Minha mãe tentou convencer e consolar meu pai, eu mesmo percebia isso, percebia quando ele tava chorando. Papai, por que você tá chorando?, eu dizia, e me deitava do lado dele. Não tô chorando, gritava, e minha mãe chegava e dizia que ele não tinha culpa, que batizar minha irmã era o certo a se fazer porque aquela menina não ia escapar daquela doença com vida, e ia ter sido pior ainda deixar que morresse com o fardo do pecado original. Eu me escondia debaixo da cama ou atrás de uma porta toda vez que eles choravam, os dois, escutava os dois chorando. Meu pai chorava mais alto que minha mãe. Felizmente eu o vi chorar, eu também chorei, acontece comigo às vezes de começar a chorar, assim, sem mais nem menos, me dá vontade de chorar, sempre digo a mim mesmo que estou chorando pela Romênia e pela minha família, porque estou sozinho, porra, sei lá, não é fácil, mas às vezes não é tão ruim estar sozinho, sei lá, às vezes choro e pronto. E se não tivesse visto meu pai chorar, ia ter me custado muito aprender a derramar algumas lágrimas, agora, verdade seja dita, nunca chorei na frente de ninguém, não quero que me chamem de veado nem que conheçam meu lado frágil porque depois vão esfregar isso na minha cara. As pessoas são assim.

*

Raluca e as crianças se deitaram na cama ao lado da estufa. Do outro lado da sala de jantar, ainda na mesa, os dois irmãos falavam pouco. Um refletia o outro em um espelho genético de peles e cabelos contrastantes de luzes e sombras.

Deixei a sala de jantar. Fui até o quarto pegar minha nécessaire e uma toalha. Quando voltei, os irmãos tinham os olhares fixos na tela de seus celulares. Tive a impressão de que um dos dois estava chorando. Havia aquela umidade de lágrimas no ar. Tirei um pouco de água quente da estufa e virei em um balde de plástico com restos de água fria do poço.

Lá fora, a noite era escura e circular. Acendi a lanterna do telefone e cheguei ao fundo do curral. Os fardos de feno me serviram de banheiro. Larguei sobre o feno a nécessaire, a toalha e meu telefone para servir de lâmpada. Com esse cenário montado, senti que podia esvaziar a bexiga com tranquilidade. Fiquei de cócoras e descarreguei um longo jorro de urina.

Ainda sentia pontadas na barriga. O cheiro que saía de meu sexo era de amoníaco e peixe morto, leite azedo, pelo molhado.

Tirei as calças e tentei me limpar dos restos de urina e sujeira. A água que jorrava entre minhas pernas se empoçava em um charco brilhoso que iluminou a presença de meu cachorrinho. O animal se aproximou para me cheirar enquanto eu me lavava. Passou o focinho sobre a água espumosa e suja que ainda escorria de minha virilha, de minhas coxas e de minhas nádegas. De cócoras e com a metade do corpo nu, ofereci a ele água limpa que empocei em minhas mãos. Sua língua percorria toda a minha palma e tropeçava nos sulcos de ossos que eram os interstícios de meus dedos. Dei de beber a ele vários punhados de água e senti seu hálito morno de animal entre as aberturas de meu corpo. Uma pontada de névoa gelada atravessou minha uretra. A língua morna daquele animal se apresentava a mim como um alívio contra o frio que cortava minhas entranhas. Uma língua animal cálida e aveludada. A trilha de sua baba se impregnava como um bálsamo calmante absorvido pela fissura escura e acidentada que começava no passadiço do clitóris e terminava nas carnes grossas e pontiagudas que cobriam meu rabo cortado no cóccix.

Dei a ele um pouco mais de beber e usei o resto da água para limpar seus olhos e o focinho.

Me vesti. O cachorrinho não saía do meu lado. Pareceu-me brilhoso, quase prateado, como uma escultura de ônix com dentes de marfim e olhos de prata.

Nunca tive um animal de estimação, pensei. Meus dedos deslizaram por suas costas do lombo até a cabeça e reparei em diversas saliências que, ao toque, pareciam cachos de mirtilo presos em um arbusto de pelos.

Estava cheio de carrapatos.

Os carrapatos eram bolas acinzentadas e brilhosas como a ponta de vidro cheia de mercúrio nos termômetros. O animal se entregou a mim com total confiança. Não soltou nenhum grunhido nem se moveu enquanto eu o examinava.

Deitei o cão sobre um fardo de feno e o segurei pela nuca. Posicionei-o à luz da lanterna. Procurei em minha nécessaire a pinça para sobrancelha e comecei a depilar o animal de seus parasitas. Os carrapatos aferrados em seu pelo não o machucavam, mas meu cãozinho gemia cada vez que eu arrancava aqueles vermes como se estivesse arrancando sua própria carne.

Eu arrebentava os bichos entre meus dedos e seu sangue tingia minha pele. Fiquei receosa, pois aquele sangue não tinha cheiro metálico e inoxidável, mas cheirava a pus, a algo que se decompunha ou desmoronava, a desprendimento de carne viva. Talvez todo sangue tenha esse cheiro, e não de metal, pensei. Por que o sangue deveria ter um cheiro metálico? Aquele fluido já existia em tudo muito antes de qualquer metal ser forjado, o sangue é anterior à faca. Como um homem primitivo descreveria o cheiro de sangue? A que cheiravam seus arranhões de pedras e galhos? Qual seria o aroma morno e vermelho das bestas feridas que ele caçava? O sangue de meu cão digerido por aqueles carrapatos cheirava a ciclo, a transformação animal.

Besuntei as mãos de gel antibacteriano e passei-o pela pelagem. Guardei meus apetrechos de higiene e tirei um calmante da nécessaire. Enfiei um quarto de comprimido de clonazepam até o fundo de sua goela e o cachorrinho engoliu sem protestar. Apaguei a lanterna e fiquei ao lado dele. Acariciei-o até as patas cederem, e antes que caísse no chão eu o levantei e enfiei dentro do balde.

O animalzinho descansou do suplício dos carrapatos e se moldou sem problemas ao plástico morno. Ele se aconchegou e eu o cobri com a toalha. Era um cachorro de cinco litros, segundo a marcação do balde. Entrei pela porta traseira e escondi-o debaixo da cama enrolado em meu blusão de lã. Seu corpo estava totalmente frouxo, suas orelhas e o nariz estavam frios, mas respirava. Quando o acomodei em meio à lã, abriu ligeiramente os olhos e identifiquei calma e gratidão em seu olhar.

Enquanto esperava Ovidiu, espiei alguns sites sobre cães no celular.

As cadelas não têm menopausa.

Os narizes dos cães são únicos, como as impressões digitais dos homens.

Os filhotes de uma mesma gestação podem ser de pais diferentes.

Os cães podem ter depressão.

As cadelas podem sofrer de um transtorno hormonal que as leva a acreditar que estão grávidas quando não estão, e chegam a desenvolver condutas e sintomas reais de gravidez.

Os cães já foram acusados de bruxaria.

Uma cadela foi o primeiro mamífero a orbitar no espaço.

Os cães podem aprender entre duzentas e cinquenta e quinhentas palavras.

❂

Não sei o que me dá, é que às vezes acho que estou sonhando acordado ou bêbado, e não é que esteja bêbado, porque bebi menos que todo mundo, e mesmo que tivesse tomado todas as garrafas da janta não seria o suficiente pra um porre. Digo que estou bêbado porque tudo é tão esquisito, quando fico pensando tanto em coisas que não são importantes é porque o álcool encharcou meus miolos, mas, veja bem, é que minha professora está deitada no colchão de palha da minha família que tem tipo uns mil anos, minha professora está aqui, dormindo comigo em Goşmani e sei lá, tudo isso é esquisito. Algumas semanas atrás eu não conseguiria imaginar nem mesmo a mim aqui, e não porque quisesse esquecer minha terra, porque tudo bem eu não gostar de várias coisas daqui, mas jamais vou negar minhas origens, e que fique claro que não sou como outros romenos, como esses que antes de deixarem o aeroporto já esquecem que são romenos, são tantos assim; mas não, não é isso, não é que não queira ser romeno, mas às vezes sinto que não estou aqui, ou seja, que não estou aqui, mas não que não sou daqui. De repente começo a pirar e depois tudo fica normal e isso não é normal, ora, o que sinto é como estar fora deste lugar e ao mesmo tempo aqui, como nos filmes, rodeado por câmeras, e assim sinto que também existe algo por trás das câmeras. Algo nessa linha, sinto as duas coisas, é que vejo que ela está aqui, porra, sei que eu que trouxe, mas não entendo o que está fazendo aqui. Não estou falando nada com nada, mas é mais ou menos isso, vamos lá, quando vejo que ela está aqui sei que também estou aqui, sim, isso mesmo, parece baboseira isso que estou dizendo, sei bem disso, porra, mas é que é difícil de explicar. Vejamos, o fato de eu estar com ela, com ela e aqui, faz tudo parecer de outro mundo, mas se ela não estivesse aqui comigo eu ia ser outro, ou seja, se tivesse vindo sozinho não ia pensar essas coisas, é o que eu acho, não sei, não sei mesmo, porra. Talvez eu esteja muito cansado e estou pirando na batatinha, vai saber, é que isso não aconteceu em Mangalia, quando a gente ficou na casa da tia Viorica, lá era como se eu estivesse de férias, assim como em Bucareste, e isso de ficar no Capitol é que era esquisito de verdade, e embora eu nunca tivesse ficado lá não fiquei pirando como se estivesse sonhando, como agora, na minha própria casa, é que até em meio a tanto luxo, e não estou acostumado ao luxo, tudo parecia mais normal. Agora que estava mijando na latrina lembrei do vaso de porcelana do Capitol, cruzei o pátio pensando no mármore do hotel, senti saudade, como se fosse minha casa, como se tivesse nascido num país como o Hotel Capitol, e nem sequer em Bucareste, porque a vida de Bucareste também não é normal pra mim, aquilo não é a Romênia pra mim, mas não sei mais o que é a Romênia e o que não é, é um pouco isso. Agora ela está aqui, deitada num colchão de palha, na Romênia, esperando eu ir deitar, e só consigo enxergar o cabelo dela e fico pensando que é uma garota romena. Porra. Não sei se gostaria que ela fosse romena, mas às vezes parece e muito. Sei que fico olhando o cabelo dela e me parece uma garota romena, a julgar pelo rosto também podia ser romena, mas algo no formato do rosto me faz perceber que não é romena. Andei vendo uma série que mostra um futuro onde os robôs reconhecem o rosto das pessoas e conseguem identificar impostores que o olho humano não detecta, e é tipo isso, é tipo isso que meus olhos veem agora. Quando vi a profe ao lado da Raluca no poço, brincando com as crianças depois do jantar, parecia da família, mas depois ela faz algum movimento ou fica em algum lugar e me dou conta de que não é daqui. Não sei, é que me lembra alguma coisa, acho que quando a vejo aqui, tão perto da minha família, lembro da minha irmã morta. Não, não tenho lembranças nem memórias da minha irmã, mas ela podia ser minha irmã, isso é, minha irmã podia ter sido como ela. Claro que nunca vou saber qual ia ser a aparência da minha irmã se ela tivesse viva, e sem dúvida não seria nem um pouco parecida com ela, é que, em primeiro lugar, minha irmã seria mais nova que ela e mais nova que eu, mas não sei, acho, ou sinto que minha irmã teria sido como ela, de personalidade, de ideias, acho que minha irmã também teria gostado de ler e desenhar, certo que teria sido professora, ao menos gosto de pensar que podia ter sido. Uma vez escutei que todas as pessoas na terra são aparentadas, existe até um exame médico que vendem pela internet pra ver de onde são suas origens, olham seus genes pela saliva e assim descobrem seu sangue, o sangue dos seus parentes de outras épocas. Quem sabe ela tem sangue romeno ou eu, de sul-americano. Pode ser que sim, pode ser que não. É verdade que levo jeito pra falar espanhol, e também escutei que quando a gente tem facilidade pra aprender um idioma é porque nossos antepassados gritam pra gente, ou seja, nosso sangue, o idioma está na gente, não se aprende, a gente nasce com um idioma e vai lembrando, é o que dizem, e quem sabe é verdade, lembro que uma vez acharam que eu era chileno, e por que chileno, e não espanhol?, perguntei pro cara que me disse isso, esse sim um chileno, um chileno pensou que eu era chileno, assim como o romeno que sou pensa que ela é romena quando não é, tipo isso, enfim, o sujeito me disse que eu parecia chileno por causa das sobrancelhas, que eu tinha sobrancelha de chileno. Não sei se isso é possível, mas agora estou achando que ela tem cabelo de romena e deve ter gente com orelha de chinês. Não sei. Mas algum motivo tem pra dizerem que dá pra reconhecer as latinas pela bunda e as asiáticas pela xota. E quem sabe aquele chileno não tenha sido meu irmão em alguma vida passada, ele me arranjou trabalho e nem sequer era o chefe, mas falou com o chefe pra que ele me aceitasse e me ajudou com as aulas de motorista de carga. Por onde andará esse chileno? Me ensinou um monte de palavras chilenas, devo ter anotadas em algum lugar, não lembro mais, só lembro que *pega* era trabalho. Já arrumou *pega*?, me perguntou uma vez, e eu não sabia se estava me pedindo alguma droga ou tentando comprar briga, não com ele, mas com os outros, como se fosse um boxeador, ele bem podia ser boxeador, era um cara forte, forte, forte de corpo, forte de personalidade, mas não era um amargurado, era um cara que dizia as coisas de forma direta, tal como eram, sem suavizar nada, porque assim é a realidade. Convidei tantas vezes pra ele vir à Romênia, mas o cara sempre me dizia que tinha medo do Drácula, porra, sim, dizia de brincadeira, mas de repente era a sério, é que esses caras muito fortes ou muito inteligentes sempre têm alguma fraqueza idiota, algo em que ninguém acreditaria, ou seja, como entender que um cara desses tenha medo do Drácula, como ter medo do Drácula com esse tamanho e nessa idade, porra, mas vai saber. Não sei qual era a fraqueza do meu pai, do que ele tinha medo, não sei, agora que preciso rezar por ele na cerimônia não sei o que vou pedir pra Deus, pra livrar meu pai do que não sei, pra livrar do mal, claro, mas qual era seu maior medo ou tormento, isso eu não sei. Na verdade, acho que não tinha medo de nada, e se tinha medo de alguma coisa era de algo besta. Posso perguntar pra minha mãe ou pro meu padrinho, mas tanto faz eu saber ou não. Talvez ficasse com medo de ver uma iguana, porque nunca viu uma e são bichos estranhos dos trópicos, eu também ia ficar com medo, e também nunca vi uma iguana, a profe, sim, e tem uma foto no Instagram cercada desses bichos num parque da cidade, parece que andam soltas pelos parques como cachorros vira-latas, e ela acariciando as costas de uma iguana gigante como se fosse um vira-lata, não tem medo dos bichos nem dos vira-latas, e se acarinhou com eles, porra. Espero que não seja desse tipo de gente que arma uma cena por causa de um cachorro morto e ao mesmo tempo não liga pras crianças morrendo de fome mundo afora. Gente idiota. Não acho que ela seja dessas. Espero que não. Mas uma vez me disse que queria virar vegana ou vegetariana, não sei qual é a diferença, mas tanto faz, tudo isso é modinha de internet, a gente precisa comer carne pra ficar saudável, precisa cuidar do corpo pra não envelhecer mal, sim, tudo bem, mas sei lá, também não precisa exagerar ou virar vegano ou vegetariano, essas merdas, agora, se ela me disser isso outra vez vou perguntar por que, e se me disser que é por saúde, vou dizer pra ela começar largando a bebida e os comprimidos, pra deixar de ser imbecil, e se ela se ofender, que se ofenda, eu diria mesmo assim, porra, claro desse jeito, bem, não vou chamar ela de imbecil, não assim, mas vou deixar subentendido, e ela que pense bem, porque não faz sentido deixar de comer uma bisteca e dizer que é por causa da saúde, e aí depois se drogar e encher a cara; nisso não precisa mexer, porque claro, não, não, não, não, isso não faz mal, porra, oras bolas. É que bêbados, drogados, vagabundos e otários o mundo tem de sobra, sei muito bem disso.

*

Acordei com o resplendor da manhã cor de gema de um ovo recém-descascado. Ovidiu dormia profundamente. Tinha os olhos selados por uma camada finíssima de remelas amareladas e esverdeadas que se acomodavam na extremidade dos cílios e entre as pálpebras, como se seus olhos fossem de lamê com debruns de pedraria.

    O cachorrinho pareceu adivinhar que eu havia voltado do sono e começou a arranhar a madeira da caixa que lhe servia de cama. Os arranhões eram tão discretos que se confundiam com o rangido constante da palha seca do colchão. Botei a cabeça para fora da borda da cama e o encontrei de patas para cima. Temi que o calmante o tivesse deixado muito tonto, mas o animalzinho estava desperto e esperava por meu olhar como eu esperava pelo dele. Parecia entender tudo: sua condição de animal clandestino, o efeito de meus calmantes, o desprezo dos outros e meu carinho soterrado. Girou sobre o próprio corpo e se ergueu nas quatro patas se mantendo agachado, a barriga junto ao chão. Uma nuvem de pó e pelos se arrastava debaixo do espanador de pele e ossos que era seu rabo, que balançava entusiasmado.

    Quando me levantei da cama, o cãozinho saiu do esconderijo. Entendeu meu gesto para que fizesse silêncio. Segurei-o nos braços e o soltei no pátio. Não foi preciso afugentá-lo.

Assim que o soltei, o animal correu até o fundo do curral, certamente para comer, esvaziar as tripas e a bexiga, trotar e se reunir com o restante da matilha para depois me esperar em seu refúgio de feno.

Que bom que o sol saiu, assim tudo parece menos triste, e a gente já tem tristeza suficiente com tudo que está por vir. O sol eleva os ânimos e de quebra nos esquentamos um pouco, porque ontem à noite passamos frio. O sol esquenta pouco, mas é melhor que não esquentar nada. A Raluca acha que é especialista em café, já lavou as xícaras e está servindo o café que minha mãe manda da Itália, e é claro que não tem uma cafeteira italiana, faz com água fervida, mas não sejamos muito exigentes. E por falar em exigências, ela parece muito entretida com os cães, está feliz naquele curral, se levantou cedo e ficou brincando com meu sobrinhos que não foram pra escola, é, sim, isso não é certo, mas também não tem problema faltarem um dia ou dois, nessa idade a escola não ensina muita coisa, ficam lá cantando, praticando esporte, pintando; coisas que também podem fazer aqui, e dá pra ver que esses pequenos não são preguiçosos, parece que queriam ter a escola em casa, como já sabem que ela é profe, pedem pra ela mostrar as coisas e se divertiram horrores brincando de massinha e pintando. Fico preocupado com as lêndeas. Todos reparamos nas lêndeas, exceto a Raluca. Ontem eu disse pro meu irmão umas boas verdades, e lembrei de passagem que seus filhos estavam cheio de piolhos, ele se ofendeu, claro que se ofendeu, o ofendidinho, fiz de propósito porque não vou dar tapa de luva de pelica, com ele é preciso dizer as coisas como elas são. Me deu um pouco de dó ter que segurar os cabelos dos pequenos pra lavar ali, na frente dela, mas no fim ela acabou me ajudando a despiolhar os moleques. Porra, que vergonha. Não sei se os professores fazem isso no país dela, despiolhar. Acho que não. Vamos ver se não vai sair contando que os romenos são uns piolhentos, mas se fizer isso, o que é que tem?, eu ia ter mais vergonha se saíssemos nós dois daqui com piolhos, logo nós, que somos os recém-chegados e ainda estamos limpos. Porra. Já até imagino como seria levar os piolhos pra dar uma volta na Noruega. Que péssima imagem a gente ia passar carregando pragas, ainda mais agora que nós, estrangeiros, já estamos mal na fita, tirados pra ciganos, ladrões, vagabundos, sujos, drogados, estupradores, traficantes, a depender do país, ora, dá até pra escolher, e se ainda por cima reforçarmos o preconceito deles com piolhos, deportam a gente por falta de higiene, pode esperar, não tem erro. Os noruegueses são bem capazes disso, porque assim como recebem refugiados terroristas, também te dão um pé na bunda se não vão com a sua cara, e daí não tem esse papo de inclusão, foi um prazer e tchau. Sabe o que é, os noruegueses sempre surpreendem, e eu estava dizendo que os noruegueses são porcos, sim, são mesmo, não digo por mal, nem todos são, mas alguns são, sim, muitos deles, são uns porcos de primeira linha, não tomam banho, não dão a descarga, deixam o vaso sujo de merda, e não é por falta de água, porque se tem algo de sobra na Noruega é água, todo mundo tem água fria e quente; aqui sim as pessoas deixam de tomar banho por não ter água, não por serem porcos, mas por serem pobres, mas os noruegueses são porcos porque são porcos mesmo, desde o vaso até a cozinha, e sei muito bem disso porque dirijo ônibus e nos horários de pico, com as janelas fechadas, fica um inferno de calor seco, ar-condicionado e cheiro ruim, porquíssimos, e depois querem dizer que nós estrangeiros fedemos a cebola, curry ou sei lá mais o que, mas eles sim fedem a queijo velho, a couro úmido, a merda, a sovaco, a bunda. Quem sabe se as crianças ficarem limpas eu não levo na igreja pra elas cumprimentarem o padre e de quebra ganharem a bênção, porque já estão crescendo e logo, logo perdem a inocência.

*

Minha pele estava coberta por uma fina camada de gordura e sujeira de cor ocre, e por cima dessa sujeira vesti uma muda de roupa limpa adequada para visitar a igreja. Ovidiu levava uma cestinha com vinho, frutas, roscas de pão e diversos pacotes de roupas novas que acomodou no porta-malas.

Durante o caminho, ele me contou que em algum lugar da Romênia existia um cemitério alegre. Parei de prestar atenção em suas palavras e imaginei milhares de cadáveres apodrecendo debaixo da terra. Os vermes se acomodavam nas ranhuras do cadáver formando sombras e rugas que determinavam a expressão do rosto. Iam devorando carne e membranas para delinear em todos os mortos um sorriso eterno de pelanca seca e ossos amarelados.

A igreja de Goşmani se erguia no fundo de um jardim semelhante a um parque cercado por uma grossa grade de ferro. Ficamos no carro até a chegada de um homem muito alto e gordo vestindo calça de moletom e uma camisa do Barcelona. O sujeito abriu a grade de ferro com um único puxão de uma mão só, como se abrisse a cortina de plástico em um box de banheiro. Deixamos o carro em uma vaga de cimento polido. Em um muro, era possível ler *Parcare Biserica parohială Sfinţii Apostoli Petruşi Pavel.*

Ovidiu abriu o porta-malas. Separou o vinho e a roupa nova e entregou em minhas mãos a cesta com as frutas e roscas de pão, que segurei como um bebê de migalhas com entranhas de cereja, olhos de uvas e costelas de banana. Seguimos o gordo e avançamos entre os jardins por uma trilha de cimento pintado de cor de aço. Ao fundo, a igreja surgia como um bloco de giz dotado de uma auréola de sol da tarde enquistada nos poros e ranhuras de suas paredes.

Percebia-se a primavera na grama, nos matizes brilhantes de verde e amarelo que brotavam da terra, no cheiro dos tetos ferventes de zinco. Ovidiu carregava nos braços o vinho e a roupa nova enrolados em uma toalha branca. Ao chegar à igreja, o gordo desapareceu nos jardins. Permanecemos de pé com nossas oferendas nos braços diante das portas fechadas de uma igreja. Tive a sensação de que algum de nós estava se purificando nessa espera. Surgiu um broto de fé no ar, e por um momento acreditei que Deus realmente existia e nos observava em um monitor de circuito fechado.

Para além dos jardins e da igreja, via-se um bosque de imensas cruzes de cimento dispersas entre arbustos e cercas metálicas. Os suicidas são enterrados fora daqui, atrás das grades, e ninguém os visita, advertiu-me Ovidiu.

Passado um tempo, o homem gordo apareceu outra vez. Era o acólito. Havia vestido uma camisa azul anil e uma calça escura e caminhava atrás do pároco, um homem alto e de feições intensas envolto em uma batina preta que o deixava elegante. A ponta do barrete preto em sua testa conferia horizonte e simetria às sobrancelhas semigrisalhas sobre seu olhar, dourado e brilhante como a cruz que demarcava o centro de seu peito.

Ovidiu o cumprimentou com um beijo na mão; eu não consegui. Retrocedi alguns passos e fiz uma reverência desajeitada. O acólito recebeu as oferendas e se dirigiu a um edifício próximo que parecia ser um salão paroquial.

Avançamos até o cemitério. Caminhamos entre as tumbas até chegarmos a um buraco aberto na terra. Nas extremidades do buraco haviam acomodado algumas frutas, ramos de flores, dois pães e diversas garrafas de vinho. As oferendas serviam como peso e mantinham no lugar um lençol branco que cobria parcialmente o buraco recém-aberto.

O acólito voltou com uma garrafa de vinho, que o padre abriu e derramou um pouco sobre a terra fresca. Depois, bebeu um gole direto do bico e nos passou a garrafa. Todos bebemos as babas uns dos outros. Depois de beber, o padre entoou diversos cânticos que o acólito acompanhava em um eco mais grave. Petrus apareceu quase no final da cerimônia cantada e não se aproximou das bordas do buraco. Parecia temer o abismo, ou quem sabe fizesse esforço para que sua presença atrasada e inoportuna não chamasse mais atenção. Seu corpo ágil e seu aspecto dourado tornaram-no ainda mais alheio à escuridão de nossos vultos, à solenidade escura do ritual e à profundeza da terra exposta.

Dois homens apareceram pouco depois de o padre terminar de cantar. Os dois tinham os mesmos traços e trejeitos, mas diferiam em altura e idade. Eram duas versões de um só homem pertencentes a eras distintas. O mais alto tinha cabelo cinza com textura de palha, sua pele murcha e opaca envolvia a estrutura de ossos pontiagudos e sobressaídos que o mantinha de pé. O outro homem parecia ser mais baixo por ser robusto, seus contornos eram obtusos, e seu cabelo e sua pele brilhavam encerados pela mesma gordura. Seus olhares eram idênticos, lampejos de curiosidade e assombro encapsulados naqueles dois pares de olhos saltados e violáceos como azeitonas maduras.

Ovidiu fez sinal para que eu recebesse as roupas das mãos do acólito e as entregasse aos homens recém-chegados. Seus olhos incharam ainda mais em um olhar que brilhava de agradecimento. Meu amigo lhes ofereceu vinho e repetimos o ritual da bebida com os recém-chegados, baba atrás de baba. O padre nos deu a bênção. Todos beijamos sua mão em um gesto de despedida. Afundei minha boca semiaberta acima dos nós e não adentrei suas falanges como haviam feito os demais. Beijei suas veias, e seu sangue acariciou meus lábios. Meu nariz captou o cheiro da manga da batina, do linho embebido em esperma e óleo santo. Petrus se afastou. Ovidiu e eu ficamos um tempo na beirada do buraco na terra. As oferendas foram se enchendo de insetos.

Caminhamos entre as tumbas e Ovidiu foi me contando de seus mortos. O relato despertou em mim um pranto limpo e longo que não me debilitou, muito pelo contrário, meu corpo adquiria uma rigidez pétrea e minhas lágrimas se agitavam como a torrente de um rio que nascia em meu peito.

O padre gostou dela e ela não beijou a mão dele nem precisou dizer nada. O padre perguntou se o Amazonas nascia no seu país. Eu só traduzi e ela sorriu. Sempre disse pra ela que bastava sorrir e dizer algumas palavras cordiais pra que sua vida fosse melhor. O padre começou a falar comigo sobre geografia; me disse que o rio Amazonas nascia lá no lugar de onde ela vinha, ela entendia, mas não dizia nada, eu também não falava muito, mais escutava o padre, é que se deve escutar os padres e pronto, além do mais não sei muita coisa, mas a geografia e os lugares me interessam, sim, e não é de hoje, desde sempre e principalmente depois que saí do meu país e comecei a viajar, precisei me acostumar com mapas e aprender as fronteiras entre os países que eu cruzava com os caminhões frigoríficos. Entregamos pra ele o vinho, as frutas, os *colaci* e o envelope com o dinheiro. O acólito recebeu tudo e o padre levou a gente até a tumba do meu pai. O Petrus, como sempre, chegou tarde. Não entregou as oferendas, mas ficou pra oração na tumba. Depois da oração, os sepultadores chegaram e receberam a roupa nova. Eu disse pra ela entregar as roupas, pra se sentir parte da celebração. *Bogdaproste!*, precisei dizer. O padre me perguntou se era minha namorada e eu disse a verdade, afinal era o padre, disse que não, mas quem sabe, disse isso porque já estava antevendo sua outra pergunta: quando você vai se casar?

É que todo mundo já me perguntou isso, o padre também me disse que estou em idade de casar e que é bom arrumar uma mulher um pouquinho mais velha porque são mais compreensivas, serenas e precisam de menos proteção. Se penso nela como minha professora ou na mulher que me ajuda aqui, o padre tem razão, mas se penso na garota chapada, antipática e bêbada com seus chiliques, atirando meu dinheiro pela janela, lembro da vontade que senti de que ela pulasse do carro, já estava por aqui com essa história. Tento pensar que é a doença que a faz agir como rebelde, que não é ela e que logo vai passar, só não sei como, como vai passar se não passou com uma viagem, comida, hotel de luxo, o que mais ela quer. Acho que ela precisa se ocupar com alguma coisa, mas o médico disse pra ela não trabalhar, uma bobagem, porque assim ela se sente ainda mais inútil, e pra sair desse estado e superar a doença ela precisa cuidar de alguma coisa, se ocupar totalmente de alguma coisa, ter alguma responsabilidade, por exemplo, acho que se ela tivesse um filho isso resolvia toda a depressão, porque não ia ter outra opção senão cuidar do bebê e não ia sobrar tempo pra pensar em nada além de ser mãe, o instinto materno funciona assim. Sei que fica mal porque pensa muito, e ela pensa o tempo todo; fica presa no passado ou se preocupa com o futuro porque não sabe o que vai acontecer, óbvio que não sabe, ninguém sabe, já disse pra ela, ninguém tem a vida garantida e o futuro não é motivo pra se deprimir. A licença médica deu mais tempo pra ela pensar e ficar doente de tanto pensar. Se eu fosse o médico, não ia ter dado licença, mandava ela pro campo ou dizia pra ela trabalhar com pessoas em situações piores que a dela, ou pra constituir família, sei bem que isso não é solução, mas acho que ela ia dar uma boa mãe. Os chiliques dela são novidade, e tenho a impressão de que tomar tantos comprimidos está mudando a personalidade dela. Não sei se também toma comprimidos pra não engravidar, deve tomar, ela toma uma montanha de comprimidos de todas as cores, e de repente são esses comprimidos anti-hormonais que a deixam doida ou tudo o que ela toma junto, somado. Depois do padre, a gente andou no meio das tumbas e eu a levei até a da minha irmã, contei a história inteira, também contei sobre meu pai e o falatório do povo dizendo que tinha sido suicídio e coisa e tal, e que por causa disso quase enterraram ele fora do cemitério. Ela começou a chorar como se os mortos fossem dela, porra. Sim, sei que não tem problema em ser sensível e compreender a dor alheia, mas também não precisa exagerar, por isso desconfio que ela toma essas coisas anti-hormonais, porque foi muito choro, nem o próprio filho, o Petrus, esse safado, derramou uma lágrima sequer pelo meu pai, então sim, apreciei o choro dela, mas é que, porra, parece que ela não conhece limites e arranja mais desculpas pra fazer mal a si mesma. O morto era meu pai, não o pai dela, e pensando agora ela nunca me falou do pai, então suponho que esteja morto; talvez por isso tenha se afetado tanto com minha história, porque aconteceu a mesma coisa com ela, e eu sei lá, mas não diz nada e eu também não quero perguntar pra depois ela ficar pior ainda. O que ela me contou uma vez foi que viu o pai num parque e isso a afetou. Será que é um vagabundo?, é que de vagabundo sai filho inteligente, basta ver meus sobrinhos pra ver que isso é verdade. Não sei por que ela chora, com certeza perdeu alguém querido, porque todos nós perdemos alguém querido, a vida é assim. Quanto a mim, se alguém me conta que o pai se matou ou morreu torturado ou doente no banco de um parque, claro que eu ia sentir tristeza, mas não ia chegar a me desfazer em lágrimas como ela, agora, não sei se ela não perdeu algum irmão, não sei muita coisa sobre a família dela, mas sei que depois de morrer todos nós voltamos a encontrar nossos entes queridos, os que já estão mortos recebem a gente no além, por isso fazemos o *praznic*. Eu disse isso pra ela se acalmar, também disse pro caso de ela ter perdido alguém querido, e pareceu ficar um pouco mais tranquila, deixou eu dar um abraço nela. Também expliquei que ia encontrar a Viorica, mesmo ela não sendo parente ou amiga próxima, porque quando alguém te dá roupa nova de presente nas vésperas de um *praznic* isso também serve pra você não esquecer dela no além.

*

Quando voltamos do cemitério, o pátio estava vazio. Começava a escurecer. Os cães latiram ao longe. Eu estava pensando em meu animal. Assim como já era capaz de discernir várias palavras em romeno, também havia aprendido a diferenciar os latidos dos cães.

As palavras dos cães são de vogais abertas, com algumas consonantes velares enredadas nas presas e na baba. Eu escutava os latidos no fundo do pátio como um poema coral. Em meio a todos eles, eu distinguia a voz de meu animal. O latido de meu cão preto era jovem, de pulmões mirrados, mas vivazes. Um latido alto, estridente e constante, um latido entusiasmado e ingênuo, como o riso do apaixonado que não conhece o desamor, a gargalhada do otimista rodeado de miséria.

Na sala de jantar da casa, sentados à mesa, encontramos Petrus e uma mulher que não era Raluca. As crianças não estavam ali. Não precisaram nos apresentar: era Giorgeta. Eu soube antes que proferisse qualquer palavra, porque seu rosto combinava com a voz no telefone.

Giorgeta tinha cabelos compridos, escuros e lisos; estavam presos em um rabo de cavalo que nascia na moleira, como uma cascata de cabelos, um xale sevilhano tecido com fibras de queratina azeviche. A presença de Giorgeta me lembrou da natureza da cerimônia que se aproximava. Sua pele era pálida e acinzentada como a pele de um cadáver muito fresco. Seus traços eram finos, seus ossos traçavam sombras e linhas de diferentes tons de carvão. A sinuosidade de seu corpo jovem agonizava envolta em um vestido tingido de um único tom de preto como um luto estrito.

Giorgeta era sombria, mas simpática. Seus modos eram brilhantes e comedidos, como uma Grace Kelly gótica. Cumprimentou-me segurando meus pulsos e levantando ligeiramente meus braços, como em um convite para uma dança do século passado.

Eu disse pra Raluca não servir vinho, porque dá azar beber o vinho dos mortos, vai que morre alguém, eu disse. Pensei que minha professora podia morrer, sei lá, ela até parece bem, mas aí de repente dá uma piorada, e, claro, a Raluca serviu mesmo assim, faz isso pra me contrariar, pra que servir vinho se tem cerveja e refrigerante, mas não, a cigana não me deu ouvidos, não sirva o vinho, eu disse várias vezes, até que ela se irritou, disse que não tinha problema nenhum, que o padre já estava com as oferendas e que ninguém ia morrer porque o vinho do morto já tinha sido separado e benzido, foi o que a cigana me disse, e não parou por aí, disse também que se alguém fosse morrer pelo vinho que fosse a Giorgeta, por que fui inventar de convidar ela, é que essa cigana é ciumenta, acha que ela vai levar seu Petrus, só não ri na cara dela pra não fazer escândalo, e deixei ela servir o vinho, não sei se ela sabe que vou casar com a Giorgeta, contei pra minha mãe e não sei se ela contou pro Petrus, é que se ele já sabe, a Raluca também sabe, e se a Raluca sabe, o vilarejo inteiro sabe, mas tanto faz o que ela sabe ou deixa de saber, porque uma coisa é ela saber que a Giorgeta vai casar e outra é ela entender que nem a Giorgeta nem as outras vão tirar o Petrus dela, quando essa cigana enfia alguma coisa na cabeça não tem quem a convença do contrário, é cabeça-dura e sempre achou que a Giorgeta queria roubar o marido dela, mas quem vai querer dar em cima do Petrus se ele é um inútil e ainda por cima é feio, feio que dói, já disse pra ela relaxar e aproveitar a festa em paz, e se a convidei é porque pode ajudar a gente com a *colivă* ou a *mamaia*, mas também convidei pra que ela e a profe se conheçam, porque ela vai emprestar o banheiro pra gente, e pra sermos educados com a Giorgeta elas precisam se conhecer, saber quem vai usar seu chuveiro, porque a Giorgeta pode ser um monte de coisa, mas não dá pra negar que é educada e sabe se comportar.

*

Bastou uma troca de olhares para que Giorgeta entendesse meu convite para irmos ao pátio. O céu era um tear negro com buracos azuis. A luz anil e murcha era suficiente para iluminar nosso caminho até o esconderijo de meu mascote. Já perto do feno, escutei o balançar de seu rabo contente. Chegamos ao curral e meu cãozinho deu voltinhas de alegria sobre seu esconderijo como um peixe em um aquário de feno.

Tirei o cachecol e envolvi meu cãozinho no pano. Giorgeta não tirava os olhos de nós e nos mostrou os dentes, mas a penumbra não me permitiu identificar se era um sorriso de ternura ou um gesto de nojo. Ergui-o do chão, atei as duas extremidades da peça ao meu corpo. O animal ficou aninhado na altura de meu estômago. Giorgeta me ajudou a apertar o nó de modo a transformar o cachecol em um alforje, em uma bolsa marsupial para incubar meu filhote.

Entramos pela porta dos fundos para passarmos antes pelo quarto. Tentei esconder o cão debaixo da cama, mas não sabia como sedá-lo na presença de Giorgeta. Peguei minha nécessaire e Giorgeta viu meus remédios. Observou a caixinha de comprimidos. *Nervoasă? Eşti grav bolnavă*, disse Giorgeta depois de ler os rótulos de todos os comprimidos que eu trazia comigo, e estendeu a mão para mim como se fosse tirar meu pulso.

Sa mergem, ela disse. Eu a segui com meu cãozinho atado junto ao corpo.

Entramos na sala e as reações foram de gritos e gargalhadas. Ovidiu resmungava e Petrus dobrava o corpo de tanto rir. Giorgeta e eu ficamos no umbral da sala de jantar. Ovidiu se levantou da mesa. Tinha o olhar de cão raivoso prestes a atacar. Giorgeta me pôs de lado e o impediu. *Încă un animal...*

Já vi que logo vira íntima das romenas. A Raluca serve café pra ela, mostrou onde fica o poço, e agora a Giorgeta sai em sua defesa por causa do cachorro, mas eu sei que isso é coisa da Giorgeta pra me provocar, me contrariar, a única coisa que a Giorgeta quer é atenção, de qualquer pessoa que seja, e a profe tinha dado atenção pra ela, sei lá, todas as mulheres querem atenção, talvez, pensando agora, é por isso que ela anda com esse vira-lata, pra chamar atenção, e não se dá conta de que não precisa de mais atenção, já tem o suficiente só por ser estrangeira, mas sim, é verdade que não dá pra perceber muito bem que não é romena, principalmente agora que anda tão calada, será por isso que arranjou um cachorro, tem a companhia do vira-lata nesse lugar estranho, mas não quero nem lembrar mais porque me irrita, ela entrando e saindo de casa com o cachorro e eu preocupado pra que tudo esteja em ordem, garantindo que as crianças não estejam em casa quando chegarem os sepultadores, porque trazem as almas ruins do cemitério, e essas almas escuras vão antes atrás das crianças e dos animais, por isso me irrita, por isso também não quero que o cachorro entre em casa, porque vai se acostumar e não vai querer sair e pior ainda, quando chegarem os sepultadores, o que ela não sabe é que um espírito maligno pode entrar no cachorro e depois nela, porque invadem o cachorro e o dono, e depois todo mundo, mas está aí com esse vira-lata, a Giorgeta sabe disso e também não explica, e vai explicar o que, se deixou ela entrar com o cachorro no colo. Trouxe enrolado num cachecol e alimentava o bicho como se fosse seu filho. Enquanto o Petrus e a Raluca rachavam o bico, o cãozinho todo feliz, e a Giorgeta me dizendo sei lá que bobagem, primeiro me pergunta coisas, se a profe tem filhos ou família, e eu digo que não, não tem filhos nem família, e então ela me vem com essa, pergunta por que não deixo ela levar um cachorro romeno, e me conta que leu uma notícia sobre vários turistas que vieram pra Romênia e levaram cachorrinhos e diz que não vê muito problema nisso, mas que se ela levar o cachorro também vai precisar de um passaporte de cachorro, de adoção, vacinas, também leu isso na notícia, ora, é um vira-lata e não uma criança, tudo muito normal, mas eu não achei graça nenhuma dela trazer o cão pra casa, e a Giorgeta pelo visto virou médica veterinária e médica de gente, porque também me diz, óbvio, depois de arrancar de mim algumas coisas, que a profe precisa do cachorrinho como terapia porque está muito doente, doente de que, eu pergunto, vamos ver se você sabe me dizer de que ela está doente, porque me parece muito saudável, fez vários quilômetros de avião e na estrada sem reclamar, mas é que ela anda por aí com um monte de comprimidos, me diz a Giorgeta, claro que anda com um monte de comprimidos, sei muito bem disso, mas não é porque está doente e sim porque gosta de se dopar, digo a ela, e ela me vem com uma história de que o cão deixaria ela tranquila, faria bem pra ela, como uma bolsa de água quente, porque a energia dos animais, e eu paro de escutar, digo que se está com frio pode por um agasalho, e como vai sentir mais frio aqui que na Noruega, eu digo, porra, mas a Giorgeta, que sabe de tudo, me diz veja bem, olhe, sua amiga não está bem, mas quem não está bem é ela, oras, que acabou de conhecer e já quer me dar conselhos sobre sua saúde e sua nova vida com um cão, eu sei que a Giorgeta quer sair bem na foto, mas pra sair bem na foto não precisa encher o saco, mas é todo mundo assim, todo mundo bêbado ou sei lá, não quero me irritar mais, enfim, ela que siga com esse papo do cão, melhor elas se entenderem entre si desde já, assim a Giorgeta vai ter uma amiga na Noruega, acho que está buscando alguém que não seja eu, não é boba e gosto disso nela, por isso se finge de preocupada, pra sair bem na foto, mas não gosto quando ela se faz de muito esperta, aí já é arrogância, mas beleza, tudo bem, melhor elas se conhecerem aqui com cachorros e sem se falarem muito, isso é amizade verdadeira, porque se as duas pudessem conversar, se as duas dominassem o mesmo idioma, porra, certo que iam bancar as espertas comigo e se voltar contra mim, é que quando se dão bem, as mulheres se tornam aliadas. Não sei como fazem isso, mas se entendem entre elas e assim, sem falar romeno e quase muda, a profe serve de mediadora entre a Raluca e a Giorgeta, porque essas duas sim não podem nem se ver, nem se falam, bem, a profe também não fala, só usa o celular, a verdade é que não fala mais, também não fala comigo, será que ainda está irritada pelo lance da estrada, ou será que ficou tímida, porque é um pouco tímida, sim, mas também não é pra tanto, acho, e se está irritada, beleza, problema dela, já expliquei tudo o que tinha pra explicar, do *praznic*, do dinheiro, do casamento, tudo, e, pra mim, contar tudo isso pra ela é como pedir desculpas, o que mais ela quer?, e de quebra é bom ela lembrar que pra mim isso aqui não são férias.

*

Giorgeta enchia os copos e oferecia a comida para nós. Não era a dominante da matilha porque parecia não ser de nossa espécie; Giorgeta era a ama de todos os cães.

Começamos a comer e a conversa reiniciou. As palavras não chiavam. A massa de comida triturada servia como amálgama isolante que se esticava entre as mandíbulas, as presas e o interior das bochechas. Meu cãozinho espichava a cabeça para fora do cachecol, fitava os comensais e, de vez em quando, soltava um latido. De início tentaram calar meu animal, mas conforme a noite foi avançando a linguagem se reduziu a latidos, grunhidos e gargalhadas.

Eu compartilhava minha comida com o cãozinho. Dava uma mordida e empurrava o restante para ele. Os dentes do animal rangiam e sua mandíbula se esforçava para mastigar. Ajudei-o com a salsicha, que parecia de borracha. Passei a ruminar diversos pedaços de salsicha até transformá-las em uma pasta de carne e saliva. Cuspia essa massa na palma da minha mão antes de enfiá-la na fuça do animal. Eu mesmo processava a comida para ele. O que saía de minha boca tinha o mesmo cheiro e aspecto que o sachê para cães.

A noite avançou. O peso do álcool e da comida nos distraía da presença do outro. Levantei-me da mesa e saí pelo pátio, dando a entender que iria soltar meu cão no curral, mas voltei para o quarto. Tinha um pedaço de queijo guardado no bolso para camuflar os sedativos de meu cão. Enterrei o comprimido no queijo e enfiei na boca dele. Meu animalzinho aceitou de boa vontade. Acariciei suas costas e esperei-o pegar no sono. Seus lábios negros relaxaram em um sorriso e seus olhos piscaram como lâmpadas antes de queimar. Depois que adormeceu, desvencilhei-o de meu corpo e o acomodei debaixo da cama. Quando me levantei, vi que Giorgeta nos observava do pátio. Seus olhos reproduziam o vidro da janela.

A Raluca me acordou com gritos e risadas. Ovidiu! Ovidiu! Saí no pátio e a cigana me puxou pelo braço até o curral, eu já me surpreendia muito por ver a Raluca de pé tão cedo, mas a verdadeira surpresa estava no fundo do curral: minha profe dando banho no vira-lata como se fosse um filho recém-nascido. Porra. Não sei em que momento ela tinha saído da cama, não escutei nada, é que dormi feito pedra. Ela tinha buscado água no poço e aprendeu a usar o fogareiro do pátio pra ferver a água antes de amornar, não que eu ache que seja burra a ponto de não conseguir usar um fogareiro, mas acender aquele traste exige certos truques, nunca acende de primeira, e ela dava banho no cachorro com água morna e seu próprio xampu perfumado. Porra. Tanto luxo pra um vira-lata, eu me sentia assim no Capitol, e os outros cachorros assistindo enquanto ensaboavam seu companheiro, o pessoal do vilarejo ia ter me olhado assim caso me visse naquele hotel de Bucareste. Não sei se era uma indireta, mas eu já tinha pensado que estávamos sujos e cheirando mal, é que nos acostumamos com nosso próprio cheiro, ao mau cheiro e ao cheiro dos outros, sim, sei que não é agradável dormir com alguém fedendo a gambá, mas ela não cheirava mal, ao menos eu não tinha sentido nenhum cheiro ruim, talvez eu sim, mas depois de passar o tempo com aquele cachorro ela precisasse de uma boa ducha, só que toda vez que eu via o chuveiro novo no banheiro, novinho em folha, mas só pra enfeite, inútil, cheio de tranqueiras, eu me irritava. A gente precisava se limpar pra cerimônia, e o ideal seria nos lavarmos na noite anterior, ainda restavam muitas tarefas por fazer e isso ia exigir esforço. Eu já tinha dito pra ela ajudar a Raluca a fazer a *colivă*, precisávamos juntar as velas e as toalhas dos convidados, montar as mesas no pátio e pedir cadeiras pros vizinhos, mas pra fazer tudo isso ela precisava se livrar do cheiro de cachorro molhado. Botei água pra ferver e entreguei pra ela uma toalha grande e limpa e duas das toalhinhas novas que a gente ia distribuir na cerimônia, vi que ela tinha usado a toalha que a Raluca entregou pra secar o cachorro depois do banho. A Raluca se ofendeu, mas claro, não disse nada pra ela e veio se queixar comigo, veja onde você foi se meter, eu também ia ter usado aquele trapo pra limpar os sapatos ou qualquer outra coisa, menos pra esfregar no meu corpo recém-lavado, disse pra ela, porque a Raluca não sabe deixar nada limpo, mas o que eu podia esperar da Raluca se os filhos dela tinham piolhos? Aquelas crianças estavam bichadas. Como não reparou em todas aquelas lêndeas nas cabeças dos pequenos, não consigo entender isso. Não sei se o cachorro gostou do banho, mas ficou bem limpinho, mais limpo que todo mundo, e ficou bonitão, parecia um cachorro chique e não foi se revirar na lama como fazem todos os cães depois de se banhar, ficou quietinho. Depois que a água ferveu, peguei um balde médio e misturei um pouco de água fria, mais que suficiente pra ela se lavar. Foi com o balde e o sabão pros fundos do curral, mas os cachorros foram atrás, até que de repente voltou coberta pela toalha, tinha tomado banho, a água escorria pelas costas e entre as pernas. O bom é que pareceu mais desinibida, embora tremelicasse de frio. O mascote também estava igual a ela; o cãozinho a esperava de banho recém-tomado, trêmulo e manso. Ela ergueu o vira-lata do chão, abriu um pouco a toalha e juntou o animal a seu peito. A Raluca não parava de rir. Lembrei do que a Giorgeta me disse, que usava o animal como bolsa de água quente, mas vai saber que dor ela tinha, talvez tivesse dores menstruais, ou sei lá, é que de repente passou a fazer umas caretas de dor e a pôr as mãos na barriga, ou esconder no meio das pernas, e na sala de jantar acomodou o vira-lata no ventre. Mas, se tiver uma dor tipo de chute nas bolas, como vai fazer pra prender o vira-lata no corpo, assim, quase nua, porra, mas ali estavam os dois, tremendo de frio, e quando olharam pra mim pareciam ter os mesmos olhos, o vira-lata os olhos dela ou ela os do vira-lata. Deixei que ela entrasse em casa com o cachorro, é que me deu pena ver os dois assim, molhados e tremendo, mas agora pelo menos o animal estava limpo. Assim que ela saiu, a Raluca parou de rir e começou a reclamar. Se queixou porque eu tinha deixado ela entrar com o cão, quando ela mesma tinha permitido isso na noite anterior, e só pra não enfrentar a Giorgeta. Assim é a cigana. Esse cachorro está mais limpo que seus filhos, eu disse, e a cigana continuou gritando, sei que ela não estava nem aí se o cachorro tinha entrado ou se estava limpo ou sujo, nada disso interessava, a Raluca só queria comprar briga comigo, como sempre. O bom foi que, quando chegaram pra buscar a cruz, a Raluca já tinha se acalmado com o tabaco e a profe e seu bichinho estavam dentro de casa, porque, porra, dava pra armar um circo no pátio com isso tudo, os ciganos, o cavalo velho da carroça, a estrangeira numa toalha, o vira-lata molhado, a cruz de pedra e eu.

*

Os quatro homens que vieram levar a cruz de concreto para o cemitério chegaram montados em uma carroça puxada por um cavalo tordilho. O animal parecia jovem. Seus dentes reluziam, mas em sua pele e postura viam-se cansaço e maus-tratos. O mesmo podia ser visto naqueles homens que vieram na carroça e carregaram a cruz. As fibras de suas roupas formavam esqueletos quebradiços, peças magras nas quais a lã ou o algodão estavam rasgados ou desbastados; tinham pele de saco de cimento, texturas e rugosidades de papel pardo marcavam seu cenho, as olheiras encarquilhadas, as comissuras da boca contraídas em expressões que pesavam e emitiam um ruído seco. Tinham cabelo abundante, mas opaco, como a própria crina empoeirada do cavalo, só os olhos brilhavam; em seus olhares reluzia uma espécie de rebelião de tons de íris esverdeados e castanhos que resistiam à miséria, à doença, a certa carga maligna, prodigiosa e opaca. Meu cachorrinho e eu vimos tudo pela janela do quarto. Ainda estávamos úmidos e o banho não havia nos despido do entorpecimento dos calmantes. O que acontecia no pátio passava por nossos olhos ao ritmo de um filme em câmera lenta.

A cruz estivera no pátio o tempo todo, coberta por uma lona de ráfia verde militar. Eu havia reparado na presença daquele volume quando Ovidiu me mostrou a casa na primeira manhã. Cheguei a pensar que aquela lona protegia da chuva algum aparelho, uma geladeira velha ou um tanque de água quente avariado.

Por que cobrir com um material impermeável algo feito para suportar as intempéries? Uma cruz descoberta em um pátio podia criar um efeito impudico e macabro. Plastificar o sexo e selar a morte, guardar a tradição do asséptico. Depois de pôr a cruz na carroça, só um dos homens subiu para arrear o cavalo. O animal avançava com dificuldade, suas ancas fraquejavam pelo esforço e suas patas tremiam como se pudessem quebrar ao menor tropeço. Os outros homens entraram no carro com Petrus e Ovidiu. Antes de partirem para o cemitério, cada um dos carregadores havia recebido dos irmãos um pedaço de pão dos mortos, uma garrafa de vinho caseiro e um balde de plástico com roupa nova, traje completo.

Foram poucos os momentos de silêncio nesta casa. Minha mudez não era um silêncio. Minhas palavras não ditas faziam ruído ao se mexerem e se multiplicavam dentro de mim, acumulavam-se como um grumo de células que deixam de se comunicar, decompunham-se a partir do núcleo e zuniam como fermento.

Mas naquela manhã houve silêncio. Raluca fumava olhando o céu, as crianças recém-chegadas da escola se deitaram no sofá onde meu cãozinho e eu repousávamos. Restava muito a ser feito, mas optamos por ficar quietos em nosso canto e fazer silêncio. Fazer silêncio como função independente do organismo. Como espécie, partilhávamos dessa capacidade. Que utilidade pode ter para uma espécie a capacidade de fazer silêncio? O silêncio para não nos extinguirmos, o silêncio voltado para dentro como a quietude de uma lebre que percebe o chocalho da cascavel venenosa, o silêncio de sua pele abrigando o zumbido de seus órgãos.

O silêncio daquela tarde era uma membrana, o verniz selador de um quadro de museu, um grupo de insetos paralisados para a eternidade em uma resina transparente, a película de plástico protegendo as fotos de um álbum de fotografias cheio de mortos.

O Ciprian apareceu com o celular da minha profe, se fosse a Dana com certeza teria pegado escondido, mas como era o Ciprian perguntei só se ele tinha autorização pra usar a internet, então perguntei e o garoto me disse, claro, a profe desbloqueou o celular e deixou ele usar a internet, um celular sem internet não serve pra nada, tio Ovidiu. Serve, sim, digo a ele, serve pra telefonar, tirar foto, brincar sem internet, mas ele me diz que não quer nada disso, o que ele quer é se informar, e pra isso precisa se conectar à internet. Mesmo nessa idade já usa palavras como "informar" e "conectar", o moleque fala melhor que todo mundo, tenho a esperança de que o pai dele perceba a inteligência e a maturidade do filho e pense na própria imaturidade, mas também sei que seria pedir demais. Passamos pela casa do Vasile, é um vizinho, mais novo que eu e que lembra meu pai, não que eu ache que é meu irmão, mas o Vasile cuida das suas duas meninas enquanto a esposa está na Suécia trabalhando. Até aí tudo bem, sim, o problema é que fica dependente da mulher, mas se é ela quem põe o pão na mesa, normal, não pode ser diferente. O Vasile é muito tímido, na Suécia ia morrer se fosse obrigado a falar sueco, com uma personalidade dessas ele nunca ia se atrever, se mal e mal fala romeno com os romenos, e o que ele ia pensar se visse todas aquelas loiras saindo bêbadas das discotecas, despenteadas, de decote mal ajeitado, ia morrer duas vezes, ora, não por ser puritano, mas por arrependimento, é que ia se dar conta de que existem outras mulheres além da sua, que, verdade seja dita, não é lá muito bonita, mas é uma boa mulher, e normal, também não se pode ter tudo na vida, mas é que o caos e a abundância de tudo, de mulheres, de dinheiro, de coisas, isso que rola nos países ricos, o deixaria confuso, e digo porque eu mesmo fiquei confuso, queria ter tudo o que via pela frente, e pensei que o mundo ia acabar ou que eu ia morrer, e houve momentos em que gastava dinheiro em festas e coisas de luxo, mas quando entendi que as mulheres, as festas e as coisas materiais continuavam ali e não era tão difícil arranjá-las, bastava economizar um pouco, perdi esse desespero, sim, acho que até ia conseguir viver como o Vasile, agora, pra ser bem honesto, não ia conseguir tomar conta de duas crianças, é que criança precisa crescer com a mãe, senão as coisas se complicam, e digo porque sei disso, porque vivi isso. E o Ciprian, embora tenha a Raluca de mãe e o Petrus de pai, é um moleque educado. Agora há pouco fiquei olhando ele sem que percebesse, queria saber pra que ia usar o celular, porque daqui a pouco deve entrar na puberdade e aí viram uns potros, porra, periga procurar filmes pornôs, e se não toma cuidado, esses sites estão cheio de pedófilos, pensei nisso porque agora ele disse "papai, eu também gosto de moças com tatuagens, que nem você", e o Petrus, ao invés de dar corda, pergunta, todo irritado, se ele andou mexendo nas suas coisas. Caramba, Petrus, relaxa, não tem nada de errado em gostar de mulher com tatuagem, pior ia ser gostar de homem tatuado com bigode, mas se você gosta também não precisa esquentar a cabeça, conheço um monte de caminhoneiros assim, eu disse; era óbvio que estava tirando com a cara dele, o Vasile não parava de rir, o sujeito é tímido mas ri o tempo inteiro, quem não riu foi o Petrus, se irritou ainda mais e disse que queria trabalhar como tatuador, que colecionava tatuagens de mulher porque eram as mais fáceis pra começar, e já tinha até equipamento pra tatuar, porra. Você tem equipamento pra tatuar, mas não tem água em casa, eu disse. Então é pra isso que minha mãe e eu te mandamos dinheiro, pra você comprar brinquedinhos, porra. Eu me irritei ainda mais e o pobre Vasile tentando acalmar a situação, mas Ovidiu, tatuar nem deve ser tão caro assim, pelo menos é um trabalho, me dizia. Por mim que se foda. Deixei por isso mesmo, porque essas brigas são coisas do *strigoi* que anda solto porque sabe que se aproxima o dia em que o espírito do meu pai vai sair do corpo, e o demônio quer se embrenhar em todos os lugares onde puder, funciona assim. O Petrus foi embora irritado e deixou o filho, pobrezinho, se sentiu mal por ter falado aquilo. Eu disse pra ele não dar muita bola pro pai, às vezes ele precisava de um pouco mais de tabaco pra se acalmar. Beleza, mas ó o demônio à solta outra vez, caralho, os filhos do Vasile começaram a brigar pelo celular que estava com o Ciprian; não é meu, não posso emprestar, ele explicava, mas os meninos choramingavam e quase trocavam socos, então tirei o celular do Ciprian e mandei ele de volta pra casa. O Vasile abriu uma cerveja, me serviu um copo e ficamos bebendo um pouco, me perguntou se a Suécia era igual à Noruega e como era viver lá, e a língua, e se eu posso dizer algo em norueguês, e essas coisas, então peguei o telefone da profe pra usar o tradutor e mostrar algumas fotos, porque na Noruega sim ela tirava foto de tudo, até da neve, e o Vasile gostou das paisagens, mas nem tudo são flores, não vá pensando isso, porque no inverno faz um frio do caralho e fica escuro, eu disse. É que sinto saudade da minha mulher, ele começou a dizer, porra, só podia ser a cerveja, fiquei procurando alguma notícia negativa sobre os países nórdicos, mas, porra, estavam entre os mais felizes do mundo, olha só, vou dizer a verdade, além do frio do ambiente, as pessoas também são frias, podem te tratar mal por ser imigrante, exagerei, porque a realidade é que os noruegueses de verdade com quem precisei lidar sempre foram pessoas excelentíssimas, jamais me trataram mal, se tratam mal as pessoas é mais porque otário e imbecil dá em tudo quanto é lugar, nascem com diferentes nacionalidades, mas o pobre Vasile ficou angustiado, poxa, começou a pensar se a mulher não estaria passando dificuldade, e pra cortar o assunto perguntei se ele tinha pimentão em conserva, pra aliviar o clima fiquei olhando o celular, porra, a profe trocava mensagens com o Bogdan e guardava bem esse segredo, ora, também não era que estivessem combinando de trepar, mas trocavam fotos de gatinhos e usavam mais emojis que palavras, como os jovens apaixonados que acabaram de se conhecer, enquanto eu levei semanas pra receber uma resposta dela com emoji. O Vasile trouxe os pimentões, mas não dei muita bola porque comecei a fuçar as fotos dela, porra, tinha mais de cinco mil, cansei de ver, e o Vasile continuava falando comigo, e eu respondia, mas não foi o suficiente pra ele, abriu a matraca, pior que mulher, disse que se eu não queria conversar tudo bem, mas que não deixasse sobrar os pimentões, tinha servido com gosto, e era melhor eu comer antes que enchesse de moscas e sei lá que outras bobagens ele disse: e se eu fosse você não ficava futricando no celular da minha mulher. Porra! Não é minha mulher, é uma amiga e foi minha professora, caralho; você não futricaria o celular da sua mulher porque não quer descobrir o que ela faz na Suécia, só por isso, eu disse bem claro, e o Vasile tirou os pimentões da minha mão e comeu quase engolindo um inteiro, olhou pra mim e não me devolveu mais os pimentões; pedi outra cerveja, não porque quisesse beber, mas pra medir o quão irritado estava, achei que ia dizer que não, mas o cara abriu outra garrafa e ainda trouxe cebolas em conserva. Veja, escute, eu disse a ele, você sabe que quando a gente abre a tumba, o *strigoi* anda solto e quer se embrenhar em todos os cantos; sim, Ovidiu, tudo bem, mas estou falando sério, não me parece certo você mexer num celular que não é seu. Que sujeitinho, não se rendia, enfiei umas cebolas na boca pra não dar trela. Deixei o telefone de lado porque alguma razão ele tinha. Continuamos falando até que o Petrus chega trazendo um estojo de metal, desses que as mulheres usam pra guardar maquiagem, abre e mostra pra gente o equipamento de tatuador. E quanto custou essa brincadeira?, pergunto; comprei com meu dinheiro e não deu nem oitenta euros, disse, agora o Petrus fala em euros, como se na Romênia ganhassem em euros, mas claro que ganha em euros, seu trabalho é ir buscar o dinheiro na Western Union, então deixei ele lá com seu brinquedo. Você certamente sabe que precisa manter as agulhas limpas, porque as tatuagens contaminam tudo, até aids, eu disse, porque não ia ficar de consciência tranquila se não dissesse isso, e o cara me responde: sim, claro, é preciso esterilizar após cada uso. Já está falando como o Ciprian. Quem precisa se esterilizar é ele, porra, pra não se reproduzir mais. E quem vão ser seus clientes, os ciganos?, pergunto; é que não sei se os moradores do vilarejo sabem direito o que é uma tatuagem, digo, e se sabem, não vão te pagar muita coisa por um desenhinho, Petrus, porque preferem fazer eles mesmos com um prego, eu disse. Pra tatuar profissionalmente eu preciso praticar, diz o Petrus, e o Vasile, que sempre quer ajudar mas acaba estragando tudo, disse que ele devia tatuar porcos, pois o couro deles é como a pele dos humanos, e o Petrus diz que sim, já fez isso algumas vezes e o resultado não foi ruim. Meu irmão tatua porcos, vou pensar se conto isso pros noruegueses ou se ponho na minha bio do Facebook. Mas depois você come a chuleta tatuada, ou ainda por cima desperdiça comida?, perguntei. Não dá pra comer porque o pigmento não é comestível, e além disso leva tempo pra aperfeiçoar o desenho e a carne se decompõe rápido com o calor das mãos, diz o mané pagando de esperto com suas palavras científicas. Tá, beleza, e os porcos não te pagam pelas tatuagens, eu disse, e mais uma vez o Vasile tenta ajudar, se quiser pode me tatuar, diz. Eu não queria mais passar raiva, e pro meu irmão não sair dizendo que não levo ele a sério perguntei ao rapaz o que ele queria tatuar, e o Vasile me vem com essa: o nome da minha mulher, o sujeito não podia ser mais tapado, porque se a mulher ficar na Suécia qual é a utilidade de ter um pedaço de pele com o nome dela; mas o Petrus diz claro, sim, vamos, o melhor pra começar é a caligrafia, disse que já tinha tatuado uma frase numa moça, mas não acreditei nada, mas o Vasile acreditou e disse que não sabia se tatuava o braço, as costas ou o peito, e o Petrus diz pra ele tirar a camiseta, porra, e não é que o cara tirou. Se vai tatuar o nome da mulher, tatua na piroca. Não aguentei mais os dois, ainda tinha algumas coisas pra fazer e, além do mais, pra que lidar com esses imbecis aqui se já tenho o suficiente no meu trabalho. Saí na rua pra ver se as crianças estavam por ali, pra não chegarem de repente e verem seus pais erguendo a camiseta e tocando a pele um do outro feito dois veados.

*

As mulheres que chegaram à casa nos tiraram desse silêncio. Meu cachorrinho e as crianças foram os primeiros a perceber as vibrações dos passos de tacos de madeira arrastando carrinhos de mercado. Tudo se animou outra vez.

Ciprian me indicou a porta que dava para o pátio, deixando claro que eu precisava tirar meu cachorrinho dali antes que as convidadas o vissem. Cruzei o pátio com meu animal preso às costas pelo cachecol e procurei um local no feno onde pudesse aconchegá-lo.

Na cozinha, Raluca e as demais mulheres limpavam o trigo. A avó de Ovidiu se apoiava em duas muletas toscas de madeira que mais pareciam pernas de pau. Levantou-se da mesa para me cumprimentar. Afundou a cabeça em meu peito e esfregou a testa e as bochechas contra meu lado esquerdo, como faria um gato para cumprimentar meu coração. Eu a segurei em um abraço e pude sentir seu cheiro de Romênia inteira: aroma de barro, levedura, palha, cimento, tapetes, cães e galinhas, sabão, álcool e fumo. Sua cabeça estava coberta por um pano colorido, e o resto de seu traje era esverdeado e escuro como a cor de seus olhos.

A idosa me convidou para sentar à mesa e espalhou um punhadinho de trigo sobre a palma da mão. O cereal parecia um montinho de pérolas que nasciam de sua própria carne.

Passamos a limpar o trigo. Raluca falava a elas de mim, apontava, sorria. Eu separava os grãos com cuidado, porque era a primeira vez que alimentaria a alma de um morto. Durante a labuta, as mulheres cantarolavam o nome do pai de Ovidiu, Dan Mihai, e encerravam cada canto com um *Bogdaproste!*

Depois de limpar vários quilos de trigo, Raluca fez sinal para que eu a seguisse. Fomos ao pátio, recolhemos os baldes de plástico que usavam para coletar água e caminhamos até o poço. Quando voltamos para casa com os recipientes cheios de água, as mulheres nos esperavam com o trigo espalhado sobre um pano branco de chifon. Raluca e as outras duas mulheres seguraram o pano, cada uma pegou uma ponta, eu peguei a quarta. A avó encheu uma jarra com a água recém-saída do poço. Erguemos o pano e a velha virou a água sobre os grãos enquanto todas murmuravam o Pai-Nosso em romeno.

Tatăl nostru Care ești în ceruri,
sfințească-se numele Tău,
vie împărăția Ta,
fie voia Ta, precum în cer așa și pe Pământ.
Pâinea noastră cea de toate zilele,
dă-ne-o nouă astăzi
și ne iartă nouă greșalele noastre
precum și noi iertăm greșițilot noștri
și nu ne duce pe noi în ispită
ci ne izbăveşte de cel rău.
Că a Ta este împărăția i puterea și mărirea,
acum și pururea i în vecii vecilor.
Amin.

Nove vezes se lavou o trigo, nove vezes se recitou o Pai-Nosso, nove vezes se rogou pela alma de Dan Mihai.

O trigo havia inchado como um cadáver sobre o tecido. Levamos aquela massa em procissão até a cozinha e pusemos para ferver. Quando o volume de trigo caiu na caçarola de água fervente, lembrei da vez que saltei em uma piscina na frente de todos os meus colegas de colégio.

Foi preciso ferver o trigo por mais de quatro horas. Durante todo esse tempo, ficamos na cozinha preparando as oferendas para o *praznic*. O mais importante era oferecer a cada convidado uma toalha de mão e uma vela, as frutas, o pão e a *colivă*; as demais oferendas podiam ser pegas na mesa do banquete. A toalha era um pagamento, um agradecimento da parte do defunto, e a vela iluminaria o restante de seu caminho até o além.

Aproveitei que as mulheres estavam ocupadas e fui procurar os cães. As fibras dobradas dos raios de sol daquela tarde se enroscavam entre fardos de feno empilhados no curral. Subi pelos degraus emaranhados de palha luminosa e lá do alto avistei o restante das casas, os campos cor de cobre e de um bronze enferrujado e esverdeado, a terra seca, os cavalos descansando de suas carroças. Fiquei um pouco ali em cima e cheguei a escutar todas as conversas dos habitantes de Goşmani, suas palavras mornas recém-saídas da traqueia e enredadas no vento como nuvenzinhas amarelentas.

A matilha havia farejado minha presença no ar e se aproximava em um galope faminto. Desci de meu castelo de feno e esparramei a ração sobre uns papelões que encontrei entre as quinquilharias do curral. Pobres animais, pensei, e me senti ainda mais miserável por alimentá-los com algo que talvez eles nunca mais fossem comer. Observei-os comendo e fui tomada por uma grande tristeza. Algo se desprendia dentro de mim. Estava perdendo alguma coisa ou estava me perdendo sem alguma coisa que me abandonava, fugia de mim, deixava-me desabitada.

Aproximei-me da matilha e os cães abriram espaço para mim entre eles. Convidavam-me para seu banquete e eu aceitei. Comi algumas porções de ração seca. Meu cãozinho apareceu. Dei de comer direto da mão, e em seu entusiasmo ele cravou um dente no meio de minha palma. A ferida não era profunda, mas chegou a sangrar um tantinho. Limpei a mão com uma folha de jornal e continuamos nosso jantar especial. Havia reservado só para ele um pote de patê, que devorou lambendo os beiços a cada porção.

Voltei com meu cãozinho enrolado em minha roupa e entrei pela porta dos fundos para chegar diretamente ao quarto e escondê-lo debaixo da cama. Embora meu animalzinho estivesse bastante molenga após o banquete, dei-lhe uma boa dose de calmantes para garantir que permanecesse protegido e quieto pelo resto da noite.

Na cozinha, as mulheres estavam quase terminando a *colivă*. Quando me convidaram para moldar o resto da massa, precisei lhes mostrar a ferida em minha mão. Todas fizeram o sinal da cruz três vezes, menos Raluca. Ela deu uma gargalhada e perambulou por toda a cozinha até encontrar uma garrafa reaproveitada em meio a umas bugigangas. Pegou um pano de prato e empapou-o com um líquido transparente que cheirava a mescla de cloro e vinagre. As senhoras murmuravam e voltaram a fazer o sinal da cruz. Depois de limpar minha ferida, a *bunică* pegou uma cabeça de alho e arrancou um dente. Com uma mão, segurou minha mandíbula e com os dedos da outra abriu minha boca sem soltar o alho. Seus movimentos eram firmes, mas não bruscos. Me fez engolir o alho com os mesmos movimentos que eu usava para enfiar os calmantes em meu cão.

A *bunică* golpeou o chão com sua muleta de madeira e mandou eu me sentar em um canto da cozinha. Raluca me serviu um prato cheio dos restos de *colivă* que ficaram grudados na panela e nas formas. *Mânca*, disse.

De meu refúgio, vi como adornavam a *colivă*. Nas bordas da papa de trigo, salpicavam nozes trituradas e pastilhas de açúcar, e depois decoravam o centro da massa espargindo cacau e canela sobre um estêncil de papel-manteiga em forma de cruz.

Eu devia estar mais tranquilo porque quase tudo já está pronto, mas estou tão inquieto que até fiquei tentado a tomar um dos comprimidos dela. Vi que restam poucos, mas é melhor não ter experimentado, se amanhã eu perco a hora e fico dormindo vai ser o caos, preciso estar bem cedo no cemitério, também pensei em roubar um pouco de tabaco da Raluca antes de sair, mas também não fiz isso e espero que todo esse nervosismo passe com um bom banho, um bom banho é capaz de limpar até as ideias. Ora, é normal ficar assim. Amanhã meu pai voltará da terra e estará entre nós. Sem dúvida, ele gostaria de me ver com uma esposa e uma família, porque na minha idade já tinha filhos, mas comigo as coisas saíram de outro jeito, acontece. Não é nem ruim nem bom, meu pai entende, mas acho que vai se surpreender ao descobrir que continuo sozinho, mas se não tenho mulher é porque passo a vida dando o sangue. Ele não vai se surpreender com a ausência da minha mãe, porque já deve saber que hoje ela é quase uma italiana, e também deve saber que ela pretende se casar muito em breve. Minha mãe e eu, os dois vamos casar, eu no papel e minha mãe também, mas a diferença é que ela teve um relacionamento com o homem que vai ser seu marido, Mario, e eu não tive nada com a Giorgeta e nem sei se vou chegar a ter, seria o mais fácil, continuar casados e seguir uma vida séria, no mesmo lugar, pensar só no que tenho por perto, meu trabalho, minha casa, minha mulher e meus filhos. Não estou cansado de ficar sozinho, mas sinto falta de ter alguém pra não dormir numa cama fria, mas todas as vezes que tentei alguma coisa com alguém deu tudo errado, e quando lembro disso prefiro ficar sozinho e me enrolar num cobertor. A tia Viorica me disse que eu era um rapaz maravilhoso, como seu Sorin, trabalhador e bom, e quem dera que ele e eu pudéssemos encontrar uma mulher com boas intenções e que gostasse da gente, mas o Sorin está lá no mar, num barco cheio de homens, e eu, quase na mesma, mas dirigindo um ônibus. No fim das contas, o Petrus é quem se deu melhor, porque a vida dele é estável, claro que isso é por causa do dinheiro que minha mãe e eu mandamos, mas nem todo mundo sabe disso, as pessoas veem o Petrus como o normal e o esquisito sou eu, sim, os ciganos já me disseram que falo esquisito, que já esqueci como ser romeno, como acontece com todos os romenos quando pisam fora do seu vilarejo, mas e o que é que esses ciganos sabem, como não falar esquisito se minha cabeça fica toda bagunçada por causa dos idiomas, anos e anos pensando em espanhol e trabalhando em norueguês, a única coisa que faço em romeno é sonhar. Pra mim tanto faz, podem pensar o que quiserem, mas eu sou bem romeno e não quero morrer na Noruega, não quero ficar sozinho eternamente num cemitério de terra estranha pra receber visita só dos corvos e da neve. Alguns anos atrás eu senti muita vontade de voltar, isso foi antes de comprar o apartamento em Constança, queria voltar pro vilarejo e com o dinheiro do apartamento em Constança eu podia comprar uma casa aqui, sobrava até pra um sítio, mas aqui eu não ia conseguir ficar sozinho, não iam me deixar viver. Um homem morando sozinho numa casa imensa é como um Drácula ou um transtornado mental ou sexual. Então fui atrás de uma colega de escola, a mais tranquila, a mais inteligente, mas também a mais feia, porra, tinha pelos na cara e monocelha, os dentes tortos. Só se salvavam os olhos azuis e o cabelo preto, o da cabeça, digo, que era brilhante e liso, bem, de corpo ela também não era ruim, era um pouco magra, sim, mas tinha peitos, o resto tinha conserto com um pouquinho mais de pão. Fui atrás dela e aceitou sair comigo, mas quando falei dos meus planos de voltar pra Romênia ela não se animou nem disse nada. Não ia propor que a gente se casasse no primeiro encontro, não sou maluco, mas estava testando a temperatura. A gente saiu outra vez, dei a ela uma segunda oportunidade e como aceitou pensei que podia dar o bote, mas a segunda saída foi parecida com a primeira, cacete, um saco aquela mulher. Sei que não sou tão inteligente quanto ela, mas também não sou um palerma nem um idiota, e ela deu sinais que me enganaram. Fui deixá-la em casa, me convidou pra entrar e me disse que a mãe não estava, se isso não era um convite pra trepar não sei o que seria, alguém me explique agora mesmo, vamos, mas não, não era, porque nunca trepamos, mas eu tentei, claro. A gente sentou no sofá da sala, ela sentou do meu lado e tinha outros lugares onde sentar, pra mim esse foi outro sinal, por isso fiquei muito seguro de tudo, e fui direto passando a mão nela, mas ela não deixou, e claro que me irritei, me irritei com essa sacana porque se tem algo que odeio nas mulheres é que me deixem de bola inchada. Ela se desculpou e me disse que era virgem, e na verdade não era tão difícil assim de acreditar, por isso perguntei se ela queria esperar até casar, disse por dizer porque me parecia muito difícil que alguém tivesse desejo por aquela mina, ou seja, até podia ser, vejamos, eu podia fazer o serviço e até podia ter dormido com ela, mas isso se ela ainda tivesse a personalidade de antes, da feinha do colégio, além do mais tudo vinha ficando mais fácil, o truque era reparar mais nos olhos que nos dentes ou nos pelos do rosto, enfim, na realidade eu queria perguntar se ela tinha sentido vontade de trepar alguma vez na vida ou o que, mas me contou que não, não ia casar, não queria. Não nutra esperanças, me disse. Teve a cara de pau de me dizer isso sendo feia como era, porra, quem tinha esperança de trepar era ela, não eu, porra, não fode. Fiquei duro. Não tanto o pau, digo, mas comecei a ficar encucado e isso me irritou ainda mais. Não me mexi do sofá e ela abriu um pouco a blusa, porra, ia me deixar de bola mais inchada, e a mina enfiou uma mão entre os peitos, e o jeito como fez isso, me provocando, porque mexeu a mão devagarinho como se fosse tirar um peixe do meio das tetas, e claro que tirou uma coisa, a correntinha com um crucifixo e uma medalha com a imagem de santa Teodora. Quero me entregar somente a Deus, como minha santa, me disse. Porra, por isso eu não esperava, não esperava que ela fosse carola, não. Eu continuava irritado. Ia se enfiar no convento pra não virar *moroaica*, já estava quase rolando, me contou, e eu, pra acalmar as coisas, perguntei se ela saia comigo pra testar sua força de vontade e resistir ao pecado e à tentação, era uma brincadeira, disse de boa vontade, mas a canalha me responde, é que me apiedei da sua alma que está perdida e desesperada. Porra. Desesperado pra trepar, isso sem dúvida eu estava, sempre, e levante a mão quem não está, mas minha alma vai muito bem, e além disso, quem era ela pra saber alguma coisa disso. Voltou a enfiar a medalha entre os peitos e pegou algumas imagens. Até hoje não entendo por que fiquei ali escutando ela. Me contou a história da santa Teodora, bem, a verdade é que era interessante, eu não conhecia a história, mas quando me disse "santa Teodora teve marido e casou, duas vezes", disse isso, "casou"; então eu disse: nem olhe pra mim, não nutra esperanças; devolvi sua frase, desferi o golpe e acertei em cheio, e depois de dizer isso senti um torpor como se tivesse gozado e não sei por que, naquele mesmo instante me veio à cabeça a canção de Alexandra Stan: *Hey sexy boy, set me free, don't be so shy, play with me.*

*

Ciprian apareceu na cozinha. Segurou minha mão ferida, me ajudou a pegar minha sacola com roupas limpas e me levou até a rua. O Dacia estava à nossa espera. Tirou as chaves do bolso, abriu a porta da frente e me convidou a ocupar o banco do carona. Entrei. Afivelei o cinto enquanto ele se acomodava no banco de trás. Eu o espiava pelo espelho retrovisor: era um garoto belíssimo. *Unchiul Ovidiu are telefonul tău*, me disse. *El are și parola ta*, seu *password*, acrescentou.

Petrus apareceu. Seu filho lhe entregou as chaves.

Já havia percorrido esse trajeto com Ovidiu, mas tudo se transformou em um lugar completamente diferente e novo com Petrus conduzindo o veículo. Se viajássemos a cavalo, teria sido mais fácil para mim apontar com precisão os diferentes estilos de deslocar ou conduzir um animal de cada um dos irmãos. Poderia ter notado essas mudanças não só nele, mas também no próprio animal, em sua pelagem mudando de tom conforme o galope, na torrente de seu sangue fervendo entre minhas pernas, no resfôlego de acordo com a mão do ginete. Havia algo diferente naquela viagem conduzida por Petrus, embora eu não soubesse explicar direito essa sensação de novidade.

Enfim chegamos à casa de Giorgeta, que era grande, ou, melhor dizendo, alta. Era uma das poucas casas de dois andares. Não tinha pátio, mas perto da porta principal havia um calçamento de pedra ao redor de um jardim bem cuidado. Os arbustos de rosa-chá e as matas de gerânios brilhavam como o vidro verde das garrafas de vinho envelhecido, a seiva havia inchado seus caules e folhas até entreabrir alguns botões de onde despontavam pequenas pétalas, como as linguinhas dos seres recém-chegados ao mundo, os que não sentiram nada além do sabor de ar e pranto. Entre suas membranas vegetais, as cores se enramavam como rastros de aquarelas úmidas de orvalho. O jardim me olhava, cada cálice de sépala era uma pálpebra semiaberta aguçando a visão das pétalas que pouco a pouco deixavam a cegueira escura do inverno e se abriam para receber a luz.

Entre essas flores surgiu uma mulher idêntica a Giorgeta, mas de mais idade e vestida com mais cores. Convidou-nos a entrar, mas Petrus apenas a cumprimentou e se virou para o carro que ainda estava de motor ligado.

Por dentro, a casa de Giorgeta não parecia uma casa romena. Mas quantas casas romenas eu tinha visto? A casa de Giorgeta não era parecida com a de Viorica nem com a de Raluca, tampouco lembrava a casa imaginada de Andrei ou a casa que Sorin estava construindo à distância, de um barco mercante, uma casa inexistente, mas da qual era possível deduzir forma e detalhes a partir do terreno que havia comprado em Constança, uma extensão de grama com cerca farpada que sua mãe havia me mostrado em uma fotografia. Havia uma ordem inesperada na casa de Giorgeta. A ausência de espelhos e cores fortes contrastada com a harmonia da distribuição do espaço de paredes brancas, a sutileza dos móveis de madeira natural e as plantas faziam dela uma casa de um planeta que não pertencia ao universo romeno.

Eu nunca havia cheirado um cigano, mas a casa de Giorgeta tinha esse cheiro, de cigano: madeira envelhecida, campo aberto, bronze úmido de saliva dos trompetes recém-tocados, incenso, pó e carvão, cabeleira azeviche e chá de calêndula que sua mãe acabara de preparar e serviu para nós.

Depois do chá, Giorgeta me levou ao banheiro. A tina fumegava como um caldeirão de sopa com espuma. Me entregou duas toalhas limpas e um sabonete de lavanda envolto em papel encerado; fechou a porta atrás de si. Me despi com pressa e mergulhei na água morna como se retornasse ao meu elemento. Esfreguei o sabão de lavanda e o deixei boiando em meio a espuma. A água me dava forma e inchava a ferida de minha mão como um lembrete de que há milhões e milhões de anos fui um peixe que tinha guelras.

A Giorgeta não ajudou em nada, mas ao menos cedeu seu banheiro pra gente e isso é uma ajuda, eu precisava de uma ducha com urgência, até aquele vira-lata estava mais limpo que eu, e me recuso a vestir a roupa nova que preparei pra cerimônia sem antes jogar uma água no corpo. As duas me pareceram muito íntimas. Quando cheguei, a Giorgeta estava penteando a profe, tem jeito pra essas coisas, prendeu o cabelo dela em forma de cestinho. Ficou com boa aparência, mais séria, jeito de profe, muito bom pra ir à igreja. Também emprestou pra ela um xale pra cobrir a cabeça, mas pediu que fosse eu a explicar como ela deve pôr, porque ela não gosta de andar coberta e não quer cobrir ninguém. Tenho a impressão de que não vai à cerimônia, mas não vou reclamar de nada, acho que é coisa da mãe dela. A mãe estava lá, mas assim que me viu foi embora. A Giorgeta penteava a profe e a mãe servia chá, tudo muito bem, todas sorridentes e conversadoras, mas quando cheguei ficaram mudas, e a mãe, porra, quase não me cumprimentou e foi embora sem me oferecer nada, nem um pouco de chá, não custava nada porque já estava servido. Pelo menos a Giorgeta me trouxe uma xícara e serviu um pouco de café, também ofereceu pão doce. Agora na volta pra casa eu disse à profe pra já ir ensinando norueguês pra Giorgeta, pra ela saber pelo menos dizer bom dia pros noruegueses na sua língua, porque isso amacia eles e facilita as coisas. Também devolvi o celular dela e perguntei, à queima-roupa, se tinha notícias do meu primo Bogdan, se ele podia recarregar o cartão PIN dela, mas ela, que não é boba, entendeu de cara o que estava rolando. Olhou suas mensagens e não sei se apagou ou arquivou as do Bogdan, mas alguma coisa ela fez com a conversa com meu primo, a primeira da lista. Eu li a conversa, claro que não li tudo porque não tenho tempo pra baboseiras de crianças que trocam carinhas, mas o que li bastou pra entender que agora são grandes amigos e meu primo parece ter feito um curso intensivo de conversação em espanhol, o canalha; mas ela não disse nada, e eu também não perguntei nada de concreto, não queria passar por fofoqueiro, enfim, ela fingiu que não ouviu, e como não me disse nada sobre o Bogdan passei pro assunto do vira-lata, deixei claro que o cachorro não pode ficar dentro de casa amanhã porque vamos ter convidados. Não vou dizer que os animais podem abrigar os demônios liberados quando celebramos os mortos, não quero assustá-la, e espero que o Petrus já tenha tirado as galinhas de lá, são possuídas bem fácil, como as crianças, os gatos e os cães, os animais menorzinhos, os que podem entrar em casa, é que o *smirgoi* prefere os animais mais próximos das pessoas, mas as vacas também podem ser possuídas, e como é imensa, pode servir de lar pra mais de um demônio, imagino que o Petrus já tenha pendurado alho nelas, também espero que tenha coberto o estábulo com a chapa de madeira. Não vou lá conferir se ele fez isso ou não, vou confiar nele e relaxar, não quero desperdiçar o torpor desse banho morno e preciso estar bem pra amanhã porque já estou cansado de organizar e dar ordens, porque se eu não digo nada ninguém faz nada. Pra ela sim, expliquei em detalhes o que precisa fazer com as velas, o dinheiro, a *colivă* e a vó. Não é pura vontade de dar ordens, é também pra deixá-la a par das tradições, sei lá, pelo menos eu ia gostar de conhecer as tradições do seu país, já vi que com o Bogdan ela fala sobre qualquer besteira, mas não pergunta nada sobre a Romênia, nada, e lembro que de início parecia muito curiosa e interessada em saber tudo, mas agora não pergunta nada, e por isso expliquei tudo, pra que amanhã faça as coisas direito, porque se não souber pra que são as velas, o dinheiro, as toalhas, pode achar que é tudo besteira de cigano. Mas são tradições, não fazemos *colivă* porque o trigo é barato, mas porque o trigo é o alimento sagrado, dado por Deus, as espigas dos trigais são os refúgios onde se enredam as almas dos defuntos, por isso o padre benze o trigo em todas as suas formas, pra que só entrem boas almas nele, e o trigo precisa estar limpo pra que a água benta entre, e a massa moldada é a lembrança da terra e da água, da vida, do barro da criação e da terra sobre o defunto, da morte, por isso as *colivăs* têm forma de caixão e uma cruz de cacau, que são as tumbas. Os *colacs*, os pães dos mortos, também são de farinha de trigo e são preparados em forma de rosca, ou de cruz, e é importante que as tiras de massa formem uma trança, porque a trança é como a corda que ata os defuntos aos seus familiares também falecidos e aos vivos, aos que levam esse pão até sua tumba. As frutas são a lembrança do jardim do Éden, por isso existem macieiras em todos os cemitérios, as árvores que são plantadas no primeiro funeral e os frutos são oferecidos de novo em outras cerimônias pro defunto, por isso é preciso receber a fruta, pra lembrar que somos filhos de Deus e que nos criaram no paraíso, onde podíamos comer todos os frutos da terra, é que da terra viemos e a ela voltaremos, e na cerimônia é preciso aceitar tudo o que nos oferecerem e oferecer também, é possível oferecer todas as coisas da mesa, fruta, pão ou *colaci*, não precisa pensar muito no que vai oferecer, basta aceitar o que nos oferecerem, o mais importante pra ela é entregar as velas, as toalhas e o dinheiro que é pra esmola, eu disse pra ela repartir o dinheiro quando a pessoa for muito idosa ou pobre, e quase sempre são as duas coisas, mas ela que decida como entregar, ela que pense, que não dê pra qualquer um nem pra quem já tem, e também trate de cobrir essa ferida na mão com algo mais discreto que o pano que ganhou da Giorgeta. Eu disse que se estenderem pra ela uma mão como se pedissem dinheiro, sim, é pra entregar, mas antes deve entregar a vela, que é pra iluminar a alma do meu pai, isso é o mais importante e é por isso que estamos aqui.

*

O ar frio e seco da manhã era um véu de giz celeste. O sol estava presente e iluminava todas as coisas; entretanto, era um sol desprendido e estranho que parecia ter se desentendido com o universo; pairava no céu quieto e indiferente, brilhando como uma lâmpada no corredor de um museu.

Ovidiu acordou com a alvorada. Vi quando sua sombra apressada deixou o quarto. Olhei debaixo da cama e ali estava meu cãozinho, aconchegado na lã de meu blusão, fitando-me com as duas gotas luminosas que lhe serviam de olhos. Depois de me vestir, trouxe para ele uns pedacinhos de salsicha que deixei ao seu lado. Ele mal farejou e logo voltou a se acomodar. Continuou dormindo.

A *bunică* me esperava na sala. Estava de pé, ao lado da porta da frente, e olhava pela janela enquanto fazia suas muletas de pau ressoarem contra o piso. Aproximei-me dela e segurei-a pelo braço. Pouco antes de partir para a cerimônia, pensei que fosse desmaiar. Eu sentia uma dor intensa na barriga e suava frio. Entreguei a ela o lenço que Giorgeta havia me dado. A avó ajeitou meu cabelo e cobriu minha cabeça. O lenço era preto, franjado nas extremidades, com bordados de fio de seda em relevo brilhante. As mãos da *bunică* sobre minha cabeça e minha mão segurando seu braço na altura da axila me fizeram pensar em um círculo de mulheres, umas dentro das outras, como bonecas russas. O calor que emanava do corpo da velha me reconfortou.

Ovidiu chegou para nos buscar. Tirou as muletas das mãos da *bunică* e eu ofereci a ela meu antebraço inteiro para que se apoiasse ao entrar no carro. Quando voltei à casa para pegar as toalhas e as velas, Ovidiu me esperava com um dente de alho na mão. Já vi que você deixa o cachorro debaixo da cama, mas mais tarde a gente conversa sobre isso; abre a boca, ele disse, e eu obedeci. Ele também engoliu um dente de alho e recolheu as demais oferendas.

A ardência do alho subiu de meu estômago para o nariz e os olhos. Não sei se foi o enxofre do alho, mas derramei algumas lágrimas. A *bunică* também chorava, e Ovidiu mantinha os olhos fixos no percurso. Lembre que você precisa dar uma vela pra cada um, as toalhas até acabarem e o dinheiro; cuide bem pra quem você vai dar. Quando chegamos à igreja, Ovidiu se encarregou de conduzir sua avó, sustentava a idosa com um braço e com o outro carregava uma fonte de *colivă*. Pegue tudo, deixe o pão e as frutas na mesa que você vai ver na entrada da igreja, já sabe o que fazer com as toalhas, as velas e o dinheiro, disse. Pode deixar as toalhas na mesa, mas entregue com as mãos. Não entregue todas, guarde um pouco pra depois da cerimônia. Avançou alguns passos e gritou. Venha, ponha algumas velas na *colivă* e pegue as chaves do carro aqui no meu bolso.

Minha mão deslizou pelo tecido e as costuras de sua calça. O bolso era estreito, profundo e morno como o trato de uma serpente devorando minha mão. Apalpei a firmeza de suas coxas antes de chegar nas chaves aninhadas como uma aranha de metal no fundo daquela garganta. Tem um isqueiro no porta-luvas. Traga também, porque você precisa ter uma vela acesa na mão quando for distribuir as oferendas, e ligue a chave do carro.

Obedeci a suas instruções ao pé da letra. As pessoas que chegavam me cumprimentavam, e eu retribuía seus cumprimentos meneando um pouco a cabeça. Fiz isso tantas vezes que me lembrei das galinhas ciscando terra seca no curral.

Na igreja, vi quando o coroinha recebeu a *colivă* e Ovidiu acomodou a avó em um banco, embora a idosa tenha largado as muletas e passado a maior parte da cerimônia ajoelhada sobre o tapete vermelho da igreja, como muitas das mulheres de mais idade ali presentes. Eu estava preparada. Em uma mão tinha um punhado de velas, um maço de notas de um e cinco *leu* e toalhas de mãos com um nó na ponta, como um cacho imenso de bananas de felpa. Com a outra, eu segurava a vela acesa. Os recém-chegados utilizavam meu fogo e depositavam as velas acesas em uma fonte de areia. Depois de deixar a avó, Ovidiu voltou. Pôs-se ao meu lado com velas e cédulas, e assim fomos recebendo todos que chegavam à igreja.

Quando só restavam uma vela e uma cédula, Ovidiu me disse: veja, você vai fazer o mesmo que eu, vamos até o altar, mas não venha do meu lado, venha atrás, me siga pra gente largar a vela acesa naquela caixa de areia onde estão as outras velas, e o dinheiro naquele pote na lateral, e depois beije a mão do padre e a imagem da Virgem, veja como as pessoas fazem, veja como eu faço e faça igualzinho.

Nossos passos sobre o tapete desprendiam um cheiro de umidade e madeira podre que às vezes era desagradável, mas logo se tornava semelhante à descrição de um vinho: notas de nozes, bosque de cedros, queijos maduros, buquê de canela defumada e trigo jovem em fermentação. Imitei os rituais de Ovidiu, beijei a mão do padre e senti em meus lábios o anel úmido pela baba dos fiéis e de Ovidiu, minha baba sobre a dele e todas as demais como lençóis freáticos de baba fluindo a partir do metal e por entre as fissuras epiteliais das mãos do padre.

Quando me aproximei para beijar a imagem da Virgem, lembrei-me de quando beijava espelhos durante a puberdade.

Fitei a imagem, a mesma imagem que ardeu na casa de Viorica, pensei nela, nas mulheres de Bucareste, nas de ontem preparando a *colivă*, na irmã morta de Ovidiu, em sua mãe na Itália, na *bunică* chorando, em Raluca me oferecendo um cigarro, em Giorgeta trançando meu cabelo e em sua mãe me servindo chá. Apoiei as duas mãos nas laterais da imagem e mergulhei minha boca entreaberta na imagem. Foi um gesto obsceno, mas discreto e breve. Fechei os olhos e lambi o pão de ouro da auréola, minha língua leu o relevo da imagem sagrada enquanto eu imaginava que estava beijando todas as mulheres, as da Romênia e todas as outras, todas aquelas que guardei na memória ao longo de minha vida, todas aquelas mulheres com nomes e imagens. Nunca tinha beijado uma mulher, mas ao pôr os lábios sobre a imagem beijei todas as mulheres: Eva, Salomé, Miriam, Abigail, Marta, Débora, Madalena, beijei todas as que me beijaram desde antes de eu existir para elas e todas as que ainda não existiam para mim.

A cerimônia era uma repetição de cânticos em *loop*, entre o padre, os coroinhas e os fiéis.

Veşnica pomenire
Veşnica pomenire
Veşnica pomenire

O padre dava alguns passos próximo ao altar e movia o corpo em uma dança circular e inquieta; primeiro dava as costas aos fiéis e então se virava para olhar as imagens. A dança se repetia em espiral. Em meio a essa dança de círculos, o sacerdote pegava alguma oferenda e a erguia no ar. Fazia um movimento de abano, de cima para baixo, e balançava um livro sagrado, uma *colivă*, pães, frutas. Sussurrava para as coisas, sussurrava para nós e nos benzia.

Não sei quanto tempo durou a cerimônia, mas quando nos dirigíamos ao cemitério o sol já se derramava sobre o teto da basílica e irradiava calor como um imenso aquecedor elétrico no centro de um pátio. A terra exalava vapor morno e o ar que respirávamos se solidificava. Pensei nos cadáveres, em sua matéria dispersa, nos músculos desfeitos como pelugens de carne aninhadas nos poros dos ossos. Imaginei os cadáveres se desfazendo em migalhas, pensei nos mortos suando pérolas brilhantes, leite fresco, pensei no hálito azedo do pão de forma guardado em uma sacola de plástico.

Antes de chegar à tumba aberta e após a cerimônia na igreja, todos nós seguimos para os salões da paróquia. Haviam acomodado ali as demais oferendas trazidas pelas pessoas. Acendemos as velas outra vez e distribuímos o resto das toalhas. As dezenas de *colivăs*, pão, frutas e doces que repousavam sobre mesas compridas em meio a garrafas de vinho e velas acesas foram benzidas com água e incenso. As moscas revoavam como lantejoulas enredadas em um tule de fumaça doce que nos envolvia como se fôssemos larvas cheias de fé de borboleta. O padre e seu coroinha entoavam os mesmos cânticos da igreja. *Veşnica pomenireee, Veşnica pomeniree eee eee, Veşnica pomenireee.*

Ainda bem que não deixei a Giorgeta encarregada de cuidar da minha vó na cerimônia, porque ela não apareceu. Eu sabia que ela não ia vir, mas acho que a mãe dela tem uma boa parcela de culpa, tenho a impressão de que a velha quer voltar ela contra mim. Como é a única filha, não gosta da ideia de ela ir morar noutro país. Foi melhor a *bunică* ter ficado com minha professora, assim pôde chorar pelo filho à vontade sem ninguém pedir que se acalmasse ou se resignasse nem nada do tipo. Fez o mais importante, a ajudou a caminhar e a segurou o tempo todo pra ela não cair, porque minha vó não anda bem e caminha com muletas de madeira velhíssimas. A profe fez o que pedi, tudo muito bem e em ordem: as toalhas, as velas, o dinheiro, a *colivă* e a vó. Beijou a mão do padre e beijou a imagem da Virgem. Melhor a Giorgeta não estar aqui, assim o padre não me pergunta nada. Já me viu com a professora e acho que pensou que temos alguma coisa, e vou deixar assim porque no momento é conveniente. Não pode perguntar nada pra ela. Quase sempre é melhor estar ao lado de uma mulher que não fala. Felizmente a Raluca ficou em casa, porque não teria parado de falar e ia acordar todos os mortos. Tudo correu bem, mas comecei a manhã irritado, porque quando já estávamos todos prontos pra ir à igreja descobri que o cachorro estava escondido debaixo da cama. Porra, quase botei ele pra fora a chutes, mas não tive tempo e nem valia a pena, pelo menos estava limpo e ficou dormindo. Eu já tinha deixado claro que o cachorro não podia ficar dentro de casa, mas ela sempre ignora o que digo, embora hoje tenha feito tudo o que pedi, verdade seja dita, não tenho do que me queixar. Tomara que não invente de carregar o cachorro como se fosse um filho na frente dos convidados, mas não, acho que não, agora, ela é esquisita e tem suas manias, estou conhecendo melhor e nunca se sabe. Pôs o vestido de Bucareste com uma camiseta escura por baixo e não se via o decote, estava elegante e ficou bem de lenço escuro na cabeça. Não descuidou da *bunică*, segurou-a o tempo todo, limpou suas lágrimas enquanto as duas choravam. Eu não consegui chorar, mas senti um nó na garganta o tempo todo, não sei se era vontade de chorar, mas não derramei nenhuma lágrima, o que senti foi uma dor em toda a pele do rosto e debaixo dos dentes, ali onde ficam as gengivas, em cada buraco de carne cheio de saliva, ali estava minha dor.

*

Após várias horas de cânticos entre a fumaça do defumador e das velas, partimos rumo ao cemitério.

Eu segurava a *bunică* pelo antebraço. Suas muletas jaziam na extremidade da tumba aberta como tíbias rachadas e roídas pelo andar da idosa sobre o caminho de sua pena. *Draga mami e aici, draga mami*, gritava olhando o tecido brilhante sobre os restos de seu filho.

A fossa estava coberta por um toldo branco. A luz atravessava as fibras do toldo e transluzia com um pontilhismo luminoso uma ossada que sobressaía da terra. Concentrei-me nos contornos dos ossos e tentei reconstruir o corpo. Olhava para Ovidiu e Petrus e ia montando a partir de suas feições uma figura de carne presa àqueles ossos que jaziam pelados sob o tecido.

O padre verteu jorros de vinho doce ao redor da tumba. As gotas do licor salpicaram o véu que cobria a fossa. O orvalho dourado e avermelhado de álcool aprisionava flocos de terra e se esparramava sobre o poliéster, formando sistemas planetários alaranjados que flutuavam em um universo branco de fibras. Os olhos de Ovidiu estavam fixos nesse universo. Seu olhar atravessava o tecido do toldo e se enredava nos poros dos ossos de seu pai. Meu amigo tinha diante de si o processo de uma dor enterrada e desenterrada apenas para ser enterrada outra vez. As exéquias eram um zumbido absurdo, um trava-línguas solene para os enlutados.

Eu tinha visto uma foto do pai de Ovidiu no altar da igreja, ao lado das oferendas. Era uma foto em preto e branco que delineava claramente os contornos de seu rosto. De vez em quando eu tinha a impressão de que aquele rosto estava escondido entre os ombros dos vivos, flutuando como um balão de gás hélio que nos fitava de algum ponto do cemitério. Eu lembrava de uma ruga profunda na testa. A partir dessa ruga, escorregavam as outras linhas que definiam suas feições. Ovidiu era parecido com o pai. Voltei os olhos para meu amigo e seu rosto estava úmido, não de lágrimas, mas de suor. Suava como os cadáveres e seu suor encharcava essa ruga em processo de maturação na testa que havia herdado. A luz viscosa se embrenhava nos buracos de carne e iluminava as marcas deixadas pela acne adolescente, covas de carne violácea em seu semblante nas quais eu reparava pela primeira vez.

O padre esvaziou o resto do vinho sobre a tumba, e eu fechei os olhos. Sob minhas pálpebras se acomodaram os fosfenos desenhando a cara do defunto em branco e preto. De que cor seriam seus ossos?, me perguntei. Tentei perseguir o córrego de vinho até a terra; imaginei um biscoito de cartilagem embebido em licor se formando nos restos de tecido ósseo do pai de meu amigo. A ossada era um recife de coral onde se refugiavam cardumes infinitos de peixes de outro mundo. Perguntei-me se existiriam conchas de osso, larvas peroladas de vermes incrustadas em cada poro do tecido ósseo.

Chorei de olhos fechados. Ao cair sobre um tecido, a terra produz um ruído baixo e abafado, como um pássaro cego caindo do ninho sobre a terra. Abri os olhos e voltei a esse universo de gotas de vinho sobre o lenço, que desenharam um rosto que foi se esvaindo no pó.

Meu pai deve estar contente por saber que logo vou me casar, ainda que seja por causa dos papéis e com a Giorgeta. Queria que ele estivesse aqui em corpo pra brindar com ele, mas mesmo assim bebi com sua alma e no seu nome. Contei tudo pro meu padrinho. Disse que ia me casar e ele achou que era com minha professora de norueguês. Que bom você ter arranjado uma professora, são as melhores!, me disse, e lembrou da minha professora do primário, disse que mora em Timisoara e tem dois filhos. Como você sabe? Porque ela tem Facebook e se adicionaram faz pouco. Ainda se lembra de mim, disse meu padrinho, e me piscou um olho. Quando contei que ia me casar com a Giorgeta, ele não gostou. Mas essa aí nem gosta de você, não foi à cerimônia nem por educação e só veio aqui pra comer e fofocar, disse. Então expliquei pra ele a situação, achei que já soubesse porque ele e o Andrei são muito amigos, mas não, não sabia de nada, então pedi várias vezes que guardasse segredo. Não lembro direito o que mais eu disse, porque estou muito cansado e um pouco bêbado, mas ele me fez várias perguntas: vão dormir juntos? Você vai poder sair com outras mulheres? Vai deixar a Giorgeta sair com outros homens? E se ela casar com um norueguês? Tem alguma mulher de reserva? Já separou seus bens? Não tem nada com sua professora? Quer ter filhos?

*

Diversos comensais já haviam chegado. Alguns continuavam de pé e outros esperavam sentados nas cadeiras e mesas dispostas no pátio. O sol engrossava os fios das toalhas de mesa e transformava aquela seda sintética malfeita em uma trama complexa de *broderie*. O padre tinha lugar reservado na ponta da mesa. Ovidiu e eu ocuparíamos os assentos ao seu lado.

Ajudei a *bunică* a se acomodar em meio aos netos e voltei para meu lugar na outra extremidade da mesa. Giorgeta chegou um pouco antes do padre e sentou-se ao meu lado. Cumprimentou-me esfregando minhas costas e dando umas batidinhas, como se faz com os bebês depois de mamarem para ajudar o arroto a sair.

Na noite anterior, eu tinha pegado no sono em sua banheira. Quando entrou no banheiro, Giorgeta me viu boiando como peixe morto na água turva de sabão e de minha sujeira escamosa. Despertou-me entregando uma toalha e deixou o banheiro.

Eu me vesti. Desci até a sala de jantar e Giorgeta me esperava com um secador de cabelo. Removeu o excesso de umidade com uma toalha e depois secou meu cabelo com o aparelho. Depois escovou meus cabelos e fez duas tranças que se uniam na extremidade de minha nuca como um fio de seda adornando uma dragona.

Giorgeta dava forma às coisas e as tornava perenes. Sua presença na janta deu à refeição contornos de acontecimento e definiu minha própria presença. Meu silêncio se manifestava em suas palavras e suas palavras marcavam o tempo conforme a duração de seu discurso. Não existia o tempo, apenas o transcorrer de conversas em romeno como tique-taques, ponteiros de segundo, pêndulos, apitos de relógio. O tempo vai acabar para mim, eu pensava, enquanto as vozes fluíam no espaço como areia dentro de uma ampulheta.

Quando o padre chegou, cantamos mais uma vez o *veşnica pomenire* e nos sentamos à mesa.

Lembro-me do banquete como um jogo de olhares. Nesse jogo, reconheci os olhos do padrinho de Ovidiu. Seus olhos falavam mais que os olhos dos outros desconhecidos. Eu soube que com aquele olhar não tivera problemas para despistar a Securitate e seduzir a professora do primário. Seus olhos amarelos de vinho doce, de gato, também me seduziam. A catarata dos olhos da *bunică* envolvia em uma nuvem todas as coisas para as quais olhava. Confundia-nos com pessoas de seu passado, com santos em razão da auréola de luz opaca sobre nossa cabeça; éramos seus mortos mais queridos, e eu também estava morta.

Meu olhar estava dilatado pelo álcool e meu corpo fervia. Lembrei-me de meu cachorrinho debaixo da cama, meu cachorrinho que me servia de cobertor.

Os comensais pareciam satisfeitos. Algumas das bandejas ainda estavam cheias. Espichei-me para pegar um pouco de comida e Giorgeta se antecipou e encheu meu prato. Belisquei um pouco de comida enquanto separava o resto. *Pentru caine*, Giorgeta sussurrou para mim. Quando Raluca e as outras mulheres começaram a recolher os pratos, Giorgeta fez um gesto se mostrando prestativa e levou meu prato e o seu.

Ovidiu conversava com o padre e os demais convidados. Eu escutava suas palavras como zumbidos agradáveis que acariciavam minha mente e desciam por minhas costas como um formigueiro desfilando pelas cordas de meus nervos dorsais. Estava entorpecida pelo vinho e pela comida. Era uma sonolência pesada e viscosa, e embora não fosse desagradável senti saudades do entorpecimento de meus calmantes: químico, limpo, profundo mas leve; uma letargia impecável que desacelerava a respiração de minhas células, um aturdimento mitocondrial e elegante que se diferenciava do estupor comum e costumeiro que qualquer um poderia experimentar após um banquete.

O som de meu telefone me arrancou da letargia. Giorgeta havia me enviado uma foto do quarto, nela estava meu cão ao lado da cama comendo as sobras que eu havia guardado. Levantei-me da mesa e fui a seu encontro.

Não sei bem o que respondi pro meu tio, mas a Giorgeta percebeu que estávamos falando dela e da situação. Não quis brindar conosco, se fez de importante, disse que não bebe vinho caseiro por causa da acidez, muito fina ela, passou o tempo inteiro de antena em riste pra ouvir nossa conversa. Meu padrinho se fez de bobo e mudou de assunto. Perguntou pela sua mãe e pelo Andrei. Minha mãe vai bem, como sempre, ela disse; mas por que pergunta pelo meu pai? Eu sei que você vai pra Bucareste com frequência e vê ele mais que eu, parecem apaixonados. A Giorgeta disse isso com sua cara de pau, nariz arrebitado. Enchi o copo do meu tio pra ele não se amargurar, mas vi que corou como um tomate. Como você é tosca, Giorgeta. Não sei se o padrinho esquentou por raiva ou porque a Giorgeta dizia a verdade. Pensando agora: o padrinho fala muito em mulher, mas não é casado. Será que é veado? Acho que não. Não sei se meu pai escolheria um veado pra ser meu padrinho, mas de repente ele também não sabia, o certo é que minha mãe nunca permitiria que os filhos tivessem um padrinho veado, ela não, de jeito nenhum. Será por isso que minha mãe não escolheu o padrinho e preferiu se casar com meu pai? Desconfiava que o padrinho fosse veado? Pra mim tanto faz se o padrinho é veado, se for, disfarça bem e isso é o mais importante. Deus perdoa o pecado, mas não o escândalo. E o Andrei, ora, se ele for veado corto uma bola fora agora mesmo, mas prefiro não pensar mais nisso, se continuar assim vou acabar achando que todo homem que já chegou perto do meu padrinho é veado e isso inclui meu pai, que me perdoe por pensar isso, que não se revire no caixão. Olhe, papai, também não precisa se ofender, se eu não precisasse me casar com a Giogerta por causa dos papéis perigava acabar solteirão como o tio, e quem sabe as pessoas também achariam que eu sou veado. Não sei, são só coisas que passam pela minha cabeça, é que agora lembro da cara que a Viorica fez quando eu disse que não tinha dormido com minha professora. Não foi cara de preocupação por briga de casal, mas outra coisa, de surpresa. Será que achou que eu não gosto de mulheres? Não sei, deve ter se surpreendido por eu não querer dormir com uma mulher, mas isso não quer dizer que pensou no pior, também pode ter pensado que eu estava doente ou cansado. Felizmente o Bogdan não fez cara nenhuma pra mim, então se minha tia pensou que eu sou veado, tem meu primo pra esclarecer as coisas, mas não sei se ele esclareceria alguma coisa, porque o Bogdan se interessou pela minha professora e não pensou duas vezes antes de se aproximar dela, e com isso meu primo entendeu que eu não estava interessado nela, porque senão estaria roubando ela de mim e isso é coisa de otário, e não, nós somos primos-irmãos, mas espero que não tenha pensado que eu sou veado. Beleza, sim, sim, estou interessado na minha professora, um pouco, sim, mas de outro jeito, não como antes, mas não sei mais de que jeito, muito menos agora que estou aqui no *praznic* do meu pai, bebendo com meu tio, e vejo que a Giorgeta e minha professora se dão como se se conhecessem há muitos anos. A Giorgeta enche o copo dela de vinho, minha professora sorri e bem poderia dizer *Noroc!*, que aprendeu direitinho ainda em Constança, mas não diz nada; aceitou sem resmungar quando eu disse que precisava tirar o cão imediatamente, antes que os convidados chegassem, levou ele pro fundo do curral, ou ao menos foi a impressão que tive, agora não sei mais, é que um tempinho atrás vi ela e a Giorgeta indo pro pátio e não pro curral. Sei que foram atrás do cachorro porque minha professora mostrava pra ela umas fotos do vira-lata no telefone e fez uns gestos, mostrou a língua igual cachorro, fez uns grunhidinhos, estava falando do seu vira-lata. Pensei que ia começar a latir, caramba, mas acho que ninguém reparou nesses grunhidos, ou não deram bola, acharam que estava tentando explicar coisas sem saber romeno. Minha professora mostrava a língua feito cachorro e a Giorgeta ria. A verdade é que também achei um pouco de graça. Foram pro pátio, mas sei lá, talvez tenham ido pro curral e eu não sei mais o que está acontecendo direito, porque exagerei no vinho, não sei quantos já tomei, mas sei que vi as duas voltando juntas pelo outro lado da sala de jantar, vinham do pátio, embora também pudessem estar no quarto, e o que estariam fazendo no quarto, será que o cachorro estava no quarto? Ou será que ela é sapatão? Ando achando a Giorgeta muito misteriosa e muito atenta com a profe, algo está aprontando. Não sei por que vestiu calça e jaqueta, assim fica parecendo um homem, e tem um corpo bom pra usar vestido. Por que disse pro padrinho essa história de que ele e o pai dela pareciam apaixonados? Talvez ela esteja apaixonada e disse por isso, porque sabe reconhecer quem padece da mesma coisa. Quem sabe seja verdade essa história do padrinho com o Andrei, os fofoqueiros do vilarejo também já espalharam esse boato algumas vezes, a questão é que as pessoas do vilarejo que vão pra Bucareste e ficam por lá, sem levar a família, os que vão e vem entre o vilarejo e a capital só vão lá pra uma coisa, vão pra Bucareste para despirocar, pra fazer lá o que não podem fazer aqui, trepar com quem tiverem vontade, se drogarem, e talvez, sim, o Andrei seja veado e ela herdou isso, faria sentido. E se minha professora é lésbica? Corto minha outra bola fora se for verdade, e até poderia ser, não?, mas quem não me surpreenderia se fosse sapata é a Raluca, essa só não sai do armário porque é cigana e seria morta pela sua tribo. Não é algo que me ocorreu agora por causa do vinho e da situação, é algo que às vezes passa pela minha cabeça desde que aquele cigano de Buhusi me disse pra ficar de olho na Raluca. Não deixe que ela engane teu irmão! O Petrus e a Raluca tinham acabado de se conhecer e eu prestes a deixar o país. Quando o cigano me disse isso, achei que falava dos outros homens, que estava com ciúmes. Talvez ele estivesse apaixonado por Raluca, mas nunca vi minha cunhada atrás de outro homem; sempre anda com muitas amigas, isso sim, mas as ciganas em geral são assim. Tem alguma coisa de machorra, quanto a isso não há dúvidas; por isso está com o Petrus, que tem personalidade fraca, assim se complementam. Se a Raluca ficasse com um cigano, o marido se daria conta, os ciganos são mais espertos pra tudo, mas que diferença faz, se eu continuar pensando assim todos nós poderíamos ser veados ou sapatões, a começar pelo padre e o coroinha, passando pelo Sorin, com todos aqueles homens em alto-mar, e pelas mulheres que abandonaram a Romênia pra trabalhar em outro país, e os homens que ficaram pra fazer as tarefas de casa. E aqui, quando estamos reunidos, ainda somos homens e mulheres, cada um pro seu lado, em grupos separados. Só as crianças se salvam, elas não se separam, brincam todas juntas porque ainda não conhecem a malícia.

*

Giorgeta me esperava sentada na cama com as costas apoiadas na parede. Notei que suas pernas eram tão compridas que ocupavam quase todo o grande colchão de palha.

Espiei debaixo da cama e meu cãozinho preto seguia deitado ali, mas agora estava acordado. Balançou o rabo sem se levantar, e além do brilho em seus olhos reparei que franzia a testa e semicerrava os olhos. Ambos reconhecemos o estupor do banquete em nossos olhares.

Sentei-me na cama. Não apoiei as costas na parede, mas na cabeceira. Vai levar o cachorro junto?, disse a voz robótica do tradutor de seu telefone. Assenti com a cabeça. Ovidiu sabe?, perguntou a mesma voz. Neguei com a cabeça. O cachorro está doente, disse a voz elétrica. Não entendi se era uma pergunta ou uma afirmação. Estava aturdida pela comida e pelo vinho. Lembrei que em algum país do Leste Europeu os movimentos de cabeça para afirmar e negar são o contrário do resto do mundo. Vai ser impossível, disse a voz robótica, e voltei a negar com a cabeça sem saber com certeza se meu gesto era de negação ou afirmação. Giorgeta começou a rir.

Desgrudou as costas da parede e sentou montada sobre meus joelhos. Abriu os últimos botões da blusa que usava por baixo da jaqueta estampada e me mostrou a frase que tinha tatuada no ventre. A frase começava no umbigo e se estendia na vertical como uma flecha em direção ao púbis. *Nimic nu este imposibil pentru cel care încearcă.*

    Giorgeta ajeitou a roupa, saltou para fora da cama e deixou o quarto. Eu soube na mesma hora que nunca mais a veria. O movimento sobre a cama despertou meu cãozinho. O animal saiu do esconderijo, deu alguns passos lentos e parou de pé em um canto do quarto. Seus olhos brilhantes encontraram os meus. Flexionou as patas traseiras na postura de fazer cocô, mas não conseguiu. Deu algumas voltas, como se meditasse sobre o estado de suas tripas. Deteve-se, mas agora no meio do quarto, e olhou para mim outra vez. Tentou de novo liberar as vísceras apoiou todo o peso do corpo nas cadeiras e esticou o rabo o máximo que pôde, mas acabou desistindo. Suas patas traseiras, acostumadas à aderência do cascalho, do feno e da terra seca do curral, resvalavam no chão polido e brilhoso do quarto.

    Ergui-o nos braços e o deitei na cama. Depois de farejar a roupa de cama, deitou-se sobre a barriga inchada de comida como se estivesse orando para o deus dos cães. Tombei ao seu lado e nos olhamos nos olhos por um bom tempo. Seu olhar era outro, diferente do que tinha com as patas dobradas. Parecia resignado. De vez em quando, eu acariciava sua testa e ele lambia a mão que ele mesmo havia ferido. De seu focinho saía um vapor morno que concentrava todos os cheiros daquele dia. Tinha hálito de terra, de banquete funerário, de morto.

Ontem de noite, todos os meus pensamentos me deixaram puto da vida. Sim, eu sei, estava meio bêbado, mas isso não é desculpa, porque estar bêbado não significa ser outra pessoa, e eu fiquei puto comigo mesmo porque percebi que pensava igual ou pior que a gente do vilarejo, me senti só mais um jeca, porra, continuava me preocupando com o que as pessoas faziam da vida, quem comia quem, quem ganhava mais dinheiro, quem tinha prosperado mais, quem era melhor ou pior, acabava pensando que no fim das contas eu era o melhor, porque todos me agradeceram e elogiaram, pela comida e por ser um bom filho, o trabalhador, o responsável, o que progrediu na vida, mas, ora, analisando friamente eu não tinha feito nada de especial, não fiz mais que minha obrigação, e também não é como se eu fosse um herói, qualquer um organiza um *praznic*, e é mais fácil quando se traz grana da Noruega pra juntar com os euros vindos da Itália, o Petrus e a mulher dele também podiam ter feito isso, caramba, e em meio a tanta bajulação eu me vi reclamando de tudo. Quando as pessoas se despediam e me agradeciam, eu pensava, ok, sim, de nada, obrigado por ter vindo também, mas você ainda não aprendeu nem a escrever e é um bebum, e você é um corno porque sua mulher te traiu várias vezes e você continua com ela, e você é uma puta porque trepa com todo mundo do vilarejo vizinho e chega aqui grávida e ainda diz que ama o marido, e você não teve colhões pra dar duro na Dinamarca porque ficava com frio, e você ainda está se drogando, e você está gordo e não tem vergonha de ver os filhos desnutridos, e você não me devolveu o dinheiro que emprestei no ano passado e ainda aparece no *praznic* do meu pai. Pirei, escutava minha própria voz, mas sem palavras, era como estar no meio do nevoeiro e saber que há coisas mais adiante mas não poder ver nada, assim, como o nevoeiro na estrada e o barulho dos carros que vêm no sentido contrário, assim eu pensava, e me agitava com todas as minhas opiniões sobre todas as coisas, e ninguém tinha pedido minha opinião, mas ali estava eu, opinando sem me deixar ver ou como se fosse outra pessoa, porque sim, era eu, mas também era outro, era o romeno que voltava à Romênia e achava tudo uma merda, o romeno que agora falava três idiomas e via que nada tinha mudado na Romênia que deixou pra trás, mas também não tinha mudado nada nele, e ele era eu, mas como se nunca tivesse partido da Romênia. Fui pra cama e pensei no fato de que meu pai não ia voltar mais. Tinha visto seus ossos debaixo do tecido que usaram pra cobrir sua tumba aberta, seus ossos limpos, os sepultadores fizeram um bom trabalho, quando vi que a terra caía outra vez sobre seus ossos eu soube que aquela era a última despedida. Se meu pai volta, não vou ficar sabendo, vai vir quando quiser, sem festa nem cerimônia, se é que ele quer, mas, porra, se me ouviu pensando assim, reconheceria seu filho? Foi tudo muito estranho. Eu pensava tudo isso, pensava que era o maioral, e achava que era mesmo, me sentia bem, feito um herói, mas isso também fazia eu me sentir mal, me corroía. Pensei que tinha trazido um demônio junto do cemitério. Fui até a cozinha procurar um alho e encontrei a Raluca acordada, quis agradecer por alguma coisa, mas sei lá, não consegui, pedi tabaco e ela não deu, é que é sacana, ela é assim, então pedi alho e ela me deu alho, e também tabaco, e saí pra fumar e ela saiu comigo. Não dissemos nada, mas eu olhava a fumaça que saía da nossa boca e a gente falando em meio à fumaça, ali agradeci ela pelo tabaco e ela me disse com sua fumaça que não tinha de que, eu parecia chapado, é que uma vez me chapei e tudo ficou assim, tudo acontecia muito devagar e isso me dava tempo pra reparar em mais coisas, mas agora a única coisa que eu tinha tomado era vinho, e o vinho nunca me deixa assim. Fiquei no pátio e fui procurar minha professora, fui até o fundo do curral, é que já era tarde e ela não aparecia pra dormir, mas não estava lá, só estavam os vira-latas soltos que começaram a latir quando sentiram minha presença e ali também me aconteceu uma coisa engraçada, porque comecei a conversar com os cachorros, mas sem falar, ora, eu sempre falo com os cachorros, é normal dizer venha aqui, cachorrinho, sente, dê a patinha, ou saia, ou coma, ou fora daqui, mas o que estou dizendo é que comecei a conversar com os vira-latas como se fossem sujeitos num bar, sabe, sobre coisas da vida, da deles e da minha, eles também tinham vida, ou seja, vida social de cachorro com suas funções e tal, de modo que voltei pra casa pra pegar um pouco mais de vinho e um saco de ração que esvaziei inteiro pra todos os cães, não sei de onde saíram mais vira-latas, todos vieram comer, assim como as pessoas tinham vindo ao *praznic*, agora era o banquete dos vira-latas, comiam felizes, falavam entre si, falavam comigo, também me agradeciam, fiquei um pouco no feno e liguei a lanterna pra ver melhor, o pretinho, o favorito dela, não estava ali, deviam estar juntos em algum lugar, mas não fui à procura deles, bebi um pouco do vinho que restava numa garrafa, nenhum vira-lata era igual a outro, um cachorro dos grandes chegou perto de mim e eu dei pra ele o último gole de vinho como se brindasse com um colega, e o cachorro se lambeu todo contente, e comecei a pensar nos meus colegas, em quantos amigos eu tenho, se é que tenho algum, posso falar do jeito que falava com os vira-latas, com pouca gente, e entre essa gente estavam minha professora e meu colega, o chileno que me ajudou com o bico de caminhoneiro, quando estava com ele acontecia a mesma coisa que me aconteceu com os vira-latas, entendia tudo mas adivinhando, é que eu nunca tinha ouvido todas aquelas palavras em chileno que ele sabia, não encontrava em dicionário nenhum, mas entendia tudo, aquele chileno foi o primeiro amigo que fiz fora da Romênia, e o chileno, além de me arranjar trabalho, também salvou minha vida, é que uma vez fomos assaltados num posto na estrada entre a Polônia e a Alemanha, ele tirou uma soneca e eu tinha saído pra mijar e quando volto vejo três caras armados em volta do caminhão, não sei o que acharam, que a gente transportava joias, mas quando abri o compartimento de carga e viram que era fruta ficaram putos, eu me imaginei sem caminhão e morto em meio a frutas podres, tudo obra do destino, aquela estrada era um trabalho extra, um *pituto*, dizia o chileno, foi tudo por acaso porque a gente costumava transportar produtos químicos; arrancaram o chileno do cochilo a ponta de metralhadora e o cara perguntando pros bandidos de onde eram, isso deixou eles ainda mais irritados, não sei como conseguia falar, porque eu, com o cano do revólver na testa, não conseguia nem pensar e me cagava nas calças, mas ele era um craque, puxou uma conversa de compadres com os vagabundos, inventou que tinha um parente croata e um dos bandidos era parecido com seu primo Luca, me lembro desse nome, Luca, porque no Chile também chamavam dinheiro de "luca", ele ganhava e gastava em lucas, e não em euros, e o chileno mandou uma frase em croata e os bandidos abaixaram as armas, *we are brothers*, disse pra mim, e no fim acabou comendo umas frutas com eles, porra, até se despediram de nós, *mulţumesc*, disse um, falava romeno o bandido filho duma puta. Embaçado isso, hein, romeno? Os vira-latas acabaram com a ração e eu voltei pra casa, mas ela não estava lá e pensei que tinha fugido com a Giorgeta, é que me pareceram muito íntimas, e como a Giorgeta tinha banheiro, água e gostava de ajeitar o cabelo dela, não me surpreenderia, mas, se foi, por que não me convidaram? Sacanas. Fiquei na cama esperando ela e não sei se demorou muito ou pouco, mas senti que tinha esperado por anos, lembrei da minha mãe, é que eu ficava assim, esperava assim pela minha mãe quando era moleque, no escuro, e minha mãe foi embora tantas vezes, até que foi pra Itália, a confusão na minha cabeça vagava em todas as direções, derramei algumas lágrimas, queria chorar feito um bebê recém-nascido no berço; apaguei a luz porque estava muito angustiado e minhas lágrimas não paravam de sair, porra, era como se tivesse aberto uma torneira. Me enrolei nos lençóis, queria dormir, descansar a cabeça, mas era envolvido pela névoa dos pensamentos e lembrava outra vez de coisas que pensava já ter esquecido, do meu colega chileno dançando com um lenço, da primeira vez que vi neve na Noruega, do cabelo loiro do Petrus quando era garotinho, da minha primeira namorada, me lembrei do cigano que me recebeu no seu barraco quando eu não tinha nada, me lembrei da minha primeira aula de norueguês, quando ela entrou e eu esperava uma professora loira e pensei, mas que diabos ela vai nos ensinar se não é norueguesa?, e mais e mais coisas, era como estar num trem, pensei que ia morrer, porra, eu vendo o filme da minha vida e comecei a sentir uma dor no peito, meu coração a mil, o sangue já não dava conta, tanto que fiquei de pau duro, mas não era tesão, era pavor, olha, estava muito, muito apavorado, e meus ouvidos zumbiam, como chuva, como uma televisão velha sem canais pra ver, não conseguia respirar direito, comecei a ver tudo preto, os faróis apagando, caralho, o filme acabando, porra, tinha certeza absolutíssima que ia morrer, porque não conseguia me mexer, até que escutei ela entrar no quarto, não acendeu a luz e não percebeu que eu estava mal, pensou que eu estava dormindo. Revirou suas coisas e pegou o celular, porque vi a luz da janela iluminando, o som e a luz que ela tirou do bolso me deram fôlego, consegui sentar na cama e me desvencilhar dos lençóis, mas ela não reparou. Estava apoiada na parede da janela, escrevia no celular e olhava pro pátio. Me aproximei dela e a abracei por trás, e minhas lágrimas não paravam de cair, porra, e ela ficou quieta. Afundei o rosto nas suas costas e escutei uma música baixinha, parecia ter música enfurnada entre as costas e o peito, ergui o rosto e vi que estava de fones. Abracei mais forte e soltei uns gemidos, porque sabia que não conseguia me escutar, mas já tinha empapado sua roupa de lágrimas e ranho. Estava zangado, estava deprê, apavorado, um caco, ela continuava quieta e isso me deixava ainda mais irritado, mais triste, e me atiçava mais, mas também me apavorava mais, ergui o vestido dela, ela seguia em silêncio, baixei a meia-calça e a calcinha, ela continuava sem se mexer, então enfiei a pica inteira e óbvio que ela já esperava, até as coxas estavam molhadas, se entregou, sim, mas continuou olhando pela janela, não se virou pra me ver, às vezes curvava as costas como um gato e eu sentia que comia uma mulher sem cabeça, quis segurar seus cabelos pra ela não abaixar a cabeça, mas estava preso em tranças e eu não queria desfazer o penteado, então estiquei o braço esquerdo e segurei-a pelo ombro, com a outra mão, a direita, agarrava a cintura ou tocava os peitos dela ou deixava o braço solto, quase morto. Era como dirigir por um túnel que não acabava, o braço esquerdo esticado sobre as costas como se fosse o volante, com a marcha e o câmbio dentro dela, as luzes do túnel passavam pela minha visão e então escureciam, não estou exagerando, foi igualzinho a dirigir num túnel, me lembrei do túnel de Lærdal, pensei em muitas coisas, pensava que não queria morrer, e depois em mais nada, até ouvia a estrada, porque nós dois respirávamos do fundo da garganta e o som era como o barulho dos carros no sentido contrário, estava um pouco enjoado, via a paisagem da Noruega no inverno, a estrada branca, fechei os olhos pra não enjoar mais e percebi que não tinha parado de chorar porque as lágrimas abriam a pele dos meus olhos, como a boca pequenina de um peixe que solta borbulhas debaixo d'água, imaginava coisas assim, o peixe, ou em que parte da cabeça se formavam as lágrimas, no mar, minha cabeça, na pica, e subiam pelo peito, de onde vinham as lágrimas, não parava, até vi um formigueiro, as formigas eram pretíssimas e lançavam sombras sobre uma tela que parecia de cinema, branca, a tela na minha cabeça oca e branca por dentro, como o planetário de Constança, e as formigas não se moviam senão na tela, era eu quem meneava a cabeça e as formigas se revolviam sobre a tela dentro de mim, e abri os olhos porque senti uma pontada na mão, ela tinha girado pra morder minha mão que estava no seu ombro. Vendo as marcas agora, porra, mordeu com força, mas não senti dor, não mais do que quando me finquei com uma agulha, tudo era muito estranho, senti sua saliva fervendo, e sua língua queimava na minha pele como um emplasto de mentol do tipo que meu pai usava, estava trancando o grito na minha mão, gemia como um cachorrinho escondido debaixo de um carro, e sua xota estrangulava minha pica e machucava mais que sua mordida, e apertou cada vez mais, tudo mais forte, e me mordeu mais e começou a gozar, e senti todos os seus dentes, todos, um por um até que afrouxou a mandíbula, e minha mão caiu da sua boca aberta e acalmada, segurei ela pela cintura com as duas mãos e assim se desfez a sensação de estar dirigindo num túnel, ela se levantou um pouco e eu me inclinei sobre ela e afundei o rosto nas suas costas, beijava e mordia por cima da roupa, e de olhos fechados conseguia ouvir seus gemidos como animais presos numa caixa, eu comendo minha professora e ela gostando. Abri os olhos e vi minha mão cheia da sua baba; apertei ela com mais força contra mim e vi meus dedos desaparecerem na sua carne, porra, todos os meus dedos eram como sombras de galhos que apertavam a cintura dela, olhei pela janela e vi o pátio da casa, a fechadura da entrada, as árvores e os montes, meu vilarejo à noite, nada de novo, o mesmo da minha vida inteira, meu quarto, minha casa, meu vilarejo, e não sei como isso aconteceu, mas vi toda a minha mísera vida passando e isso me acalentou, tanto que acabei gozando de olhos abertos olhando pras coisas, as coisas que já tinha visto milhares de vezes antes, e vendo ela, que tinha se virado pra me olhar com seus olhos de sempre, mas nunca olhou dessa maneira, olhou feito um animal recém-parido e estava viva.

iv. (mata-cachorros)

*

(Não lembro qual foi a última palavra que pronunciei antes de ficar em silêncio).

*

Quero começar dizendo que a noite tinha uma escuridão muito escura. Embora soe óbvio ou redundante, é importante levar em conta a escuridão da escuridão; repetir essa frase como o conjuro para poder adentrar aquela noite que me absorvia.

Aproximei-me da janela do quarto e apoiei os braços no peitoril. Estava estrelado. O céu era um bloco de gelatina preta e as estrelas efervesciam enquanto solidificavam em meio às emulsões de nuvens. O pátio era uma esplanada de carvão seco e fendido que me convidava a imaginar gaivotas de giz sobre aquela terra opaca como a ardósia. Seus desníveis e rugosidades davam a impressão de que ali havia uma praia de maré negra. Eu imaginava gaivotas porque conheço o mar, mas talvez os moradores daquela casa imaginassem ovelhas, cavalos, tumbas ou cães quando perdiam o olhar sobre a terra do pátio.

Meu olhar se perdia no horizonte, na linha afiada da cerca metálica que abrigava o mar de carvão do pátio e o separava do coágulo negro do céu. Pensava como atrás do pátio, da cerca, do feno, da estrada, do vilarejo, dos campos, dos rios e montanhas; atrás de tudo estava o mar. O mar balançava em mim, no vaivém de meus globos oculares, com meu olhar ondulante sobre a linha prateada que cercava o pátio. Eu pensava no mar, em minha casa, em como estava longe de tudo o que era familiar ou meu. Desejava voltar. Pensei no tango, no olhar debochado das estrelas. Queria voltar, mas não sabia para onde. Talvez para o conhecido. Talvez voltar para o mar.

Naquela manhã, meu desejo de voltar — quando ainda não sabia que era um desejo de voltar — parecia o anseio ardiloso da morte.

Eu tinha dado ao cachorrinho o último calmante que me restava sem saber àquela altura que a dose bastava para que ele nunca mais acordasse. A letargia química que invadia todo o seu corpo de cão, com as tripas inchadas de comida do *praznic*, iria reduzir pouco a pouco sua respiração, emudeceria seus latidos, e sua torrente de sangue desembocaria em um pântano eterno.

Seu ar começava a faltar no ar. Senti uma queda de pressão no ambiente como aquela que precede a chuva. Uma dor alfinetava meu ventre e irradiava por todo o corpo até atravessar minhas têmporas.

Depois de tantos dias preparando uma festa para a morte, tudo estava chegando ao fim.

Quando a vida acaba, a morte chega; mas quando a morte acaba, o que resta?

Uma vez, li que o último sentido que perdemos ao morrer é a audição. Escutar é vital.

Passei o dedo sobre o vidro da janela. As palavras buscam alguma superfície viva às quais se aferrarem e nelas deixam sua marca. A umidade é necessária para a palavra. Não haveria a fagulha nas sinapses, o início da palavra, se o aqueduto do mesencéfalo estivesse seco. Um aparelho fonador sem a lubrificação da saliva seria um deserto de silêncio. Fala-se na solidez de um discurso, e a solidez foi líquida e se torna gasosa no alento do já dito.

Desenhei riscos no vapor aveludado, e esse ato me levou de volta à infância.

A janela de meu quarto de infância era imensa e dava para uma rua que minha memória lembra como uma passarela de asfalto por onde desfilavam, a depender do momento do dia, senhoras apressadas indo ao mercado, crianças brincando no cascalho e nos buracos, cães de rua mancos e sarnentos, brigas de bêbados que depois vomitavam. Eu desenhava sobre aquele imenso lenço de vidro antes do amanhecer, quando as ruas estavam vazias e o vapor se formava pelo calor dos corpos ainda adormecidos. Sobre a janela desenhei uma nuvem, escrevi meu nome e fiz diversas listras que escorriam umas sobre as outras. Lembrei-me do caderninho que Ovidiu tinha me dado de presente.

Meu corpo, ainda mais pesado por causa do vinho e da comida, havia se adaptado àquela postura de descanso sobre minhas quatro extremidades. O apoio de meus braços e a inclinação contra a janela aliviavam a carga de minha cabeça. Meus órgãos suspensos entre líquidos, presos em cavidades de membranas e ossos, tinham consciência da força da gravidade que os atraía para o centro de meu corpo, que se dobrava em um ponto de dor. Por baixo da pele, entre as contrações de meus ligamentos tensos e o tremor de meus músculos, emaranhava-se um desassossego que trançava minhas carnes. Nesse tear de fibras musculares e madeixas de nervos bordava-se uma dor. Essa costura de dor definia meus contornos e trancava alguma coisa dentro de mim.

Naquela tarde, não consegui urinar no feno. Como havia convidados no pátio, precisei usar a latrina como eles faziam. Quando entrei na cabina, esperava-me um buraco negro de merda, tão negro e borbulhante quanto o céu que veria mais tarde naquela noite. A luz se perdia no fundo da latrina. Os zumbidos das moscas se apagavam naquele miasma espesso.

Fechada naquela cabina, senti uma tontura que felizmente não chegou a me derrubar sobre o piso de madeira macia e compacta, como o couro de um animal gigantesco curtido em urina e impermeabilizado por camadas de merda. Levantei a mão e toquei no teto. Isso me trouxe certa estabilidade. Saber que há alguma coisa acima de mim e que consigo alcançar essa coisa me traz estabilidade. Meu medo de nadar no mar aberto não vem dos pés que não conseguem tocar o fundo de areia, mas nos braços que se agitam no ar. Meu medo nasce na polpa dos dedos, estende-se sobre minha cabeça descoberta e, a partir daí, envolve todo o meu corpo. Temo a presença do alto, o desconhecido inalcançável, o estar exposta à imensidão do céu.

Sempre pensei que não tememos tanto o mar, senão o céu; ter o peso do espaço infinito com todos os seus astros e galáxias sobre nós. Não tememos a profundeza, pois somos obrigados e estamos condenados a descender, não conhecemos outro trajeto. A força da gravidade nos familiariza com o oco e o subterrâneo. Nas enciclopédias já há ilustrações do núcleo da terra, definido em dimensões e camadas. Sabemos que o coração de todas as coisas é uma massa de ferro ardente. O céu, por outro lado, é um mistério. O alto do alto não conhece ninguém. Sabemos sem saber que o centro de nossa galáxia é um buraco negro. O coração do universo não existe.

Na latrina, urinei um fio alaranjado e doloroso.

Antes da janela, meu cachorrinho e eu passamos um bom tempo deitados na cama, encarando-nos frente a frente. Seus olhos eram dois espelhos negros e esféricos onde eu me via a mim mesma. Ambos tínhamos uma dor, ambos estávamos entorpecidos, empanturrados, enfastiados.

O calor que eu atribuía ao vinho seria o início de uma febre que tentei apaziguar com uma caminhada sob o ar frio da noite.

Percorri os locais que Ovidiu havia me apresentado ao chegar. Lembrei da escuridão que nos recebeu, a escuridão que fotografei. Agora conhecia o contorno das coisas, o volume de sua presença; discernia os matizes opacos de terra e cimento, os brilhos metálicos da cerca que nos rodeava, do aço no olhar dos galos e cães que repousavam em meio ao feno. Percebia o calor que emanava de tudo o que era vivo e enorme, do que estava distante como as estrelas ardendo ou próximo como o corpo da vaca que girou a cabeça quando passei pelo estábulo. Senti seu suspiro resignado pela corrente e o calor morno do estrume. Quando voltou seu olhar para a parede, eu soube que estávamos nos despedindo.

Parei diante da janela da cozinha. Debaixo do rosário de pérolas de umidade condensada consegui discernir Raluca, Petrus, Dana e Ciprian. Haviam deixado de ser os seres brilhantes e coloridos que me receberam para se tornarem vultos de distintas tonalidades de cinza com alguns brilhos metálicos. Acomodados todos na mesma cama, pareciam rochas lambidas pelas babas do mar noturno, prontos para receber no sono ondas e torrentes de espumas luminosas.

Já no quarto, discerni meu amigo Mihai e o Ovidiu romeno deitado na cama e enrolado em um lençol. Soube que não estava dormindo porque seu estado de alerta se expandia no ambiente. Percebi isso no ar como os animais percebem uns aos outros, mesmo quando estão no mais denso dos bosques. No ar também pairava a certeza de que ele me percebia. Minha presença fervia, minha dor e febre perfuravam o ambiente e ele devia perceber isso na ponta das pálpebras, úmidas como as antenas de um caracol. Percebia minha vulnerabilidade, o peso da noite sobre minha cabeça, os vestígios de urina e líquido sanguinolento em minha pele, o som de meu sangue febril inchando as aberturas e feridas de meu corpo.

Peguei meu telefone. Voltei à janela e olhei outra vez a noite gelatinosa. A ferida da mão coçava. Havia se formado uma casquinha fina que secava a partir das bordas. O centro fervia e estava morno. Lembrei dos pratos de aveia fervendo nos cafés da manhã do colégio. Queimava minha língua, eu abria a boca e alguém gritava para mim: comece pelas bordas, menina!

Escrevi uma mensagem para Bogdan. Perguntei se, além dos calmantes, ele poderia me arrumar algum analgésico. Me respondeu com emojis de uma pílula, uma língua, um alien e um coração vermelho. Mandei um coração preto, um vampiro, uma carinha adormecida e um cachorro.

Bogdan havia se oferecido para me acompanhar até o aeroporto quando eu chegasse a Bucareste. Seu primo ficaria no vilarejo, recolheria as sobras do *praznic* e daria forma aos nossos funerais. Sepultaria os cadáveres de palavras e corpos que fomos; choraria em silêncio a morte do aluno, da professora e de seu cão.

Coloquei música para tocar. *Fui a las puertas del Edén/ y encontré todo muy bien.* Nossa música, dos que esperávamos. Eu esperava naquela janela como à beira de um abismo. Como no trampolim mais alto antes de saltar na piscina. Esperava Mihai, esperava Ovidiu. Havia esperado tanto tempo.

Meus poros úmidos notaram sua presença. Pensei no hálito dos cães latindo, no vapor da vaca e dos cadáveres nos arredores do cemitério. Soprava o ar das línguas em flor, o alento das palavras que diríamos dilatava os interstícios e cavidades de nosso organismo.

Yo no pedí nacer así / son cosas mías.

Nos espaços que só pertencem ao vazio, eu guardava uma linguagem. Palavras embrenhadas entre vísceras.

Mihai e Ovidiu estavam dentro de mim. O nó de ar se libertava em minha boca, explodia no gemido e se expandia em uma vibração que ceceava entre as dunas cartilaginosas do véu do palato. No gemido nasceram as palavras.

Te quiero así / me gustas viva.

Tirei a música de meu corpo. Ele estava com as coxas grudadas em minhas ancas, e seus braços envolviam meu corpo logo abaixo de meus braços. Éramos um só animal de carne, um inseto de duas cabeças erguido sobre as quatro patas.

Gravaram-se no ar o clarão e o zumbido após a explosão. A noite palpitava como o coração de uma imensa aranha.

Saí dele e ele saiu de mim. Repousamos o olhar na janela, buscando nosso reflexo como fazíamos nos espelhos dos elevadores e nas vitrines das ruas de Bucareste, mas não nos encontramos. Tínhamos diante de nós apenas o borrão úmido da noite embaciada.

Nos despimos e deitamos na cama. Não dissemos nada. Nossos corpos secretavam vibrações e ruídos: a respiração agitada, a torrente de lágrimas, o ranger dos ossos na distensão dos músculos.

Peguei a mão dele e ele se agarrou à minha. Os contornos de nossos corpos que haviam repousado durante tantos dias naquela cama ficaram marcados no colchão de palha. Nos deitamos um no lugar do outro, nos espaços que havíamos ocupado sob condição tácita. Minhas costas se perdiam em um buraco fundo e amplo, enquanto o quadril repousava na fenda estreita e comprida deixada pelo corpo dele.

Um filme em preto e branco me veio à cabeça.

Um casal viaja à Itália e visita um vulcão. A lava cor de chumbo ferve na tela. Estão cercados de fumaça. Alguém acende um cigarro e fuma. A fumaça das crateras se atiça. A fumaça atrai mais fumaça. Um arqueólogo conta que a lava sepultou uma vila inteira. Explica que é possível criar reconstituições dos habitantes daquela vila derramando gesso nas cavidades deixadas por seus corpos calcinados, o molde do instante de sua morte. Mais adiante, alguns arqueólogos vão desencavando com pincéis os corpos recém-moldados em gesso: um casal que morreu de mãos dadas. Um casal que já não era volume, mas cavidade. Dois vazios unidos.

Li na pressão de sua mão que o choro não parava. Sem soltá-lo, voltei-me para ele e deitei de lado. Ele me soltou e cobriu o rosto com as duas mãos.

Pus a cabeça sobre seu peito para escutar o coração. Alguma parte de mim pensou que era possível morrer infartado de tanto chorar. O coração dele batia com raiva. Deixei-me cair sobre ele. Abracei-o desajeitada e apertei minha coxa contra o meio de suas pernas.

Com a mesma veemência de seu pulso, ele me agarrou pelas axilas e me ergueu em sua direção. Agasalhou-se com meu corpo, cobriu-se com uma manta de pele e cabelo como se se vestisse de mim. Chorou deitado de barriga para cima, sufocando em suas próprias lágrimas. Seu queixo trêmulo buscava apoio no oco de minha clavícula. Minha coxa recebia sua ereção, que fervia e resvalava em meio à mata de pelos pubianos molhados como um emaranhado de algas. Abracei-o com mais força. Segurei sua cabeça e apertei-a contra minha têmpora. Encostei a orelha na altura da sua como se quisesse escutar o mar em um caramujo. Qual é a última coisa que escutamos antes de morrer?, pensei. Escutava sequências de suspiros, suas cordas vocais fechando como uma cortina de veludo na garganta. Ficava sem fôlego e a água salgada brotava em seu rosto.

Chorava com um desespero estável que me inquietava por sua clareza. Afastei-me um pouco para deixá-lo respirar e sequei suas lágrimas com a mão. O rosto dele parecia uma massa fermentando. O olhar era aquoso, as rugas brilhavam e as marcas de acne se agrupavam sobre as bochechas como bolotas do mar. Abria a boca ligeiramente a cada soluço, como um peixe fora d'água. Tive a ideia de soprar seus olhos e sua testa para acalmá-lo, mas o pranto continuava linear e constante.

Comecei a ser invadida pelo desassossego.

Pensava em todas as frases absurdas que dizemos a quem está chorando. Não chore. Já vai passar. Calma. Pensava até nos sussurrinhos sh sh sh sh sh que fazemos para os bebês, eu já tinha soprado sua cabeça, mas não disse nada. O que poderia dizer além de obviedades? "Quer um calmante?" Ele estava tranquilo, chorava com calma. Oferecer um comprimido teria sido uma provocação. De qualquer modo, eu já não tinha mais nenhum. Passei a outra mão em seu rosto e reparei na irregularidade de sua pele, na textura da barba e nos traços de suas feições. Senti que empunhava um facho de arames ao redor de um animal desesperado, viscoso e úmido.

Tentei me afastar de seu corpo, mas ele me segurou pela nuca e encostou minha boca na sua como o mergulhador que busca o ar. Deitou-se de lado e me apertou contra si. Minhas coxas deslizaram e ele me penetrou. Permanecemos de lado, frente a frente, com as pernas emaranhadas, esfregando-nos e balançando. Ele fervia dentro de mim e eu o envolvia com meu calor. Dois corpos em contato alcançando um equilíbrio térmico. Pensei outra vez no filme do vulcão, nas cavidades da terra e nas de nossos corpos.

Suávamos e ofegávamos palavras.

Não pare, eu disse.

Inspirava o ar que ele expirava em suas palavras em romeno.

O gemido se transformou em código. Adquiriu entonação e significado.

O ar que saía de nós e vibrava entre nossas peles e cartilagens era universal e poderoso. Era o mesmo ar que havia vindo dos recônditos mais profundos, enredando-se entre as rochas e a maré; o ar nas reentrâncias dos bosques vibrando os galhos, o mesmo ar que abria as brânquias dos peixes e inflava o peito dos pássaros, o da escuridão primordial, o ar que se tornou palavra e foi luz.

Depois do orgasmo, ficamos um bom tempo deitados fitando o teto. O colchão de palha havia assumido uma nova forma. Ele pegou minha mão. Gostou?, perguntou. Sim, eu disse. Envolveu meu pulso com os dedos como se estivesse tirando o pulso da seiva de uma flor, depois procurou as linhas de minha mão, os nós de meus dedos e apalpou minha ferida. O que houve?, perguntou. Um cachorro me mordeu, eu disse. Ele se inclinou sobre mim e me olhou nos olhos. Como é que é?!, exclamou. Não foi nada, eu disse. Qual cachorro?!, insistiu. O meu, meu cachorro preto, eu disse.

Ele voltou a se deitar ao meu lado e ficou um tempo em silêncio.

E aí, gostou da viagem?, perguntou. Sim, eu disse. Do que você mais gostou?, prosseguiu. Pensei em uma linha. O espaço negro e a linha branca. O espaço branco e a linha negra. O primeiro traço: o caminho. Do caminho?, perguntou, quase rindo. Mas você passou o tempo inteiro dopada!, disse. Sim, mas gostei mesmo assim, eu disse. Tá, mas quando perguntarem o que você achou da Romênia, o que viu aqui, vai dizer o quê? Não vai dizer que gostou das estradas romenas. Se tivesse ido à Holanda, enfim, mas como vai dizer aos noruegueses que gostou da estrada romena, não sabe que eles têm a estrada do Atlântico?, de estradas eu entendo, você sabe disso, né?, e se disser que gostou da estrada não vão acreditar que esteve aqui, ou vão achar que não está bem certa das ideias, como vai falar da estrada, e se sua vontade é dizer algo que soe especial, sei lá, poderia responder o sol, o mar, o idioma, até a água, sei bem que a água daqui é ruim e pouca, não estou dizendo pra responder isso, mas quando me perguntam o que é a melhor coisa da Noruega às vezes respondo que é a água, pra dizer algo diferente, e as pessoas se surpreendem, mas não porque acreditam em mim, se surpreendem por eu não dizer que gosto dos fiordes, ou da aurora boreal, ou das loiras, e eu até podia dizer que também gosto das estradas norueguesas porque trabalho de motorista, mas como você vai dizer que gosta da estrada se nem sequer tem carro, não deve ter nem carteira de motorista, né, ou tem?

Enquanto ele falava, eu pensava na viagem como uma geometria. Pontos no infinito. O caminho escuro. Uma reta. Casas, cidades, países. Segmentos. Você, eu e meu cão. Mais pontos. Dois planos paralelos. Os vivos e os mortos. Triângulos e círculos. O tempo linear ou circular. Os ciganos. O rádio do presente. Passado e futuro em um eixo. A ama e o caixão, um cruzamento de dois retângulos. Cinco quadrados. Mosaicos de Trajano. Uma cruz. Aviões e cemitérios. Cavalos.

Ele parou de falar. Esticou os braços na direção do teto e eu segurei sua mão no ar. Com a outra, desenhei figuras geométricas ao mesmo tempo em que comecei a lhe falar sobre a viagem. Soltei-o e ele baixou os braços. Entrelaçou as mãos e deixou-as repousando sobre o peito. Contava para ele da viagem como se não tivesse feito parte dela. Contava o que tinha visto, cheirado, tocado, saboreado, escutado. Mexia as mãos no ar como se desenhasse em um quadro-negro imaginário. Ele me escutou até pegar no sono.

Levantei-me e voltei à janela. O vapor havia se dissolvido e vi outra vez a noite brilhante e líquida que insistia em sua escuridão. Meu corpo ardia e eu me sentia leve. Sentei-me no peitoril de um salto. O giz da pintura e o cimento selavam meus poros e secavam as fendas úmidas de minha carne. O ar cheirava a sexo, a restos de comida, a pelo de cachorro, ao hálito dos que falaram, a palha de colchão curtida no suor de gerações, a defumação, a latrina, a fermento de pão e a camadas de vinho, a crianças dormindo, a morte fresca, a borralho, a cinzas.

Que cheiro minha casa exalaria sem mim?

Estava um pouco enjoada e essa sensação me fez pensar em espirais.

Já havia algum tempo eu vinha descendo por redemoinhos de escuridão. No entanto, nessa vertigem negra surgiram lampejos: os círculos e a inércia.

O que era essa força centrífuga que me encapsulou em um vazio por tanto tempo? Que turbulências me levaram ao silêncio?

Mas não esqueço que antes do silêncio houve ruído.

A centrifugação começou com o rugido das turbinas de um avião se fundindo às revoluções do dínamo de um Dacia por uma estrada romena. Tudo foi se separando em uma suspensão de imagens líquidas. Os fragmentos de palavras flutuaram até se assentarem em um sedimento de silêncio orgânico e universal.

A noite vibrava.

Escutei ao longe o latido da matilha.

O silêncio só existia no coração de meu cachorro.

Esperava-me a viagem até a luz.

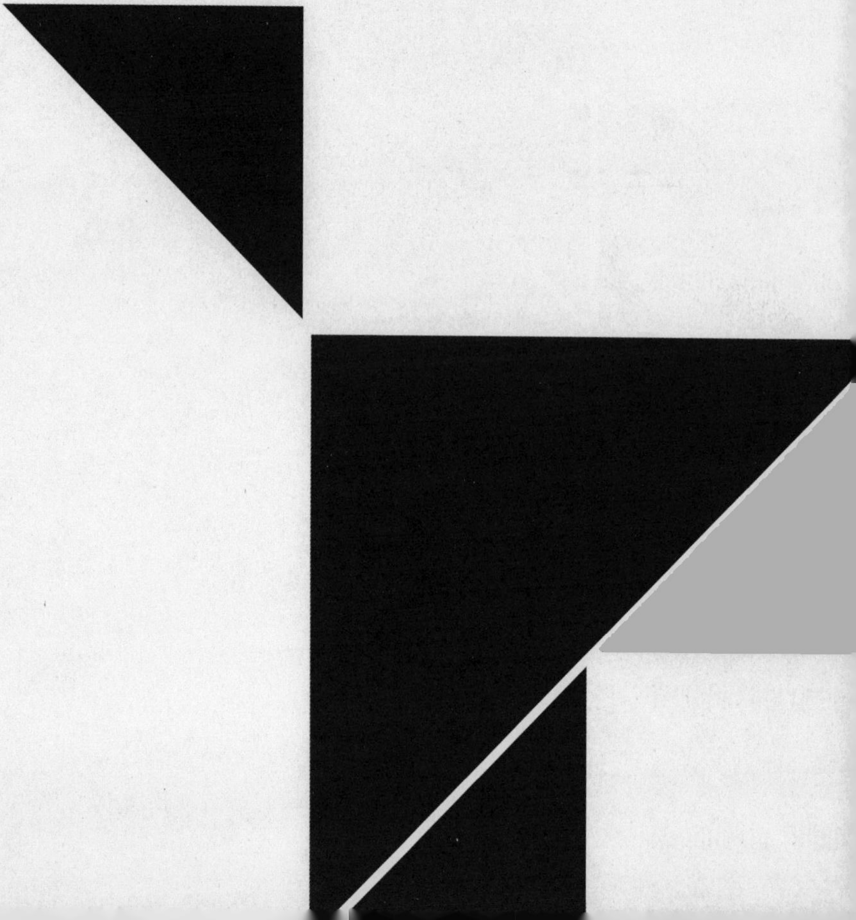

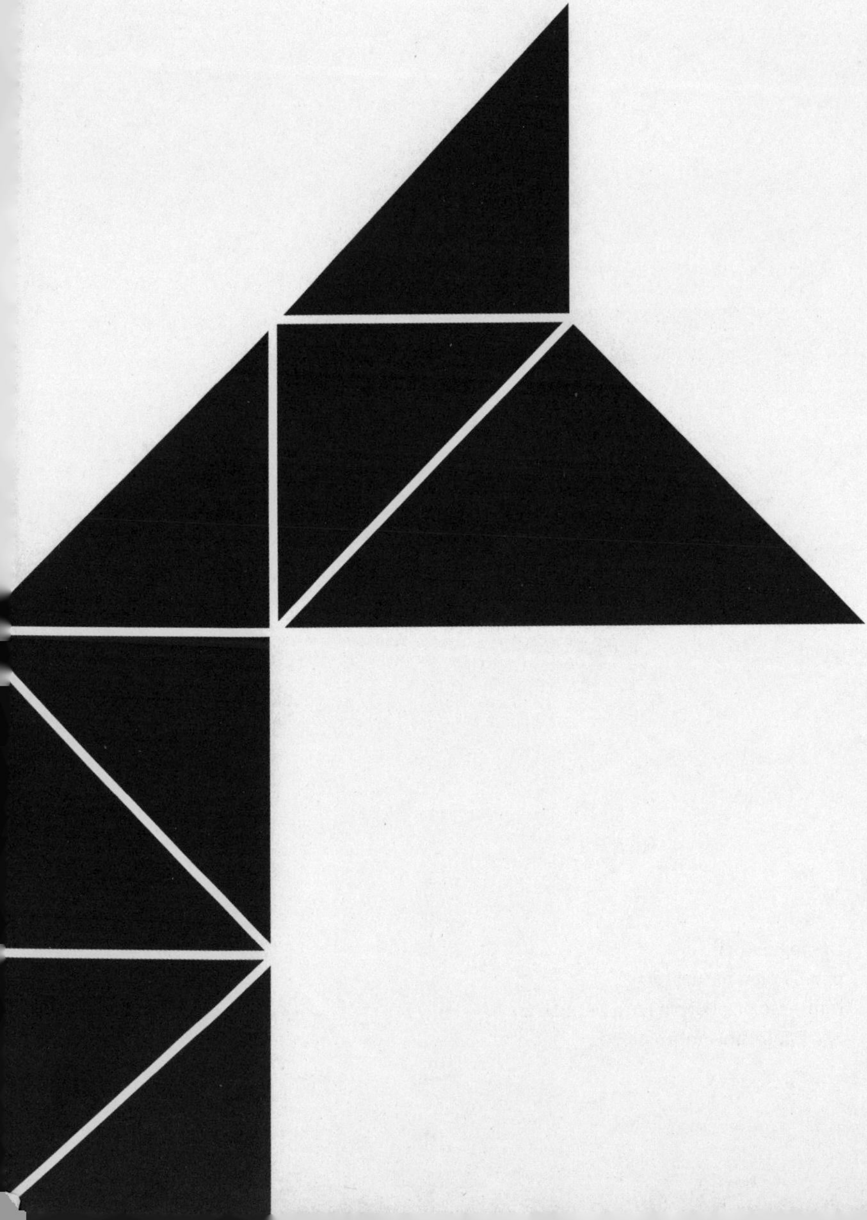

tipologia Abril
papel Pólen natural 70 g
impresso por Loyola para Mundaréu
São Paulo, novembro de 2023